L'acrobate

MARY CALMES

L'acrobate

MARY CALMES

Publié par
DREAMSPINNER PRESS

5032 Capital Circle SW, Suite 2, PMB# 279, Tallahassee, FL 32305-7886 USA
www.dreamspinnerpress.com

L'acrobate
Copyright de l'édition française © 2017 Dreamspinner Press.
Titre original : Acrobat
© 2012 Mary Calmes.
Première édition : mai 2012
Traduit de l'anglais par Bénédicte Girault et Laura Brohan.

Illustration de la couverture :
© 2012 Anne Cain.
annecain.art@gmail.com
Conception graphique :
© 2012 Mara McKennen.
Les éléments de la couverture ne sont utilisés qu'à des fins d'illustration et toute personne qui y est représentée est un modèle

Édition e-book en français : 978-1-63533-859-1
Édition imprimée en français : 978-1-63533-858-4
Première édition française : mai 2017
v 1.0

Édité aux Etats-Unis d'Amérique.

NOTE

L'IDÉE L'*ACROBAT* m'a été inspirée par une peinture de Steve Walker appelée *Parallel Dreams*. Je l'ai vue sur son site web et elle m'a amené à essayer de capturer ce qui conduisait à ce moment particulier d'une relation entre deux hommes, celui fait d'une tendresse infinie et d'une confiance absolue. Ma version a ses défauts, son œuvre n'en a pas. Lorsque j'ai fini le livre, j'ai demandé si son tableau pouvait éventuellement être utilisé pour la couverture et seulement alors, j'ai appris qu'il était décédé. Il nous manquera, et pour ma part, je ne le remercierai jamais assez pour toutes les idées merveilleuses qu'il m'a données.
    Mary Calmes

L'ALLURE DE modèles a été immortalisée dans la peinture et la sculpture depuis des siècles, mais seuls quelques artistes ont su capter cette grâce tranquille et cette vulnérabilité sous-jacente de la musculature voluptueuse et des lignes sinueuses d'un homme nu idéal. Par la lumière et la couleur, Steve Walker a créé de chaleureux hommes *réels*, vivants, dont la beauté et l'émotion se retrouvent sur ses toiles, imprégnant ses personnages avec la tendresse subtile de l'amour partagé et de moments tranquilles de réflexion. En tant qu'artiste, je ne peux exprimer combien ses choix artistiques ont influencé les miens, et m'ont aidé à exprimer un physique masculin idéal dans une langue qui permet de transmettre la sincérité d'une véritable émotion. Les corps travaillés qu'il laisse derrière lui, à la suite de sa courte vie, sont un trésor, non seulement pour nous – ceux de la communauté artistique – mais pour tous ceux qui comprennent que sous le physique ciselé d'un dieu grec, il y a la chaleur d'un cœur battant appartenant à une âme humaine.
    Bien que je ne puisse jamais me comparer à votre maîtrise, Steve, la couverture d'*Acrobat* est un petit remerciement pour tout ce que vous nous avez donné. Vous allez nous manquer, mais vous serez toujours aimé.
    Anne Cain

Je voudrais également remercier Ariel pour ses informations sur le vin. J'avais désespérément besoin d'elle puisque je ne m'y connais pas du tout sur ce sujet. Et merci à Lidia, qui était ma traductrice italienne et qui a exactement compris ce dont j'avais besoin.

Mary Calmes

I

CELA N'AVAIT aucune chance de fonctionner.

— Tu ne le sauras pas à moins d'essayer.

Je me retournai vers mon ex-femme, qui était aujourd'hui ma meilleure amie.

— Est-ce que tu plaisantes ? C'est sans espoir.

— En fait, je trouve ça plutôt mignon.

— Oh, Seigneur, grognai-je en enfouissant mon visage entre mes bras croisés.

Nous étions en train de déjeuner, un dimanche, dans un bistrot qu'elle aimait et dont bien entendu, je n'avais jamais entendu parler. Dire qu'elle s'y connaissait mieux que moi en gastronomie, voire même en cuisine raffinée, serait l'euphémisme du siècle. Elle était plus « Chateaubriand » alors que j'aimais le steak et les pommes de terre.

— Chéri, il n'y a rien de mal à ça.

— Je pense qu'il doit y avoir une règle ou quelque chose.

— Quelle règle ?

— Tu ne convoiteras pas tes anciens élèves.

Elle se mit à rire.

— Je pense que tu viens de l'inventer.

— Oh, mon Dieu, même en le disant ça paraît dégoûtant.

— Ça ne l'est pas.

— Comme si tu pouvais le savoir.

— Ce n'est pas parce que tu traverses une crise existentielle que tu as le droit d'être désagréable.

Je gémis plus fort.

— Cela fait quatorze ans qu'il a été ton élève, c'est bien ça ?

— Je parie qu'il ne sait même pas qui est Duran Duran.

Elle se mit à rire.

— Alors, ça lui fait quoi ? Trente-deux ans ? Trente-trois ?

— Ou le Rubik's Cube.

Elle rit plus fort.

— Fréquenter un homme de trente-deux ans est tout à fait correct pour un homme de quarante-cinq ans.

— Oh, mon Dieu !

— Tu es vraiment ridicule.

— Nous avons treize ans de différence, Mel ! Je pourrais être son père.

Elle se perdit dans un fou rire.

— Je pourrais l'être !

Elle secoua la tête, essuyant ses yeux. Seigneur, ce n'était vraiment pas drôle.

— Jared est plus proche de son âge que moi.

— Vrai.

Elle frissonna légèrement dans l'air vif de novembre.

Cela serait plus logique que l'homme pour lequel j'avais un coup de cœur très immature en ce moment sorte avec mon fils de vingt-sept ans. J'étais trop vieux pour lui.

— Mais ton fils n'est pas gay et Sean l'est, et toi aussi, mon chéri.

Je relevai la tête, passai mes doigts dans mes cheveux blonds épais et la regardai.

— Ton objectif est de ne pas m'aider ?

— Mon chéri, dit-elle en riant, il y a vingt-huit ans, mon meilleur ami et moi étions complètement ivres, et parce qu'il était sexy – et l'est toujours, pourrais-je ajouter – je lui ai sauté dessus lorsque j'en ai eu l'opportunité et je suis tombée enceinte comme l'avaient prédit les religieuses.

— Merci pour le rappel, grognai-je, me penchant en arrière pour la regarder.

Sa main se posa sur mon genou.

— Et voilà : neuf mois plus tard, tu as fait la bonne chose en faisant de moi une honnête femme parce que tu m'aimais et que tu es tombé follement amoureux de ton enfant à la seconde où tu l'as vu.

— Il était mignon, soupirai-je en me souvenant.

— Il ressemblait à une tranche de pain de viande pas assez cuite.

— C'est dégoûtant.

— Mais vrai, ajouta-t-elle. Puis cette chose étrange et mignonne a grandi et est devenue un magnifique jeune homme.

— Qui sera bientôt un excellent biologiste, spécialiste de la faune sauvage, dis-je en lui souriant.

Elle laissa échapper un bruit de mécontentement.

— Oh, allez, Mel ! Tout le monde fait une pause de six mois après avoir obtenu son doctorat, défendis-je mon enfant capricieux. C'est beaucoup d'études à suivre en une seule fois.

Elle m'arrêta d'un geste de la main.

— Ça m'est égal. Nous ne sommes pas là pour discuter de Jare mais de toi.

— Certainement pas.

Je soupirai fortement et pris mon menu.

— Qu'allons-nous manger ?

Elle arracha le menu en cuir relié de mes mains – ce menu aurait dû être le premier indice me montrant que j'étais totalement hors de mon élément dans ce « bistrot » – et me frappa avec.

— Aïe ! me plaignis-je à haute voix.

Elle le fit claquer de nouveau sur la table.

— Je veux parler de Sean.

— Pas moi. Je ne suis pas prêt de toute façon.

— Non, non, non ! Tu ne vas plus te cacher derrière ta relation terminée avec Duncan. Cela fait plus d'un an et demi que vous vous êtes séparés, Nate. Il est temps de te remettre dans le bain.

— Je l'ai fait, lui assurai-je. Je suis allé à quelques rendez-vous.

— Avec qui as-tu couché ?

— En quoi cela te regarde-t-il ?

— Nate, tu as besoin de t'envoyer en l'air.

— Oh, mon Dieu, pourrais-tu parler un peu plus fort, s'il te plaît ? dis-je sur un ton sarcastique. Les gens de l'autre côté de la rue ne t'ont pas entendue.

Elle essaya de ne pas sourire.

— Seigneur ! la grondai-je.

— Il est temps de te remettre à cheval.

— Mel…

— Ou de te remettre en selle, que faut-il dire ?

Je baissai ma voix d'une octave.

— Écoute-moi bien…

— Oh non, n'essaie même pas d'utiliser ta voix de professeur avec moi.

Je levai les yeux au ciel.

— Comment oses-tu ?

— Pouvons-nous simplement…

— Tu ne l'aimais pas de toute façon.

3

Encore et toujours le même argument – on aurait dit un disque rayé.

— Si, je l'aimais.

— Tu avais de l'affection pour lui, mais tu ne l'aimais pas. Un jour, j'espère que tu comprendras la différence.

— Il n'y a rien à comprendre. Éprouver de l'affection pour une personne, être amoureux d'elle, c'est la même chose. Ce n'est qu'une question de sémantique.

— Je ne suis pas d'accord.

— Tu es tellement têtue.

— Et toi, dans le déni total.

Je secouai la tête.

— Je ne vois pas la différence.

— Je sais, et c'est bien là le problème.

— Être amoureux de la façon dont tu l'entends n'apporte que des ennuis.

— Tu parles comme un homme qui n'est jamais tombé éperdument amoureux.

— Dieu merci ! As-tu lu *Roméo et Juliette* ?

Elle grogna.

— J'étais vraiment attaché à Duncan.

Elle me regarda de travers.

— Écoute, qu'importe la manière dont on l'appelle, je m'inquiétais de faire le bonheur de cet homme. Comment cela ne pourrait-il pas être de l'amour ?

— Je déteste quand tu fais ça !

— Quand je fais quoi ?

— Tu assimiles encore une fois l'amour à l'affection, et nous savons tous les deux que l'amour est bien plus que de la simple affection, alors ces deux mots ne peuvent pas signifier la même chose.

— Je t'aime, j'aime Jare. Bon sang, même Ben, je l'aime. Je sais ce que...

— Je ne parle pas de l'amour que tu me portes, parce que je suis ta meilleure amie et la mère de ton fils. Je ne parle pas de l'amour que tu portes à ton enfant, parce que tu es son père, ni même de l'amour que tu peux ressentir pour tes amis. Je parle de romance.

— Bien. J'ai connu une relation romantique avec Duncan Stiel qui est malheureusement arrivée à son terme.

Elle poussa un profond soupir.

4

— Tu n'aimes pas cette description non plus ?

— Écoute, un de ces jours, tu vas tomber follement amoureux de quelqu'un et je prie le Seigneur d'être présente à ce moment-là pour pouvoir te pointer du doigt et crier à plein poumons : « je te l'avais bien dit ! ».

— C'est très mature.

— Peu importe, me coupa-t-elle. Tout ce que je sais, c'est qu'il est temps pour toi de recommencer à sortir afin d'avoir une chance de trouver quelqu'un de bien, et ce beau jeune médecin serait parfait pour commencer.

— J'ai eu des rendez-vous depuis Duncan, dis-je à nouveau.

— Mais tu ne t'es pas envoyé en l'air. C'est ce qui te manque.

— Comment le sais-tu ?

Ses yeux s'illuminèrent.

— Tu l'as fait ? Quand ? Avec qui ?

Il était hors de question que je discute de ma vie sexuelle avec elle.

— Cherches-tu à vivre par procuration à travers moi ?

Elle m'arrêta d'un geste de la main.

— Au lieu de venir me parler, tu ferais mieux de coucher.

— Tu veux que je devienne un prostitué ?

— Je veux que tu commences une nouvelle relation physique avec un autre homme.

Mais ce n'était pas une étape que je passais à la légère, du moins lorsqu'il s'agissait d'une relation à long terme. Les coups d'un soir étaient une toute autre histoire.

— Pour passer à l'acte, il doit y avoir un lien plus fort qu'un simple dîner et un film, lui dis-je.

— Comme l'amour.

— Comme de l'affection pour quelqu'un, la corrigeai-je. Comme avoir des passions communes, des objectifs communs.

Elle leva les yeux au ciel.

— Je suis désolé, de nous deux, ce n'est pas moi le romantique.

— Nate…

— T'ai-je dit que je l'ai vu sortir d'un sauna ?

— Qui ?

— Duncan. Seigneur ! Essaie de suivre la conversation.

— Pourquoi devrais-je encore me préoccuper de Duncan Stiel ?

— Parce qu'il sortait d'un sauna !

J'étais indigné.

5

— Je me fichais de lui lorsque vous étiez ensemble. Qu'est-ce qui te fait croire que ça m'intéresse maintenant ?

— Tu ne comprends pas du tout où je veux en venir.

Son soupir fut long et exaspéré.

— Et que faisais-tu là-bas ? demanda-t-elle.

— Où ?

— Maintenant, qui est-ce qui ne suit plus ?

— Oh, tu veux parler du sauna…

Elle ouvrit grand les yeux et secoua la tête, exaspérée.

— Je n'étais pas au sauna, j'étais de l'autre côté de la rue en train d'acheter du porno.

— En es-tu sûr ?

— Que j'achetais du porno ?

Elle se mit à rire de manière peu distinguée.

— Merde.

Elle fit un geste de la main m'indiquant de continuer.

— Je peux te promettre que je ne fréquente plus ce genre d'endroit, dis-je en lui souriant. C'est trop sale.

— Tu es prude, déclara-t-elle.

— Je ne veux pas attraper de maladie.

— C'est à ça que servent les préservatifs.

— Qui êtes-vous ? lui demandai-je en plissant les yeux.

— Juste… Continue…

— C'est tout. J'ai vu mon ex sortant d'un sauna.

— Oh, portait-il son badge et son arme ? C'était une descente ?

— Non, ce n'était pas une descente ; tu ne comprends vraiment rien.

— Si, je comprends, dit-elle en se raclant la gorge. Je comprends et je suis désolée.

— Ce n'est rien. C'est seulement qu'il disait ne pas pouvoir emménager avec moi, ne pas pouvoir être vu en public en train de me tenir la main mais, apparemment, il peut baiser des centaines de gars sans nom et sans visage dans des saunas et des clubs en toute impunité.

— En toute sincérité, dit-elle doucement, tu savais que cet homme n'était pas ouvertement gay lorsque tu as commencé à sortir avec lui. Il te l'a dit dès le départ, il a été honnête.

— S'il te plaît, ne me rappelle pas l'énorme hypocrite que je suis.

— Ce n'est pas ce que je voulais faire. C'est simplement que s'il ne peut pas s'investir dans une relation amoureuse, sérieuse et adulte avec un autre homme à cause de son travail, il a tout de même des besoins. Comment peut-il les assouvir autrement qu'en couchant avec des hommes dans des bars et des saunas ? Ce n'est qu'une question de logique.

— C'est vrai. C'est simplement qu'en le voyant repartir avec ce jeune homme il y a quelques semaines, ça m'a rappelé mon âge, tu vois ?

— Oh, bon sang, Nate, tu n'es pas vieux !

— Mais je suis plus vieux que le gars avec lequel il était et j'étais tellement sidéré de voir leur différence d'âge, et maintenant je me retrouve dans le même cas de figure, attiré par un minet qui doit probablement être magnifique à prendre...

— Ce n'est pas du tout un minet, dit-elle pour défendre Sean Cooper, l'homme dont il était question. Je l'ai rencontré, si tu te souviens bien.

C'était la raison pour laquelle elle me harcelait ; elle était avec moi lorsque j'avais traversé le rayon des fruits et légumes en courant comme un idiot pour éviter Sean, une semaine plus tôt, parce que je l'avais vu avant qu'il me voie.

— Et pour ton information, je pense que cet homme aime prendre ses partenaires, ajouta-t-elle.

Je laissai tomber ma tête en arrière devant la futilité de la situation. Le jeune homme qui m'avait rendu muet lors de mes cours, toutes ces années auparavant, était selon moi d'une perfection absolue.

Sean Cooper représentait un mètre quatre-vingt-dix de paradis. Il courait, il nageait – il avait fait partie de l'équipe de water-polo lorsqu'il était à l'université – et possédait le corps le plus superbement sculpté que j'avais vu de toute ma vie. J'étais en admiration devant son apparence physique, mais encore plus devant sa gentillesse.

Il se souvenait de tout ce que tout le monde disait, comme en témoignait ce qu'il avait dit lorsqu'il m'avait attrapé avec Mélissa dans le rayon des vins, quinze minutes après que j'ai tenté de lui échapper.

— Docteur Qells, m'avait-il salué en souriant, ses yeux bleu clair brillant chaleureusement.

— Sean.

J'avais soupiré parce qu'il m'avait attrapé.

— Toujours à la chasse au parfait merlot ?

Cela faisait quinze ans que je ne l'avais pas vu, mais il se souvenait encore d'un petit détail insignifiant dont j'avais parlé en classe avec mes élèves. C'était grisant. L'homme était attentionné, drôle, sarcastique et intelligent. Il m'avait dit qu'il était interne à l'hôpital du comté et qu'il venait de quitter la Côté Ouest – plus précisément la Californie – pour revenir à Chicago. Il se spécialisait en pédiatrie – il voulait des enfants. Et cela amenait son lot de nouvelles préoccupations, parce que j'avais quarante-cinq ans et…

— Oublie ça, dis-je en secouant la tête. C'est inutile de toute façon. Si je voulais lui demander de sortir avec moi, j'aurais dû le faire à ce moment-là, lorsqu'il me regardait et… Mais maintenant, que suis-je censé faire ? L'appeler à l'improviste et lui demander de sortir avec moi ? Vraiment ?

— Pourquoi pas ? Au pire, il te dira non.

— Pourquoi les femmes ne comprennent-elles pas l'horreur que c'est d'inviter quelqu'un à sortir pour finalement se prendre un râteau ? Pourquoi ? Même si je vivais un millier d'années, je ne comprendrais toujours pas ce petit haussement d'épaules qui signifie « ce n'est pas grave ». C'est physiquement douloureux de s'entendre dire non. Peux-tu au moins comprendre ça ?

— Ne sois pas ridicule.

Elle leva la main pour saluer son mari qui traversait la rue afin de se joindre à nous pour le déjeuner.

— N'en parle pas à Ben, murmurai-je avant qu'il arrive.

— Ne pas parler de quoi à Ben ? demanda l'homme en question avant de se pencher, d'embrasser la joue de sa femme, puis de contourner la table tandis que je me levais.

Il me prit dans ses bras et recula, s'installant à côté de sa femme quelques secondes plus tard. Il me regarda attentivement.

— Quoi ? demandai-je.

— Je ne sais pas. Comment *pourrais*-je le savoir ? Tu es celui qui a dit : « N'en parle pas à Ben ».

— Comment as-tu pu entendre ça ?

— J'ai de bonnes oreilles.

L'homme avait des oreilles de chauve-souris apparemment.

— Donc, dis-moi tout.

— Laisse tomber.

— Est-ce que vous avez une liaison ?

Je lui jetai un regard mauvais et il éclata de rire.

— Désolé, c'était stupide.

— Hé ! gronda Mélissa Qells Ortiz. Je pourrais avoir une liaison.

— Pas avec un homme gay, dit-il en ricanant avant de se tourner vers la serveuse qui patientait près de notre table. Un thé glacé et nous serons prêts à passer commande lorsque vous reviendrez. Merci, jeune demoiselle.

La serveuse se mit à fondre devant ses grands yeux bruns et son sourire sexy. Mélissa et moi restâmes silencieux alors qu'il se retournait vers nous.

— Quoi ?

— Je ne sais pas, dis-je avec un haussement d'épaules. As-tu fini de flirter avec la serveuse ?

— Je... quoi ?

Mélissa releva un sourcil doré.

— Oh, arrêtez ! J'ai une déesse à la maison, pourquoi irais-je voir ailleurs ?

— Bien rattrapé, grommelai-je tandis que sa femme – mon ex-femme – se penchait en avant et l'embrassait sur la joue.

Ils formaient un beau couple. J'étais heureux qu'elle ait rencontré l'amour de sa vie après notre divorce, lorsque Jared avait dix ans. Elle était une belle-mère fantastique pour les trois enfants de Ben, qui l'adoraient. Quant à Ben, il était un merveilleux beau-père pour Jared et ils s'entendaient bien. Pas aussi bien que Jared et moi, mais j'étais secrètement heureux de ça.

Mon fils avait grandi en comprenant que son père était gay. Il savait que c'était la raison pour laquelle nous avions divorcé. Lorsque Mélissa et moi le lui avions expliqué alors qu'il avait dix ans, il était trop jeune pour vraiment comprendre tous les détails, mais il savait que j'aimais les hommes. Cela n'avait jamais été un secret. J'avais été ravi d'apprendre qu'elle allait se remarier et comme j'avais été heureux pour elle, Jared l'avait également été. Je m'étais inquiété qu'il s'éloigne de moi et se rapproche de son beau-père en grandissant comme ils avaient l'amour des femmes en commun. Mais apparemment, une vie entière d'amour et de dévotion avait compté pour quelque chose. Mon enfant, turbulent et grossier à onze ans, rebelle et plein d'angoisse à treize ans, apathique et en colère à seize ans, indécis quant à ce qu'il allait faire de sa vie à dix-huit ans, n'avait jamais perdu la capacité de rire de lui-même ni d'aimer ses parents. Même maintenant, à vingt-sept ans, la première chose à laquelle j'avais droit lorsque je le rencontrais à l'aéroport était un gros câlin suivi d'un baiser mouillé sur la joue. Et à la maison, sur le canapé, il s'allongeait encore pour poser sa tête sur mes genoux et s'endormait dans cette position. Il s'avéra que, peu

9

importe avec qui je couchais, cela ne le gênait pas le moins du monde. Il m'avait traité de crétin durant son adolescence, mais mon orientation sexuelle n'avait rien eu à voir avec cela ; c'étaient mes règles qui l'avaient énervé. J'étais son père, et la seule raison de nos disputes se trouvait dans le fait qu'il me trouvait archaïque et injuste. Nos engueulades n'incluaient jamais ce que je faisais dans ma chambre.

Lorsque mon ex était sorti de ma vie un an et demi plus tôt, la première chose que mon fils avait faite, avait été de pousser un cri de joie au téléphone. Comme tout le monde, il n'avait pas aimé Duncan Stiel. La deuxième chose qu'il avait faite, avait été de me suggérer de trouver quelqu'un d'autre. Mais je doutais qu'il accepte que la personne dans le lit de son père soit à peine plus vieille que lui.

— Alors, que vas-tu faire ?

Lorsque je sortis de mes pensées, je me retrouvai face à Mélissa et Ben qui me scrutaient. Ils formaient vraiment un très joli couple. Elle, avec sa crinière blonde tirée en un chignon à la française, de petits diamants aux oreilles, classique, rayonnante et élégante. Lui, l'homme grand, beau et ténébreux, fringant dans son costume gris-anthracite sombre et son col roulé noir. Ils étaient parfaitement assortis. Moi, avec mon jean, mon tee-shirt à manches longues et mes bottes de randonnée, je passais pour un intrus.

— Je vais aller acheter une bouteille de vin, me noyer dedans et essayer de trouver quelque chose d'intéressant à dire demain à propos de Shakespeare.

— Plus sérieusement, dit Ben en nous regardant tous les deux. De quoi parliez-vous ?

— De rien...

— Nate est intéressé par quelqu'un.

— Vraiment ? Enfin ! soupira-t-il. Il est temps que tu arrêtes de te morfondre à cause de Duncan Stiel.

— Ce n'est pas le cas.

— Si, et tu le sais parfaitement, dirent-ils au même moment.

— Oh, chips ! dit Mélissa en riant, et son mari leva les yeux au ciel.

— Vous me fatiguez tous les deux.

Ben sourit.

— À ton avis, combien de filles tombent amoureuses de toi chaque trimestre ?

— Qu'est-ce que...

— Et elles n'ont aucune idée que tu es gay, n'est-ce pas ?

Je pris une minute pour réfléchir.

— Où veux-tu en venir ?

— Les filles tombent à tes pieds parce que tu es la copie conforme de l'homme que tu étais à vingt-huit ans. Sauf qu'à l'époque, tu étais un jeune diplômé qui jonglait entre trois emplois pour payer ses factures, une pension alimentaire, et éventuellement, manger. Aujourd'hui, tu es un professeur titulaire avec un doctorat en littérature anglaise.

— Et je suis toujours pauvre, le coupai-je.

— Personnellement, j'aime beaucoup ton loft sur Lincoln Park, remarqua Mélissa. C'est bien moins compliqué à entretenir que ma maison, pour laquelle je dois employer une femme de ménage.

— Excuse-moi ? demanda Ben, d'un ton légèrement agacé.

— Elle plaisante, intervins-je en donnant un coup sous la table.

— Aïe ! Espèce d'idiot ! grommela Ben, et Mélissa éclata de rire.

Je ne pus m'empêcher de rire lorsqu'elle le fit ; son rire était contagieux, tout comme celui de notre fils.

— Je voulais simplement dire… commença-t-elle avant de rire à nouveau et de se moucher dans sa serviette. Je voulais dire que ton appartement est chaleureux, cosy, et que je l'aime.

— C'est vrai qu'il doit être agréable d'y vivre, grommela Ben alors que la serveuse revenait pour prendre notre commande.

Elle déposa une corbeille de pain puis repartit, et je restai assis là, dans l'air froid de novembre, à me demander ce que penserait un homme de trente-deux ans de ma vie.

— Tu es un bon parti, Qells.

Je tournai mon regard vers Ben.

— Tu l'es. Tu as de bons amis, et je ne parle pas seulement de nous. Ton fils t'aime – bon sang, même mes enfants t'aiment – tu as une très belle maison, un magnifique travail et des cheveux pour lesquels n'importe quel homme serait prêt à tuer. Tu n'as jamais été aussi dynamique de toute ta vie et tu t'intéresses à tellement de choses que je ne peux même pas te suivre. Je ne savais même pas qu'on pouvait changer le filtre à huile de nos propres voitures.

— Ce n'est pas le genre de chose que l'on met sur un CV, lui assurai-je.

— Peut-être, mais je suis incapable de le faire. Je ne peux même pas m'occuper des plus petites choses sur ma propre voiture alors que je suis le patron de ma propre entreprise, pour l'amour de Dieu !

11

— Tu as des gens qui le font pour toi.

— Oui, mais ce que j'essaie de te faire comprendre, c'est que tu peux aller voir un ballet, assister à un match de baseball ou aller à un concert avec moi, et tu t'en sors comme un chef. Tu es comme un couteau suisse : tu t'adaptes à toutes les situations.

Je jetai un regard en coin à Mélissa.

— Il y avait un sous-entendu coquin ou c'est juste moi ?

— Oh, je peux t'assurer qu'il y en avait un, dit-elle en levant les sourcils, regardant son mari avec un questionnement dans les yeux.

— Attendez, dit-il en réfléchissant. Je voulais simplement dire que…

— Merci, mon pote.

Je lui souris et tendis la main pour tapoter son épaule.

— Appelle Sean, m'ordonna Mélissa. Ne te laisse pas enquiquiner par la…

— Enquiquiner ? Je suis désolé, je n'utilise pas ce mot.

— Tu sais, ne pas te laisser embêter, déranger, effrayer… Bref, ne pas te laisser enquiquiner ?

— Quel âge as-tu, dis-moi ?

Elle me frappa très fort et lorsque je regardai Ben afin de chercher de l'aide, il se contenta de secouer la tête.

— On ne tape pas, dit-il à sa femme.

Elle lui donna une claque à son tour.

— Bon Dieu, ça ne va pas ou quoi ?

— Oh, je sais ! s'exclama-t-elle, toute excitée. Tu devrais appeler Jare pour lui demander comment les jeunes s'y prennent pour demander à quelqu'un de sortir avec eux, non ?

— Oh, Seigneur ! Les jeunes…

— Tu sais très bien ce que j'ai voulu dire.

C'était l'idée du siècle ! Appeler mon fils pour lui demander des conseils quant à la manière de proposer à un jeune homme de sortir avec moi. C'était brillant.

— Ça ne peut pas te faire de mal.

Seigneur, Dieu !

II

ÊTRE UN héros devrait être moins douloureux. Je réfléchissais alors que j'étais assis sur un petit lit d'hôpital, lundi soir, attendant de voir un médecin. J'avais sauvé une femme, lui évitant de se faire agresser, voire pire – et elle avait été plus préoccupée par le « pire » que par le contenu de son sac à main de grande marque – mais j'avais réussi à me faire fracasser le visage, puis à me prendre des coups de pied dans les côtes une fois à terre. Suzie Rais avait beaucoup apprécié mon intervention – tout comme son mari, lorsqu'il était venu la retrouver à l'hôpital – et l'avaient fait savoir à mon ami Douglas Kearney, que j'avais appelé au lieu de Mélissa ou Ben. Doug resterait calme à propos de tout ça. Mélissa et Ben auraient dramatisé tout cet incident.

— Tu ressembles peut-être à un super héros mais tu n'en es pas un, dit Doug de sa chaise près de la porte. Reste tranquille.

— Contente-toi de rester assis et tiens-toi prêt à me ramener à la maison.

— Ce qui n'arrivera que dans dix heures, dit-il en bâillant avant de se lever. Tu sais que le temps s'arrête lorsque tu es aux urgences, tout comme lorsque tu regardes un match de basket.

Je grognai mon accord.

— Tu veux que je te ramène quelque chose ? Je vais aller me chercher un soda.

— Non, je t'inviterai à dîner une fois que nous serons sortis d'ici.

— Un steak ? demanda-t-il, plein d'espoir.

— Oui, s'il le faut.

— Oh oui, c'est absolument nécessaire.

— Je pensais aller au bowling ce week-end. Peut-être que nous pourrions…

— Non, répliqua-t-il en secouant la tête. Dave, Jackie et moi allons faire le tour des clubs ce week-end.

Je plissai les yeux.

— Avez-vous oublié de me faire passer le mot ?

Il me regarda comme si j'étais fou.

— Quoi ? demandai-je.

— Pour commencer, tu ne ramasses jamais personne dans les clubs, tu te contentes de leur parler jusqu'à ce qu'ils meurent d'ennui. Et deuxièmement, je n'ai pas envie de passer inaperçu parce que tu me voles la vedette.

— De quoi parles-tu ?

— Docteur Qells ?

Nous nous retournâmes tous les deux vers cette voix et là, sur le seuil de la porte, se trouvait Sean Cooper. Docteur Sean Cooper, médecin. Le sourire qu'il m'adressa était des plus agréables.

— Et voilà, qu'est-ce que je disais ! déclara Doug, levant les yeux au ciel.

Je posai de nouveau mon regard sur la vision qui se tenait devant moi. Ces longs cils dorés et épais étaient tout simplement magnifiques, mais ces yeux étaient un véritable régal. Sérieusement, comment était-il possible de décrire cette couleur ? Brillant ciel d'été ? Avec ses grands yeux bleus et ses cheveux blonds comme le miel, l'homme était vraiment à croquer.

— Je pensais bien que c'était vous, dit-il dans un souffle, traversant la pièce pour se tenir devant moi, ses yeux parcourant mon corps avant de rencontrer les miens et de les fixer. Quand j'ai vu votre nom sur le tableau, je suis venu aussi vite que possible.

— Eh bien, c'est très gentil à vous de vous soucier de votre ancien professeur d'anglais, dis-je.

Il plissa les yeux, serra les lèvres, puis s'excusa un instant.

Doug s'éclaircit la voix, vint vers moi et me frappa sur le bras.

— Aïe ! Je te rappelle que je suis blessé, râlai-je, frottant mon biceps. Si ça se trouve, j'ai une commotion cérébrale.

— Ce qui est sûr, c'est que tu as une tumeur au cerveau, idiot ! dit-il sèchement, me frappant à l'arrière de la tête.

— Je vais te mettre une sacrée raclée si tu continues, dis-je en le poussant loin de moi.

— Pour l'amour du ciel, Nate, grogna-t-il. Ce magnifique médecin meurt d'envie de poser ses mains sur toi et tu lui rappelles que tu as été son professeur ? Qu'est-ce qui ne va pas chez toi ?

— Il…

— Nate… commença-t-il en me faisant les gros yeux. Essaie de ne pas te comporter comme un imbécile, d'accord ? Seigneur, il faut que je sorte d'ici.

Je soupirai.

— À tout à l'heure.

— Non, dit-il en secouant la tête, indiquant de la main les papiers posés sur le lit à côté de moi. Demande au bon docteur de te ramener chez toi.

— Qu'est-ce que-tu… Oh ! Vous revoilà.

Je souris à Sean alors qu'il entrait dans la pièce.

— Voici mon ami Doug Kearney – Doug, Sean ; Sean, Doug.

Ils se serrèrent la main et Doug expliqua qu'il devait partir et était sûr que j'irais assez bien pour prendre un taxi afin de rentrer chez moi. Il était parti avant même que je puisse ajouter un mot.

— Votre ami semblait impatient de partir, hein ?

— Oui, dis-je en me forçant à sourire. Alors, vais-je survivre ?

— Je dois vous examiner pour le savoir.

— Je… euh… balbutiai-je avant de m'éclaircir la voix. Je pensais que vous travailliez pour l'hôpital County ?

— C'est le cas. Nous faisons un échange cette semaine, une formation croisée pour voir comment nous nous adaptons à un autre environnement de travail. Comme il y a un partenariat entre le Mercy Glen et le County, cela arrive assez régulièrement.

Je hochai la tête.

— Je vois.

— Pourquoi ?

— Pourquoi, quoi ?

— Vous ne vouliez pas me voir ?

— Non, laissai-je échapper. Bien au contraire.

— Bien au contraire ?

Merde !

Il attendait ma réponse, se rapprochant doucement jusqu'à ce que sa blouse blanche frotte contre mes genoux.

— Docteur Qells ?

— Vous êtes le docteur.

— Tout comme vous, m'assura-t-il, et je ne pus m'empêcher de remarquer l'inspiration qu'il prit.

— Sean, je…

— Oui ?

15

Il s'arrêta tout près, entre mes jambes, et ses mains – fines et magnifiques avec de longs doigts – se posèrent de chaque côté de moi, sur le lit. Je déglutis difficilement.

— Je n'ai pas cessé de réfléchir, dit-il en soulevant une main, le premier contact de ses doigts sur ma mâchoire me faisant frissonner. Lorsque je vous ai vu l'autre soir au magasin, je me suis dit que si je continuais à tomber sur vous par hasard, alors peut-être que vous finiriez par m'inviter à dîner. J'y suis retourné chaque soir depuis.

Seigneur Jésus, Marie, Joseph.

— J'étais totalement fou de vous lorsque je vous ai eu comme prof d'anglais en première année, Docteur Qells, mais vous le saviez déjà, n'est-ce pas ?

— Non, dis-je en lui souriant. Pas du tout.

— Non ? dit-il, surpris. Seigneur, je dois être le pire séducteur qui ait jamais existé.

— Je suis certain que vous êtes très doué en séduction, le taquinai-je. Mais vous étiez très jeune.

— Je n'étais pas si jeune que ça, dit-il en plissant les yeux. J'étais majeur.

Je ris doucement.

— À peine.

— Eh bien, j'ai grandi maintenant.

Et soudain, je ne riais plus du tout.

— Voyez-vous quelqu'un ? demanda-t-il ostensiblement.

— Non, répondis-je en tentant de faire disparaître la boule qui s'était formée dans ma gorge.

— Pourquoi non ?

— Que voulez-vous dire ?

— Eh bien, pourquoi non ? répéta-t-il en haussant les épaules. Pourquoi un homme comme vous ne fréquente-t-il pas quelqu'un ?

— Un homme comme moi ?

— Vous êtes un bon parti, Docteur Qells. Vous n'avez pas besoin que je vous le dise.

— Je n'étais pas à la pêche aux compliments.

— Non, je sais, je peux le voir. Vous étiez sincèrement intéressé par ma réponse.

Je m'éclaircis la gorge lorsqu'il posa sa main sur mon genou.

— Alors, reprit-il, pourquoi n'y a-t-il personne de particulier ?

— Je viens juste de sortir d'une relation.

— Quand avez-vous rompu ?

Et cela allait lui paraître stupide.

— Il y a un an et demi, confessai-je.

Il ne rit pas, ne renifla pas, ne sourit pas, ce qui me surprit.

— Et ça vous a pris du temps pour vous en remettre.

— Oui, en effet.

— Et maintenant ?

— Maintenant, tout va bien.

Il hocha la tête.

— Donc, vous avez rebondi depuis, pas vrai ?

Je me raclai la gorge.

— Pardon ?

— Vous avez connu un autre gars depuis, non ?

Dans quel contexte ?

— Non ? me pressa-t-il.

Pourquoi tourner autour du pot au lieu de simplement répondre ?

— Vous me demandez si j'ai fréquenté quelqu'un d'autre depuis ma rupture avec lui ?

— Oui, monsieur, c'est ce que je demande.

Il me sourit.

— Eh bien, la réponse est oui, Sean. J'ai eu quelqu'un d'autre.

Ces magnifiques yeux bleus se mirent à briller.

— C'est bien.

— Pourquoi ?

— Parce que, Docteur Qells, j'aimerais vous ramener chez moi, mais je n'ai aucune envie d'être une aventure d'un soir ni un lot de consolation. J'ai l'intention d'être l'homme qui aura l'opportunité de vous inviter à sortir.

Tout l'air semblait avoir disparu de mes poumons.

Ses yeux suivirent le mouvement de ses doigts qui remontaient le long de ma mâchoire.

— Je sais que cela peut vous paraître soudain, et peut-être que je vous fais un peu peur, mais Docteur…

— Nate, le corrigeai-je.

— Nate. Comme je le disais, je sais que cela peut vous paraître soudain, mais… Cela va faire pratiquement quinze ans que je suis attiré par vous, et avant que j'entame une nouvelle relation ou que vous rencontriez quelqu'un d'autre, j'aimerais vraiment que vous me donniez une chance d'apprendre à vous connaître. J'ai l'impression que notre rencontre fortuite de la semaine dernière au magasin et le fait que nous soyons maintenant ici ensemble… peut-être que l'on essaie de me faire passer un message.

J'étais concentré sur ma respiration.

— Seriez-vous au moins prêt à venir chez moi, dans mon lit ?

— Je pensais que vous étiez à la recherche d'autre chose ? le taquinai-je.

— Quoi ?

Il avait arrêté de m'écouter, trop concentré sur ma bouche.

Je me mis à rire parce qu'il flattait vraiment mon ego.

— En temps normal, je suis bien meilleur charmeur, dit-il en toussant. Vous semblez faire court-circuiter mon cerveau.

Moi ? C'était lui le fantasme ambulant.

— Sean…

— S'il vous plaît, dit-il avant de se lécher les lèvres. Laissez-moi vous voir.

— Sean.

Il émit un petit son provenant du fond de sa gorge et je compris alors qu'il était autant affecté par moi que je l'étais par lui. Mon Dieu, je lui plaisais vraiment.

Je relevai la tête et plissai les yeux en le regardant.

— J'avais toujours des difficultés à garder les idées claires lorsque vous me posiez des questions en cours. Je me retrouvais chaque fois captivé par vos beaux yeux.

Il prit une vive inspiration, ce qui était adorable.

— Vous plaisantez, n'est-ce pas ? Nous tous – garçons et filles – nous étions en adoration devant vous. Dès le premier jour, alors que vous nous parliez avec passion de Milton en souriant et en riant, je n'arrêtais pas de me dire : « Seigneur, cet homme ne va rien m'apprendre s'il provoque une érection chez moi à chacun de ses cours. ».

Je me mis à rire et son sourire s'élargit, chaleureux.

— Pourriez-vous simplement me laisser vous inviter à dîner ? Je suis prêt à vous supplier.

— La supplique n'est pas nécessaire. J'adorerais dîner avec vous, lui dis-je. Quand ?

— Ce soir serait parfait, mais je suis de service jusqu'à vingt-trois heures. Êtes-vous libre demain soir ? Mardi soir ? Vous devez déjà avoir des projets mais…

— Je n'en ai pas.

Il hocha la tête.

— Alors je passe vous prendre à dix-neuf heures ?

— Ce serait parfait.

— Pouvez-vous me donner votre numéro de téléphone ? Il faudra que je vous appelle pour que vous m'indiquiez le chemin.

— Bien sûr, répondis-je, sortant mon téléphone de ma poche. Et j'aurais le vôtre, mais je peux attendre.

— Attendre ?

Je relevai les yeux.

— Il est un peu plus de vingt et une heures maintenant. Je pourrais attendre et nous pourrions aller dîner ce soir.

— Et demain ?

Il m'était impossible d'arrêter de le regarder.

— Qu'y a-t-il demain ?

— Je veux passer vous prendre et vous inviter au restaurant.

— D'accord, dis-je en souriant. Ce soir, c'est moi qui invite et demain, c'est votre tour.

— Parfait.

— Oh, je n'ai pas vraiment réfléchi avant de proposer cela... Peut-être que vous êtes fatigué, ou...

— Je vous retrouve tout à l'heure en bas, devant le bureau de la réception, dit-il rapidement, les yeux soudain écarquillés. Ne me posez pas un lapin, compris ?

Je plissai les yeux, le regardant alors qu'il tirait le rideau autour de mon lit.

— Qu'est-ce que vous...

— Je dois vous trouver un médecin, me dit-il.

— Je croyais que vous étiez mon docteur.

— En fait, je suis chirurgien et de toute manière, ce serait contraire à l'éthique, dit-il en m'adressant un sourire diabolique avant de quitter mon chevet. Et je suis très à cheval sur l'éthique.

— Mais...

— Attendez-moi ! cria-t-il de l'autre côté de l'abominable rideau kaki.

Je restai assis là pendant une minute, et alors que j'étais sur le point de me lever pour jeter un coup d'œil derrière le rideau, une très jolie femme le tira et me regarda. Ses grands yeux étaient en forme parfaite d'amande et sa peau était lisse, couleur moka, cette couleur que l'on nous décrit dans les romans d'amour, mais que l'on ne voit jamais dans la vraie vie.

— Bonjour, vous, me salua-t-elle avec un large sourire. Je suis le Docteur Vargas et je vais prendre soin de vous ce soir.

— C'est un plaisir, lui dis-je en souriant.

— Oh, il a raison, vous êtes mignon.

Seigneur !

PRESQUE DEUX heures plus tard, j'étais à la réception, attendant mon rendez-vous et me demandant à chaque minute qui s'écoulait pourquoi j'avais ouvert la bouche. Les choses allaient si bien. Pourquoi lui avais-je suggéré de dîner après qu'il a terminé son service au lieu d'attendre demain ?

— Salut, Nate.

Me retournant, je vis Michael Fiore qui s'avançait vers moi. C'était mon voisin de palier, âgé de seize ans, vivant avec son oncle au lieu de sa mère parce qu'elle était morte quatre ans plus tôt dans un accident de voiture. Elle n'avait alors que trente ans.

— Que fais-tu ici ?

Je souris alors qu'il s'asseyait à côté de moi.

— Oh, merde ! dit-il en grimaçant lorsqu'il me détailla du regard. Que t'est-il arrivé ?

— J'ai sauvé une dame d'une agression et j'ai été un peu amoché dans le processus.

Il plissa les yeux, n'aimant pas me voir blessé, mais il avait tenté de paraître las et décontracté dans son ton de voix. C'était son langage corporel qui l'avait trahi.

— Alors, dis-je, retirant le bonnet en laine de sa tête et le lui tendant. Que fais-tu ici ?

Il leva les yeux au ciel, sachant qu'il était censé le retirer à l'intérieur, son oncle n'oubliant jamais de le lui dire.

— Ma grand-mère est ici. Dreo veut que je la voie.

— Tu ne veux pas la voir ?

Il haussa les épaules.

— Elle n'a jamais été très proche de maman et moi, et bizarrement, lorsque maman est morte, elle voulait que j'aille vivre avec elle et papa. Mais maman avait tout arrangé pour que je sois confié à Dreo s'il devait lui arriver quoi que ce soit.

Je hochai la tête, bien que je ne comprenne pas vraiment le choix de sa mère. Andreo Fiore me paraissait froid, pas le genre d'homme qui devrait élever un enfant. Je n'avais jamais vu l'homme sourire une seule fois et cela faisait quatre ans que je vivais à une porte de chez lui et son neveu.

Dreo allait et venait à n'importe quelle heure. Je savais qu'il portait une arme, parce que je l'avais vue à plus d'une occasion, et d'après moi, il était membre de la mafia. Bien entendu, il pouvait n'être qu'un simple comptable, pour ce que j'en savais. Je ne lui avais jamais posé la question, pas plus qu'à Michael, mais j'en doutais fortement. En fait, je ne connaissais pas du tout cet homme. C'était son neveu que je connaissais. Michael était celui qui frappait à ma porte le soir, quand il était seul, pour venir regarder la télé sur mon canapé pendant que je corrigeais quelques devoirs, et m'écouter râler après les structures décevantes des phrases que rédigeaient les étudiants en première année. Il riait en m'écoutant vomir mon désespoir et finissait généralement par m'offrir de préparer un peu de tisane. Je l'avais rendu accro à la camomille avant d'aller se coucher.

Parfois il s'endormait alors que j'étais encore debout à écrire – c'était publier ou périr, après tout – ou à lire, puis Dreo se présentait à ma porte pour le récupérer.

Il était plus grand que mon mètre quatre-vingt-six et je devais pencher la tête en arrière afin de rencontrer son regard brun foncé, tellement sombre qu'il paraissait noir. Il avait d'épais sourcils, ce qui, combiné à ses yeux foncés, lui donnait un air véritablement dangereux. Il avait les mêmes cheveux noirs et brillants ainsi que le même teint basané que son neveu mais, alors que Michael était beau, Andreo était effrayant. Son style vestimentaire – c'est-à-dire sa lourde veste en cuir noir sur un sweat ou une chemise – me rappelait tous les films que j'avais pu voir sur la mafia. C'était sans doute parce qu'il était italien, parlait italien et allait et venait toujours avec une bande d'hommes. J'avais vu beaucoup trop de films d'Al Pacino, j'en étais conscient.

Chaque fois qu'il était venu à ma porte pour récupérer son neveu, Andreo Fiore s'était montré reconnaissant que je tienne compagnie au jeune homme. La première fois qu'il était venu le chercher, à peu près une semaine ou deux après qu'ils ont emménagé, il avait commencé à tirer des billets de vingt d'une liasse qu'il avait sorti de sa poche.

— Que faites-vous ? lui avais-je demandé, les yeux plissés.

Il avait eu l'air confus.

— Vous avez pris soin de lui pour moi.

— Ce qui m'a fait plaisir, lui avais-je expliqué en désignant d'un geste la photo de mon fils Jared et moi, sur la petite table où je jetais mes clés tous les soirs lorsque je rentrais. Mon fils a bien grandi, mais je me souviens de ce que c'était que de l'aider à faire ses devoirs et de parler des filles.

Il avait hoché la tête et j'avais souri.

— Alors rangez votre argent, j'apprécie sa compagnie. Il peut venir chez moi quand il le veut.

— *Grazie*, m'avait-il répondu.

Et cela avait été les seuls mots que nous avions échangés pendant six autres mois. Je voyais Michael, discutais avec Michael, et nous étions devenus des amis. À vrai dire, il en savait plus à propos de Chaucer, Milton et Shakespeare que la plupart de mes élèves et riait lors des rares occasions où il m'aidait à lire des dissertations. Certains soirs, il venait et nous dinions en regardant *Monday Night Football* ou nous partions à pieds nous chercher à dîner : soit chinois, si c'était moi qui choisissais, ou des hamburgers, si c'était lui. Parfois, nous croisions même Andreo en ville et lorsque Michael me traînait vers lui – je ne voulais jamais déranger Andreo – nous ne faisions que le saluer. Les personnes qui l'accompagnaient, hommes et femmes, étaient toujours agréables envers nous, mais Andreo nous chassait toujours, poliment mais fermement.

Maintenant, lorsque je le croisais dans le couloir, j'avais droit à un signe de tête, sans un mot, mais il me remerciait toujours lorsqu'il venait récupérer Michael. Quelques fois, après avoir échangé quelques civilités, il me posait une question sur mon travail, voulant savoir quels étaient mes projets pour le week-end ou pour les vacances, ou il faisait des compliments sur l'aménagement de ma maison. Il s'était avéré qu'il était un véritable fan de mon parquet au sol, de mes tuyaux apparents au plafond et de mes meubles rembourrés, dans lesquels on se sentait les bienvenus. Je me demandais comment un jeune homme de vingt-huit ans pouvait gagner assez d'argent pour subvenir à ses propres besoins ainsi qu'à ceux de son neveu tout en vivant dans un endroit tel que celui-là. Les lofts sur Lincoln Park étaient haut de gamme ; notre immeuble disposait d'un système de sécurité avec clé sécurisée, et d'un interphone pour pouvoir faire entrer les visiteurs. Je voulais lui demander mais c'était plus par curiosité que par un réel désir de le savoir.

— Nate ?

— Désolé, dis-je en souriant à Michael. J'espère que ta grand-mère va aller mieux.

Il tendit la main et toucha ma mâchoire de ses doigts légers.

— Ça a l'air de faire mal. Est-ce qu'un médecin t'a examiné ?

— Je vais bien, lui assurai-je, prenant sa main dans les deux miennes et la tenant fermement pendant un moment. Tu sais quoi ? Demain, je sors dîner avec quelqu'un, mais j'ai des tickets pour aller à l'opéra mercredi soir et je voudrais que tu viennes avec moi, d'accord ? Ce sera l'occasion d'approfondir un peu ta culture et Madame Chang a dit qu'elle te donnerait quelques points supplémentaires si tu faisais une petite rédaction sur ton expérience.

— Quoi ?

— Tu m'as bien entendu.

— Quand as-tu parlé à Madame Chang ?

Il fronça les sourcils.

— Je suis tombée sur elle au ballet, la semaine dernière.

— Vraiment ?

— Oui, dis-je avec un sourire en coin.

— Bon sang, je savais que je n'aurais jamais dû vous présenter au carnaval de l'école le mois dernier. Seigneur, quel cauchemar, gémit-il.

— Tu as besoin de points supplémentaires.

— Peu importe.

— Tu devras aussi te mettre sur ton trente-et-un.

Il gémit plus fort.

— Alors, veux-tu y aller ?

— Ai-je le choix ?

— Toujours.

— Très bien, je vais y aller.

Je me mis à rire devant sa grimace, comme s'il me faisait une faveur et non pas l'inverse.

— Alors tu dois demander à ton oncle s'il est d'accord.

— Me demander si je suis d'accord pour quoi ?

Nous levâmes les yeux et Andreo Fiore se tenait là, nous dominant du haut de son mètre quatre-vingt-treize, large d'épaules, musclé, avec sa carrure en V, me faisant paraître petit et Michael absolument chétif.

— Nate va m'emmener à l'opéra mercredi soir, dit-il en faisant semblant de vomir.

— Si vous êtes d'accord, dis-je en souriant, me relevant et me sentant mieux une fois que je fus à peu près à sa hauteur.

— Vous êtes sûr ?

— Bien sûr, lui assurai-je avant de me pencher pour ébouriffer les cheveux épais de Michael. À mercredi ! Viens à la maison vers dix-huit heures et nous mangerons avant de partir, d'accord ?

Il hocha la tête, ravi.

— Merci, Nate.

— Je t'en prie.

— Nate.

Je me retournai pour regarder Dreo et me perdis dans ses yeux incroyables. Ils étaient étonnants : brûlants et brillants, perçants et sombres.

Il désigna mon visage d'un signe de tête.

— Que vous est-il arrivé ?

— Il a sauvé une dame d'une agression, répondit Michael.

— Oh ?

Les yeux marron foncé de Dreo Fiore ne ressemblaient à ceux de personne d'autre et parfois, juste pendant un instant, je me perdais dans leur profondeur.

— Nate ?

— Quoi ? Ah, oui… dis-je en souriant. Vous savez, tout près de ce parc au bout de Pearson ?

Il hocha la tête.

— Des gars l'ont coincée contre la clôture grillagée près du terrain vague.

— Quels gars ?

— Les mêmes que ceux qui traînent toujours là, soupirai-je. Ils hurlent toujours des trucs et…

— Ils crient après vous ?

— Ils le font à tout le monde, dis-je en riant. Mais je n'aurais jamais pensé qu'ils iraient plus loin. J'ai toujours cru qu'ils n'avaient que de la gueule, mais je suppose que j'avais tort.

Ses yeux me détaillèrent.

— Combien ?

— Trois, je pense, mais l'un d'eux s'est enfui lorsque je suis arrivé.

— Je vois. Est-ce que la police les a arrêtés ?

— Je n'en ai aucune idée.

— Vous empruntez le même chemin chaque jour ?

24

— La plupart du temps, oui, et c'est vraiment une chance que je l'aie emprunté aujourd'hui, dis-je avec un sourire. Bon, je devrais vous laisser partir. Michael a école demain, il a besoin de rentrer à la maison et d'aller au lit.

— *Sì*, acquiesça Dreo.

— Nate ?

Je me retournai et trouvai Sean me souriant, manteau enfilé, sa sacoche d'ordinateur accrochée à son épaule.

— Vous êtes prêt à aller manger ?

— Oui, dis-je dans un souffle, et je levai le bras pour l'accueillir.

Il s'avança, me laissa le prendre par la taille, et je le présentai.

— Sean Cooper, voici mes amis : Andreo Fiore et son neveu, Michael.

— C'est un plaisir, dit-il en leur souriant et en leur serrant la main chacun leur tour.

Je vis Sean observer Dreo ; il n'aimait pas ce qu'il voyait.

— Allons-y, dit sèchement Dreo à Michael, agrippant son bras et le guidant vers les ascenseurs.

Nous les regardâmes partir.

— Ce gars file la chair de poule, dit Sean avec un léger sourire, se rapprochant davantage.

Je réalisai que j'avais eu raison et que je n'avais rien imaginé. Sean avait été intimidé, voire même effrayé par Dreo Fiore.

— Vraiment ? Michael vous fait peur ? le taquinai-je, voulant apaiser ses inquiétudes.

— Très amusant, dit-il en rigolant, glissant un bras autour de ma taille. Allons-y, je meurs de faim. Vous avez promis de me nourrir.

— En effet. Où vivez-vous ?

— À Lakeview, et vous ?

— Lincoln Park.

— D'accord, alors nous pouvons trouver un restaurant entre chez vous et chez moi, dit-il en resserrant son étreinte. Ou vous pouvez simplement m'emmener chez vous.

Oh, décidément, cet homme était très bon pour mon ego.

LE RESTAURANT servait de bon plats faits maison ; je pris un rôti braisé et lui, un steak. C'était agréable de lui parler, et tandis que je l'écoutais, je me retrouvai complètement sous le charme. Sa famille, ses amis, sa carrière, tout était intéressant et amusant. Lorsque nous terminâmes notre repas, avec café et tarte, il était tard. Comme je devais donner un cours le lendemain matin et qu'il devait prendre son service à neuf heures, nous décidâmes de mettre un terme à notre soirée.

Il pleuvait dehors, et alors que nous nous tenions sous l'auvent pendant l'averse, il me dit qu'il avait vraiment passé un bon moment.

— Alors, où allons-nous demain ? demandai-je.

— Je vais vous sortir le grand jeu, promit-il.

Je le regardai alors qu'il retenait son souffle en me regardant.

— Puis, je vous ramènerai à la maison.

— Oh, le taquinai-je. J'espérais un peu plus.

— À ma maison, dit-il en riant. Seigneur, vous êtes pénible.

Je tendis le bras vers lui, pris son visage entre mes mains et l'attirai vers moi. La manière dont ses paupières se fermèrent, dont ses longs cils épais effleurèrent sa joue, dont son soupir s'échappa d'entre ses lèvres... bon sang, j'étais ébloui.

Lorsque mes lèvres se refermèrent sur les siennes, il se laissa immédiatement porter par le baiser et ma langue rencontra la sienne dans une danse passionnelle et furieuse. Le gémissement qui monta du fond de sa gorge était très sexy et lorsque j'approfondis le baiser, je le sentis frissonner contre moi, ses mains empoignant mon pull.

Je malmenai sa douce bouche, et à cet instant, je compris à quel point mon ami avait eu tort. L'homme voulait désespérément se soumettre à moi. Il n'y avait pas une once de dominant en lui.

— Seigneur, dit-il haletant, rompant le baiser pour respirer, me regardant les yeux mi-clos. Oublie ce que j'ai dit, Nate, rentre avec moi ce soir.

Mais je ne voulais pas me précipiter. Je voulais de l'authenticité. Je m'écartai légèrement et le lui dis à l'oreille avant de l'embrasser à nouveau. Je le mis dans un taxi une minute plus tard. Lorsque mon téléphone sonna alors que j'étais installé dans un taxi qui roulait dans la direction opposée à la sienne, je souris avant de répondre.

— Tu n'en as pas encore marre de moi ?

— Nate... souffla-t-il mon nom. Pourquoi ne m'as-tu jamais jeté sur ton bureau lorsque j'étais ton étudiant et que je venais te voir ?

— Parce que cela aurait été contraire à l'éthique, le taquinai-je. Et tu es très respectueux de l'éthique, non ?

Il se mit à rire ; c'était un son agréable.

— On se voit demain, n'est-ce pas ?

— Absolument. Je serai le gars qui se trouvera sur ton perron à dix-neuf heures précises.

— Je suis impatient d'y être, lui assurai-je.

— Merci de me le dire. Ton honnêteté est vraiment agréable.

— Pareil pour moi.

— Seigneur, je n'ai vraiment pas envie de te dire bonsoir.

— Alors, dis que tu me verras plus tard, puisque c'est vrai.

— D'accord.

Il prit une profonde inspiration.

— À plus tard.

— Bien.

Je ne pouvais pas m'arrêter de sourire, même après avoir raccroché.

III

L'AUDITORIUM ÉTAIT une mer de regards vides. Je devais réussir à leur faire comprendre, parce qu'il n'y avait que mon étudiant diplômé, Ashton Cross, qui semblait suivre ce que je disais – à en croire la manière dont il levait les yeux au ciel.

— Bien, dis-je à la classe. Nous parlons simplement d'intervertir deux personnages de Shakespeare qui interviennent dans deux pièces de théâtre différentes, puis de faire une rédaction sur la manière dont ces nouveaux protagonistes affecteraient la pièce, ou de réécrire une scène-clé en les faisant apparaître.

Rien.

Une fille à l'arrière leva la main.

— Oui ?

— Est-ce que cela comptera pour le test ?

Bon. Dieu.

— Un exercice de ce style ? Oui.

Milieu de la deuxième rangée.

— Oui ?

— Y a-t-il un exemple sur lequel nous pouvons nous appuyer ?

— Non, je veux voir ce dont vous êtes capables. Amusez-vous.

— Alors, il n'y a aucune référence ?

— Exact.

Première rangée, sur la gauche.

— Oui ?

— Comment saurons-nous si c'est correct ?

— C'est ouvert à l'interprétation.

Dix mains se levèrent en même temps.

Je regardai Ashton, tel l'animal sarcastique qu'il était, petit et blond et parfait, le genre d'homme dont les femmes et les hommes rêvaient la nuit. Son expression ne traduisait rien d'autre que du mépris envers mes étudiants et de la sympathie envers moi.

Je désignai l'une des nombreuses mains levées.

— Oui ?

— Sommes-nous censés avoir lu plus de pièces que celles que vous nous avez demandé de lire ?

Je voulus répondre : « En tant qu'étudiant en lettres, j'espère que c'est le cas », mais je m'abstins de le faire, car me comporter comme un abruti sarcastique n'allait aider personne. Je me contentai de répondre :

— Cela aurait été utile.

Il eut l'air désemparé.

Après le cours, Ashton râla sur le fait que la plupart des papiers qu'il venait de lire ne faisaient même pas référence à d'autres sources.

— Pour l'amour du ciel, vous réalisez que la plupart de ces gamins n'ont même pas lu Virgil, Platon ou même Homère ? Bon sang, Nate, vous devriez tous les recaler. Comment peuvent-ils comprendre ce qu'ils lisent s'ils ne comprennent pas la mythologie sous-jacente, ou même l'histoire ?

— Vous êtes très effrayant, lui dis-je. Ils ne sont qu'en première année.

— Lorsque j'étais étudiant en deuxième année, je suivais déjà votre cours sur les tragédies, et…

— Je plains les gamins qui suivront vos cours lorsque vous serez professeur.

— Romancier, articula-t-il clairement. Je vais écrire des livres, non pas enseigner à des idiots toute la journée comme vous le faites. Mon Dieu, si je devais enseigner, je serais obligé de recommencer à me droguer.

— Shakespeare en étant défoncé ? dis-je en riant. Vraiment ?

Il grogna.

— Prenez simplement de profondes inspirations.

Ses magnifiques yeux bleu cobalt s'étrécirent.

— Vous avez un rendez-vous.

— Oh, impressionnant. Comment savez-vous ça ?

— Vous êtes tout rayonnant et heureux aujourd'hui.

Je souris, rangeant mes livres dans ma sacoche.

— Au fait, félicitations, ajouta-t-il.

Mes yeux se posèrent sur lui.

— D'avoir un rendez-vous ?

— Non, répliqua-t-il sèchement. Votre article sur Marlowe a été publié dans le *Cambridge Quarterly*. Très impressionnant.

Je jouai des sourcils.

— Merdeux.

— Ne soyez pas jaloux, chaton.

— Je ne suis pas jaloux, vous le savez. Vous méritez tout ce qui vous... dit-il avant de prendre une profonde inspiration, s'interrompant de lui-même. J'ai fini mon livre. Allez-vous le lire ?

— Bien sûr que je vais le lire.

— Et ne soyez pas indulgent. Je n'ai pas besoin d'indulgence, Nate.

— Je ne le suis jamais, dis-je en fermant mon sac. Selon vous.

Il poussa un profond soupir.

— Je l'ai envoyé sur votre adresse e-mail personnelle, d'accord ?

— Je le lirai avant le week-end. Promis.

— Merci.

— Allez, venez, je vous offre un café.

Et il marcha avec moi, posa sa main sur mon épaule et se mit à agir comme l'homme qu'il n'était avec personne d'autre, à part sa mère et son petit ami, Levi Stone.

La journée s'améliora après ça. Les cours de niveau inférieur étaient amusants, comme je leur enseignais les comédies de Shakespeare, et quand nous passions à Chaucer, nous écrivions un texte comme si l'écrivain parlait à ses personnages, en imaginant ce qu'il leur dirait. Les heures à mon bureau passèrent rapidement grâce à de nombreux étudiants qui vinrent me rendre visite. Alors que j'étais en chemin vers la sortie de l'établissement, quittant mon bureau situé dans le Walker Hall et passant devant celui de notre directeur du département, Richard Hampton, Gail Chase, la secrétaire de notre directeur, sortit de son bureau.

— Bonjour, vous, dit-elle en souriant.

— Bonjour.

Je m'arrêtai, heureux de voir qu'elle avait repris le travail.

— Comment vous sentez-vous ?

— Mieux, merci, dit-elle, ses yeux s'adoucissant alors qu'elle me parlait. Et je vous remercie de m'avoir envoyé toutes ces denrées alimentaires, Nate, cela m'a beaucoup aidée. Être une mère célibataire qui doit récupérer après une opération de la vésicule biliaire était bien plus éprouvant que je l'avais imaginé.

Je tendis le bras et serrai son épaule ; elle tapota ma main.

— Mais ce n'est pas pour ça que je vous ai arrêté, dit-elle avec un petit sourire malicieux.

— Avez-vous reçu mes fleurs ? demandai-je avec un large sourire, plein d'espoir.

— Oh, vous êtes si mignon, mais ça ne sert à rien. Greg veut que vous aidiez Vaughn à mettre en place la fête médiévale, alors vous allez le faire.

— Mais il voulait le faire tout seul.

Je faillis geindre pour souligner mes dires, en tapant du pied par terre pour compléter le tableau.

— Nate, dit-elle en rigolant.

— Oh, Gail, vous auriez dû le voir : il s'est levé au milieu de notre réunion et a dit…

Je pris une voix plus grave.

— … « quelqu'un d'autre devrait être autorisé à mettre son empreinte sur l'un des seuls événements qui requiert que l'on porte des cravates ».

— Nate, répéta-t-elle, essayant réellement d'arrêter de rire et de reprendre son sérieux.

— Vous étiez en congés, vous n'êtes pas au courant. Je…

J'entendis des voix dans le couloir et vis deux de mes collègues.

— Rox, Paul !

Le docteur Roxanne Chaney et le docteur Paul Valdez me rejoignirent, tous les deux souriants, heureux de me voir.

— Dites-lui, fis-je en désignant Gail du doigt.

— Lui dire quoi ? demanda Roxanne en souriant, me proposant de croquer dans la pomme qu'elle venait juste d'entamer.

Je lui pris la Granny Smith.

— Dites-lui ce que Vaughn a dit.

— Oh ! dit Paul alors que je mordais dans la pomme, plus qu'heureux d'intervenir avant Rox. Visualisez-moi ça, Gail : il s'est levé en plein milieu de la réunion, ce qui a effrayé Richard qui était bien évidemment en train de faire sa sieste, et…

— Henry s'est demandé où il avait atterri ! l'interrompit Roxanne en caquetant. Enfin, il essayait d'avoir sa réunion habituelle avec Toni qui tricote, Crosby qui textote et Greg qui pique du nez, mais soudain, ce foutu Vaughn s'est levé et a dit…

Elle fit descendre sa voix d'une octave comme je l'avais moi-même fait, et chacun de nous était prêt à imiter l'air toujours sérieux de cet homme.

— … « je ne vois pas pourquoi Nate coordonnerait la fête médiévale chaque année, on ne laisse jamais la possibilité à quelqu'un d'autre de le faire ».

Gail me regarda. Je remuai des sourcils pour confirmer leurs dires alors que je croquai à nouveau dans la pomme. J'étais plus affamé que je le pensais.

— Et il a poursuivi en disant que ce n'était pas juste qu'un seul des membres de la faculté soit impliqué, que nous devrions tous l'être. Peter, qui ne veut pas s'impliquer, lui a dit que son idée était stupide, que c'était le bébé de Nate et que, de cette manière, tout ce qu'il avait à faire était de ramener un foutu rendez-vous.

Elle commença de nouveau à rire.

— Enfin, merde quoi ! dit Roxanne en rigolant, avant de se tourner vers moi. Donne-moi ça.

Je secouai la tête, croquant à nouveau dedans.

— Il y a ma bave dessus.

— J'aime ta bave.

Je lui souris, la bouche pleine de pomme.

— Quand vas-tu te débarrasser de cette barbe et de cette moustache ? soupira-t-elle. Tu es tellement mieux lorsque tu es rasé.

— Ça me donne un air distingué.

— Tu es trop jeune pour ça, m'assura-t-elle, faisant courir ses doigts sur ma mâchoire. Et bien trop beau.

— Oh, oui, il est vraiment joli, se moqua Paul, pinçant ma joue. Et cette année, il n'aura pas à être l'hôte de la fête médiévale en smoking qui divertit tout le monde.

Je lui tapai dans la main pour célébrer cela.

— Vous savez pourquoi ? dit Paul en ricanant tout en se retournant vers Gail. Parce que Sanderson Vaughn est un imbécile complet qui a fini par mettre les pieds dans le plat cette année.

Gail toussa pour arrêter de rire.

— Le directeur du département, votre patron, mon patron, le fabuleux Richard Hampton, veut que vous soyez le deuxième hôte au côté de Vaughn, me dit-elle. Apparemment, lorsqu'il a pris des nouvelles auprès de Sandy…

— Sandy, se moqua Paul. Vraiment ? C'est le nom d'un adulte ?

— Arrêtez, l'avertit-elle avant de retourner son attention sur moi. Il a demandé où en étaient les préparatifs, comme cette satanée fête a lieu dans huit semaines, et *Sandy*…

Elle dévisagea Paul, le défiant de faire le moindre commentaire à propos du prénom de l'homme.

— Sandy n'a pas encore réservé d'hôtel ni même préparé de menu. Il ne nous a pas donné la liste des invités afin que nous puissions envoyer les invitations.

Je laissai échapper un profond soupir.

— J'aimerais vraiment donner un coup de main, lui dis-je.

— Menteur, murmura Roxanne en toussant dans sa main.

Je ne pus contenir mon sourire, alors même que je continuais à mâcher.

— Mais j'ai déjà promis à mes étudiants un bal masqué chez moi.

— Un quoi ? demanda Paul, intéressé.

Je déglutis rapidement.

— Tout le monde devra venir transformé en l'un des personnages de Shakespeare, Chaucer ou Milton, et connaître le personnage qu'il incarne sur le bout des doigts afin de pouvoir répondre à nos moindres questions. Et ils devront jouer ce personnage tout au long de la soirée. Ce sont les règles.

— Et tu as des gamins qui vont venir de leur plein gré ?

— Bien sûr, dis-je en hochant la tête, confus.

— Seigneur, Qells, comment fais-tu ?

— Ce sont ses yeux, lui assura Roxanne. Et son sourire.

— C'est grâce à son cul, dit Ashton en passant par-là, surgissant de nulle part.

— C'est grossier ! dis-je, me retournant vers Gail et désignant Ashton du doigt. Vous devriez répéter ces propos à Richard et faire virer ce gamin de notre école.

Elle leva les yeux au ciel avant d'attraper mon biceps et de me tirer après elle.

Je posai le trognon de pomme dans la main de Roxanne.

— Beurk ! dit-elle en faisant une grimace.

— Puis-je venir à ton bal ? demanda Paul.

— Non, aboya Gail. Vous viendrez à la fête médiévale.

— Mais pourquoi dois-je y aller si Nate n'y va pas ?

Elle grogna avant d'ouvrir la porte de son bureau et me poussa à l'intérieur.

— Vous avez beaucoup de force pour quelqu'un d'aussi doux, délicat, petit…

— Je vais vous tuer, me menaça-t-elle, pointant du doigt la porte ouverte du bureau de Richard.

Me dirigeant vers l'encadrement de la porte, je me penchai en avant et vis le directeur du département de littérature anglaise Richard Hampton, le professeur assistant Sanderson Vaughn, la directrice des études supérieures Gina Tzu, et un homme que je n'avais jamais vu de ma vie.

— Salut, dis-je en souriant. Je ne voulais pas vous interrompre, mais Gail a insisté pour que je vienne vous voir.

— Oh, Dieu merci, gémit Richard, me faisant signe d'entrer. J'ai besoin de vous.

J'ouvris la bouche pour parler, mais les yeux de Gina me lancèrent un avertissement au même instant, et je soupirai avant de traverser la pièce pour me tenir à côté d'elle.

— Nate, voici Daniel Kramer de Butler Davenport.

Je n'avais aucune idée de ce que c'était.

— Monsieur Kramer est ici au nom de l'un de nos anciens élèves, Gregory Butler, et...

— Greg, dis-je en grimaçant, me rappelant bien de lui. Il a été l'un des pires élèves que j'ai eus de toute ma vie.

Daniel Kramer sourit largement et se leva, contournant les chaises pour se tenir devant moi.

Je pris la main qu'il m'offrait.

— Gregory est maintenant le nouveau PDG de Butler Davenport et l'une des premières choses qu'il souhaite, c'est de faire une donation importante à votre département.

— C'est gentil de sa part, dis-je, libérant la main du très bel homme qui me regardait toujours.

— Il veut également parrainer la fête médiévale de cette année, Docteur Qells.

— Génial, dis-je en tournant mon attention sur Sanderson. On dirait que vous allez avoir de la chance avec le budget, hein ?

Il lui lança un sourire narquois.

— Docteur Qells.

Je revins vers Monsieur Kramer.

— Monsieur Butler a été très déçu d'apprendre que vous n'étiez pas en charge de l'événement cette année.

— Oh, ce n'est rien, dis-je en haussant une épaule. Le département a estimé qu'il était temps de passer le flambeau, et l'enthousiasme ainsi que le dynamisme de Monsieur Vaughn ont été...

— Vous ne comprenez pas bien, Docteur Qells.

Je me retournai pour regarder Gina et vis qu'elle me fixait du regard. Elle était un million de fois plus effrayante que Richard ne le serait jamais. Je gémis doucement du fond de ma gorge.

Elle fit un petit « hum-hum », et je regardai à nouveau Monsieur Kramer.

— Je pourrais sans doute m'en occuper, conjointement avec le professeur Vaughn.

— Ce serait mieux, dit-il avec un hochement de tête.

— Greg nous honorera-t-il de sa présence ? demandai-je sur un ton sarcastique.

— Bien entendu.

— Super.

— Apparemment, Gregory n'avait jamais eu de professeur menaçant de le recaler avant vous, Docteur Qells.

— Il était paresseux, l'informai-je.

— C'est ce qu'il m'a dit, m'informa-t-il. Mais pour ma part, je ne l'ai jamais vu ainsi.

Je hochai la tête.

— Donc, l'événement en lui-même sera organisé par une agence. L'organisateur se mettra en relation avec vous pour préparer cette soirée.

— Et avec le professeur Vaughn.

— Bien sûr.

— D'accord, nous attendrons tous de vos nouvelles.

— Sans problème, Docteur Qells.

Je regardai Gina.

— Je dois y aller.

Elle grogna, et je me levai et serrai la main de Monsieur Kramer à nouveau, avant de sortir du bureau. Je menaçai Gail de représailles corporelles à la sortie et elle me jeta un surligneur à la figure. Dans le couloir, Paul et Roxanne étaient toujours là.

— Oh, vous n'allez pas me croire.

Alors que nous quittions tous les trois le bâtiment, Paul et Roxanne étaient confus.

— N'as-tu pas recalé ce gamin ? me demanda Roxanne. Parce que je pense que si tu ne l'as pas fait, j'ai dû le faire.

— Je lui ai donné un C-, mais il avait fait de son mieux pour obtenir une mauvaise note. C'était un pur fainéant.

— Eh bien.

— D'un autre côté, Sanderson a compris qui était le patron, non ?

— Oui, mais je n'en avais vraiment rien à faire qu'il ait été assigné à l'organisation de cette fête.

— Ce qui rend la chose d'autant plus ironique, dit Paul en haussant les épaules.

— Donc maintenant, tu as la fête médiévale et ton bal ?

— Oui, mais d'après ce que j'ai compris, je n'aurai rien d'autre à faire que de me présenter le soir de la fête. C'est une agence qui est en charge de l'organisation de l'événement.

— Oh, ça va être chic alors, dit Roxanne.

— Apparemment, oui.

— Quand aura-t-elle lieu ? La semaine après le Nouvel An, comme d'habitude ?

— Je n'en ai aucune idée. Tu recevras probablement une belle invitation avec bosselage.

— Cool.

Mais tout cela me semblait étrange, ce que je dis à Mélissa dans le train alors que je rentrais à la maison. Je l'avais appelée pour lui parler de mon rendez-vous avec Sean.

— Et comment s'est passé le dîner hier soir ?

Je lui racontai notre baiser, et elle était en train de se pâmer tandis que je descendais du wagon et commençais à descendre l'escalier. C'était toujours amusant de discuter avec elle ; je lui fis promettre de m'accompagner à la fête médiévale avec Ben.

— Oh, oui ! Je pourrais me mettre sur mon trente et un ?

— Oui, ma chère.

Il y eut un claquement de mains de son côté.

Je lui dis que je l'aimais et raccrochai, puis je pris le chemin de la maison.

Il était encore tôt, pas encore dix-huit heures, alors je fus surpris de voir le vélo de Michael appuyé contre la porte d'entrée lorsque je traversai le couloir menant à mon appartement. C'était étrange qu'il soit déjà là, il avait normalement entraînement de basket après l'école.

Après avoir déposé mon ordinateur portable et mes livres, je voulus aller prendre une douche, mais je décidai de retourner dans le couloir et de frapper à la porte pour voir s'il voulait grignoter quelque chose pendant que je me préparais pour mon rendez-vous. Peut-être qu'il était rentré parce qu'il était malade.

Pas de réponse.

Je frappai à nouveau.

— Qui est-ce ? demanda-t-il à travers la porte.

Que se passait-il ? Depuis quand vérifiait-il en premier ?

— Qui crois-tu que ce soit ? plaisantai-je.

Lorsqu'il ouvrit la porte, il souriait. Seulement, il ne me souriait jamais, pas dès le moment où il me voyait. Peut-être après avoir discuté une minute ou deux, ou bien lorsqu'il pensait à une bêtise qu'il allait me dire, mais jamais avec un grand sourire, figé, rien que pour moi.

Quelque chose clochait.

Il était appuyé contre la porte, dans une pause qui était nouvelle, ou que je n'avais jamais vue auparavant. Apparemment, il avait oublié que je n'étais ni stupide ni novice en ce qui concernait le comportement des adolescents. Non seulement j'en avais été un, mais j'en avais aussi élevé un. Je savais reconnaître un stratagème lorsque j'en voyais un.

— Qui est avec toi ? demandai-je platement, observant son visage empourpré, la tache rouge dans son cou et le maillot Calvin Klein qui me disait exactement quelle taille il portait puisqu'il l'avait enfilé dans le mauvais sens. Alors, Monsieur Fiore ?

— Quoi ? Je... Quoi ?

Je levai les yeux au ciel, le poussai de mon chemin et là, sur le canapé, les cheveux bruns ébouriffés, les lèvres gonflées et le pull à l'envers, se tenait la fille la plus mignonne que j'avais vu de toute ma vie. Ses grands yeux vert émeraude étaient écarquillés comme s'ils étaient prêts à jaillir de sa tête. Elle était terrifiée.

— Qui est-ce ? demandai-je à mon ami Casanova.

— Il ne s'est rien passé.

— Ce n'est pas ce que j'ai demandé.

Quelque chose s'était visiblement passé.

— Qui est-ce ? demandai-je pour la deuxième fois.

— C'est Danielle Tulia.

— Et ?

J'attendis.

— Nate, il ne s'est rien passé.

Je lui montrai la jeune fille.

— Non, je veux dire... Il s'est passé quelque chose, mais pas ce que tu penses.

Je traversai la salle et m'assis à côté de Danielle.

— Salut.

Elle semblait sur le point de vomir.

Je pris sa main et elle me regarda, ses yeux limpides me dévisageant.

— Je ne suis pas là pour juger, je veux simplement discuter, d'accord ?

Elle hocha la tête ; c'était tout ce qu'elle semblait capable de faire.

— Ma chérie, tu devrais peut-être aller dans la salle de bain pour te laver le visage et retirer ton pull pour le remettre dans le bon sens afin que je n'aie pas à voir les coutures et les traces de ton déodorant.

Elle sursauta et s'enfuit.

Je regardai Michael.

— Nate…

— Assieds-toi. Je veux te parler de ma meilleure amie, Mélissa.

— Oh, mon Dieu ! gémit-il en se laissant tomber sur le canapé.

Quand Danielle revient de la salle de bain, le menton tremblant, la lèvre inférieure faisant de même, les yeux gonflés de larmes, je pris de nouveau sa main et la tins pendant que je racontais la manière dont ma meilleure amie et moi avions eu un bébé quand j'avais dix-sept ans et elle dix-huit. Nous étions des parents neuf mois plus tard, moi à dix-huit ans et elle à dix-neuf.

Plus je parlais, plus Danielle se remettait de ses émotions, et plus Michael était intéressé par ce que je disais. Je leur expliquai qu'ils étaient, à mon avis, trop jeunes pour avoir des relations sexuelles.

— Physiquement, vous êtes prêts, dis-je doucement. Mais émotionnellement ? Mentalement ?

Ils me regardèrent tous les deux.

— Très bien, je ne suis qu'un adulte stupide, dis-je en haussant les épaules. Alors, qui a amené des préservatifs ?

— Dani prend la pilule.

Je hochai la tête et regardai Danielle.

— Mais que faire s'il a la gonorrhée [1] ou quelque chose comme ça ?

Elle retint son souffle.

— Je ne l'ai pas ! Je n'ai rien du tout !

Il le jura devant elle avant de se retourner et de me grogner dessus.

— Nate ! Comment peux-tu pu dire ça ?

— C'était une simple question, dis-je en me tournant vers Danielle. Mais tu dois être plus prudente que tu ne l'es, chérie.

1 Chaude-pisse

Et soudain, j'eus les bras pleins de Danielle Tulia.

Le visage de Michael montrait toute son irritation.

— Donc, tu as séché ton entraînement de basket ? demandai-je.

Il hocha la tête.

Je relevai Danielle et posai mes mains sur son visage.

— Et où tes parents pensent-ils que tu es, ma chérie ?

— En train d'étudier chez mon amie, Aurora, dit-elle avant de prendre une grande inspiration. Mais je pensais que vous étiez mon père lorsque vous avez frappé à la porte.

C'était un bâtiment sécurisé, quelqu'un aurait dû faire entrer son père ou il aurait dû attendre en bas jusqu'à ce que quelqu'un entre. La possibilité que ce soit lui était minime, mais le sentiment de culpabilité de cette jeune fille était grand.

— Peut-être que vous devriez mieux réfléchir à tout cela, non ?

Michael me regardait.

— Que se serait-il passé si Dreo avait franchi cette porte ?

Il pâlit rien qu'à cette idée et je compris qu'il n'avait pas réfléchi si loin.

Je les emmenai à mon appartement, leur préparai des sandwiches au fromage grillé et une soupe à la tomate. Nous discutâmes un peu plus après que j'ai appelé Sean pour décaler notre rendez-vous d'une heure. Il avait ri lorsque je lui avais expliqué la raison.

— Tu es un ange gardien maintenant ?

— Je suppose.

— Tu es un homme bien, Nate Qells. Je suis impatient d'être celui dont tu prendras soin.

Il avait vraiment un don avec les mots.

Lorsque nous eûmes fini, nous descendîmes l'escalier, et alors que je me dirigeais vers ma voiture afin de reconduire Danielle chez elle, un énorme SUV fit une embardée, s'arrêtant dans un crissement de pneus au beau milieu de la rue.

— Oh, merde, c'est mon père.

Danielle eut à peine le temps de le dire que déjà son père contournait le véhicule dont il venait de sortir et longeait le trottoir.

Peut-être que Monsieur Tulia n'aurait pas frappé Michael – il était sûrement à la recherche d'un adulte à tabasser, du moins c'était ce que je pensais – mais je n'allais pas lui en laisser la chance. Mon grand et mince ami était beaucoup trop menu pour supporter ne serait-ce qu'une tape de cet homme à la carrure d'ours. J'étais heureux d'être là pour intervenir et prendre la punition à sa place. Je ne tombai pas – l'angle était mauvais et M. Tulia était un peu trop près de moi lorsqu'il m'asséna un coup, son poing effleurant ma mâchoire au lieu de la percuter.

— Oh, mon Dieu, Papa, qu'est-ce qui te prend ? cria Danielle.

— Dani ! entendis-je une femme crier.

— Maman, Papa a frappé Nate !

— Nate ! cria Michael.

— Qui est ce foutu Nate ? rugit M. Tulia.

Cela aurait pu être drôle, si l'on oubliait que j'avais été frappé deux fois en vingt-quatre heures et que je commençais à me sentir comme un punching-ball. Mes mains se levèrent pour me protéger de cet homme, et Michael et Danielle se postèrent devant moi. À en croire l'expression du visage de M. Tulia, il se sentait complètement idiot.

— Oh, merde ! grogna-t-il.

Michael prit une vive inspiration et je pus voir qu'il avait peur.

— C'est bon, lui dis-je alors que des larmes montaient à mes yeux. Tout va bien.

— Merde ! jura à nouveau M. Tulia. Asseyez-vous avant de tomber.

C'était un bon conseil.

Je me retrouvai assis sur les marches et il était à côté de moi, penché en avant, les coudes sur les genoux. Il s'était suffisamment calmé pour parler à sa fille.

— Tu étais censée être avec Aurora, mais lorsque nous sommes allés te chercher, tu n'étais pas là.

— Non, je sais. Je suis désolée.

— Aurora m'a dit que tu étudiais avec Michael, mais comme je ne connais pas de Michael ni sa famille et que je ne savais pas qui se trouvait à la maison avec vous, je suis venu ici pour voir ce qui se passait.

— Et tu es venu avec Maman ?

— J'ai insisté pour venir, répondit Mme Tulia. Je ne voulais pas que ton père tue qui que ce soit.

Chose raisonnable, pensais-je tout en m'éclaircissant la gorge.

— Pour ne pas vous mentir, M. Tulia, ils sont restés seuls pendant un moment, mais je rentre à la maison tous les jours aux alentours de dix-sept heures, donc je suis arrivé peu après et leur ai préparé une soupe et des sandwiches.

Mme Tulia voulut savoir quelle sorte de soupe et je lui répondis que c'était à la tomate, et lui parlai du fromage grillé sans qu'elle ait besoin de le demander.

— Cette combinaison est toujours bonne, dit-elle en souriant.

— Je le pense aussi, acquiesçai-je.

— Je suis désolé de vous avoir frappé.

— Merci, dis-je en lui souriant.

La manière dont il me présenta ses excuses m'indiqua qu'il était sincère. Il était en colère contre lui-même, c'était perceptible dans sa voix.

— Donc, vous êtes le père de Michael ?

— À toi de répondre, dis-je à mon ami don Juan.

Michael lui expliqua que j'étais son ami et qu'il vivait en fait avec son oncle.

— Qui est ton oncle ?

— Ce n'est pas important, M. Tulia.

— Michael ? l'interpella Danielle en le regardant bizarrement. Qu'est-ce qu'il y a ?

— C'est juste…

— Son oncle s'appelle Andreo. Andreo Fiore, répondit Danielle en souriant à son père.

Le hoquet de Mme Tulia me surprit, tout comme la main qu'elle plaqua contre sa bouche.

— Quoi ? demanda Danielle.

Monsieur Tulia jura dans sa barbe et je me retournai pour le regarder.

Il prit une profonde inspiration avant de se tourner vers moi, sa mâchoire serrée, incapable de cacher sa soudaine crainte, mais il était prêt à affronter le peloton d'exécution.

— Quand attendez-vous Monsieur Fiore ?

Je secouai lentement la tête.

— Nous ne l'attendons pas vraiment. Il sera de retour dans la soirée, je suppose, mais cette histoire reste entre nous, M. Tulia. Michael est un bon garçon et je serai heureux que vous laissiez Dani venir lui rendre visite. Je vous promets qu'il se conduira en parfait gentleman lorsqu'il se rendra chez vous. Et lorsque Dani reviendra ici, il y aura soit Dreo, soit…

— Vous pouvez m'assurer que Michael traitera bien ma fille, n'est-ce pas ? Vous le connaissez assez bien ?

Je regardai longuement le garçon dégingandé avec son sourire en coin et ses yeux brun foncé, presque noirs, dont la posture traduisait toujours un soupçon de tristesse.

— Oui.

— Nate ?

Je me retournai vers l'homme plus âgé.

— Vous avez des enfants ?

— Un fils.

— Bon. Vous comprenez alors que j'ai besoin de savoir où elle est et avec qui elle est.

— Parfaitement.

— Très bien.

Mais il n'avait toujours pas l'air rassuré.

— M. Tulia ?

Il prit une grande inspiration.

— Je ne peux pas laisser ma fille se rendre chez Dreo Fiore, Nate.

— Comment ça ?

— Je n'ai aucun problème avec M. Fiore ou M. Romelli.

— Je ne connais pas M. Romelli.

— C'est le patron de Dreo, m'expliqua Michael.

— Oh, d'accord, dis-je avant d'adresser un sourire à M. Tulia. Eh bien, si vous n'êtes pas à l'aise avec le fait que Danielle…

— Michael peut venir chez nous. D'accord, Nate ?

— Oh ! dis-je, à la fois surpris et heureux. Merci.

Je ne comprenais pas trop cette conversation, mais je savais que Michael voulait simplement être autorisé à voir la fille qui lui coupait le souffle et le rendait fou d'impatience à l'idée de la retrouver.

M. Tulia hocha la tête.

— Comment connaissez-vous Dreo Fiore, Nate ?

— Nous sommes voisins, lui répondis-je, pensant à quelque chose. M. Tulia, Michael et moi allons à l'opéra demain soir. Pourrions-nous emmener Danielle avec nous ?

— Vous allez à l'opéra ? me demanda Mme Tulia, ayant finalement retrouvé sa voix.

— Oui, dis-je en passant un bras autour des épaules de Michael. Et Michael et moi seront sur notre trente-et-un alors…

— Oui, dit Mme Tulia en hochant la tête. Danielle peut y aller.

Un grand sourire se dessina sur mon visage lorsque je compris qu'elle avait confiance en moi pour prendre soin de sa fille.

— Que faites-vous dans la vie, Nate ?

J'expliquai que j'étais professeur d'anglais à l'Université de Chicago, quel genre de cours j'enseignais, et plus je parlais, plus les regards des Tulia perdaient de leur éclat, ce qui était le cas chez toutes les personnes qui m'écoutaient lorsque j'étais lancé sur Chaucer et Milton et bon Dieu, quelqu'un pouvait-il simplement m'arrêter ?

Cette conversation était tellement ordinaire, et Danielle hochait la tête parce qu'elle aimait vraiment Michael, et plus je parlais et ennuyais ses parents, plus tout semblait être oublié et revenir à la normale.

Michael avait la main posée sur l'arrière de mon manteau et je pus sentir le poids de celle-ci comme il s'y tenait fermement. Je n'étais pas sûr qu'il ait remarqué qu'il me touchait, mais je compris son geste car Jared avait l'habitude de faire la même chose. Dans la tête de Michael, j'étais l'adulte, il était l'enfant, et il recherchait du réconfort juste pour un moment.

M. Tulia m'écouta, regarda Michael, puis sa fille.

Mme Tulia me prit la main, hocha la tête et s'excusa pour l'accès de colère de son mari.

Je les regardai et ne pus m'empêcher de sourire. Ils représentaient le stéréotype des parents : lui, menaçant et protecteur, et elle, essayant d'insuffler un peu de douceur et de chaleur après l'explosion de colère. Je les appréciais déjà tous les deux, même si l'homme m'avait laissé une nouvelle contusion sur le visage.

— Je suis sûr que vous comprenez, Nate. Nous devons vérifier et savoir avec qui notre fille se trouve.

— Oui, Madame. Je n'ai jamais eu de fille, donc je ne sais pas exactement ce que c'est, mais j'ai élevé mon fils, alors je connais cette frustration que l'on ressent lorsqu'un adulte n'est pas présent à la maison. C'est bien là que se trouve le problème, n'est-ce pas ? Où diable étais-je ? Quel genre de chaperon suis-je ?

— Oui, confirma M. Tulia comme si je venais juste de comprendre.

— Venez avec nous, proposa soudain Mme Tulia. Notre fils, Johnny, tient un restaurant sur Clybourn. Vous allez l'adorer.

Mais j'avais un rendez-vous.

Les mains de Michael se resserrèrent sur mon biceps, comme un étau. Celle de Danielle se glissa dans la mienne. Tous les deux étaient en train de foutre en l'air ma vie amoureuse avec leurs regards de chiots suppliants.

— D'accord, dis-je en soupirant. Mais vous allez devoir monter en voiture avec moi et écouter ma musique.

Michael grommela fortement.

— Très bien, mais pas de Hall and Oates, d'accord ?

Je ricanai et Monsieur Tulia se mit à rire aussi.

— Laissez-moi le temps d'aller chercher mon téléphone, dis-je à la petite assemblée, et je m'excusai pour retourner à mon appartement et le récupérer.

J'avais manqué cinq appels, et ils étaient tous de Sean.

— Nate ?

— Oui, dis-je en prenant l'ascenseur pour redescendre. Je suis vraiment désolé, j'ai oublié de prendre mon téléphone quand j'ai quitté mon appartement pour emmener Michael...

— Ce n'est pas grave, et je suis désolé de t'interrompre, mais je dois aller travailler immédiatement.

— Oh.

J'étais déçu, ce qui était stupide parce que j'aurais dû annuler de toute façon, mais l'idée qu'il soit celui qui me pose un lapin était assez déprimante.

— Non, non, non, s'il te plaît, ne pense pas que je ne sois pas prêt à te supplier pour reporter notre rendez-vous. C'est juste que je veux devenir chirurgien pédiatrique et nous avons ce cas qui...

— C'est bon, tu n'as pas à t'expliquer.

— Nate, écoute. Il y a un chirurgien fantastique qui va opérer et il a demandé à deux autres médecins de l'assister, et mon chef a suggéré mon nom. C'est quelque chose d'énorme et si je n'accepte pas sa proposition, j'ai l'impression que ça sera la plus mauvaise décision de ma vie, tu vois ?

— Je comprends.

— Mais je ne veux pas qu'il y ait de malentendu entre nous. Laisse-moi t'inviter à dîner demain soir, s'il te plaît.

— Demain, j'emmène deux gamins à l'opéra. Que dirais-tu de jeudi ?

— Vraiment ?

Il avait l'air très heureux.

Je souris dans le téléphone.

— Oui, vraiment.

— Juste comme ça ? Pas de supplique, pas de chantage ?

— Nous sommes des personnes honnêtes, non ? demandai-je. Tu veux vraiment que nous sortions dîner, n'est-ce pas ?

— Plus que tu ne peux l'imaginer.

— Et j'ai attendu ce moment durant toute la journée, mais il semblerait que jeudi nous convienne mieux à tous les deux.

— En effet.

— D'accord, alors pourquoi devrais-je t'ennuyer avec ça ?

— Seigneur, Nate, je ne sais pas ce que je vais faire de toute cette honnêteté. C'est tellement rare.

Je me mis à rire.

— Alors on se voit jeudi, sans faute. Dix-neuf heures ?

— Absolument. Je serai là.

— À plus tard, alors. J'espère que tout se passera bien pour toi et encore mieux pour ton patient.

Il y eut une pause.

— Merci, dit-il d'une voix bizarre.

— Pas de quoi.

Je raccrochai et lorsque je descendis les marches, tout le monde m'attendait. Je dis à Michael que j'allai chanter dans la voiture.

Son grognement de dégoût fut bruyant.

IV

Le restaurant était incroyable. Tucchetti's était un établissement petit et chaleureux, et le poulet tetrazzini que j'avais commandé était vraiment délicieux et juste un peu épicé. Je regardai les enfants se pencher l'un vers l'autre et se murmurer des choses, et écoutai les Tulia parler à leur fils Johnny, qui était venu à notre table et s'était assis. En tant que frère aîné, il avait posé tout un tas de questions à Michael et lui avait fait tout un discours sur le fait qu'il sorte avec sa sœur, en lui précisant que personne ne retrouverait son corps s'il la ramenait après le couvre-feu.

J'acquiesçai d'un hochement de tête et Johnny se pencha sur le côté pour me donner une accolade.

— Tu vois, il sait comment ça fonctionne, dit M. Tulia – désormais Ray – en me désignant du doigt. Je parie que votre fils, Jared a toujours ramené ses petites amies à la maison à temps.

Eh bien, maintenant, il avait une petite amie avec laquelle il vivait, mais je pris le compliment pour ce qu'il était. Mme Tulia, Carmen, voulait en savoir plus sur Michael, et je me mis alors à lui parler du basket, du fait que lui et moi allions au refuge pour sans-abris sur Dearborn un samedi par mois et qu'il était un étudiant, fainéant mais que nous travaillions dessus.

— Vous prenez bien soin de lui, dit Carmen en souriant.

— Dreo prend soin de lui. Moi, j'essaie simplement d'améliorer un peu sa personnalité pour qu'il soit de bonne compagnie.

Elle se mit à rire et je vis la manière dont son mari et son fils la regardaient, la chaleur de leurs yeux et les sourires qu'ils m'adressèrent.

— Ma mère a un cancer, me dit Danielle plus tard, alors que nous dégustions des oranges avec une sauce marsala pour le dessert.

— Oh, dis-je, le souffle coupé.

C'était une nouvelle difficile à entendre.

— Non, continua-t-elle en secouant la tête. Elle est en rémission maintenant, et nous allons tous bien.

Je pris sa main et elle se pencha vers moi.

— Mais quand vous êtes assis ici et que vous la faites rire, eh bien… Nous allons tous vous regarder de cette manière, d'accord ?

— Très bien.

J'entendis de vives paroles dites en italien et lorsque je regardai Carmen, elle chassait quelqu'un de la table, avant de reprendre son siège en face de moi.

— Qui était-ce ? lui demandai-je, regardant l'attirante jeune femme blonde s'éloigner lentement de notre table.

— Ma nièce, Angélique. Elle vous a vu entrer et vous a trouvé très beau, Nate, mais je lui ai dit que comme vous étiez gay, elle n'avait aucune chance de tomber enceinte de vous et de vous forcer à l'épouser.

Trop d'informations dans une seule phrase…

— Tout d'abord, comment savez-vous que je suis gay ?

— Michael nous l'a dit lorsque vous étiez aux toilettes. J'ai demandé où se trouvait votre femme pour laisser sortir un si bel homme, et il a dit que vous étiez gay, mais que vous et votre meilleure amie aviez eu un enfant ensemble.

Il avait réussi à leur transmettre beaucoup d'informations en l'espace de quelques minutes.

— Merci.

— De quoi ?

— De penser que je suis mignon, dis-je pour la taquiner.

— J'ai dit que vous étiez beau, et c'est vrai.

— Et votre nièce ?

— C'est une fille facile, dit-elle en souriant. Et même si vous aimiez les femmes, je ne l'aurais pas laissée vous approcher.

Je hochai la tête. Elle tendit le bras pour poser sa main sur ma joue.

— C'est pour quoi ?

— De quoi parlez-vous ?

— Cette barbe, cette moustache, pourquoi vous cacher ?

— Cela me fait ressembler à un intellectuel, vous ne trouvez pas ?

— Je pense qu'il est temps de vous en débarrasser. Vous avez un joli visage, nous devrions pouvoir le voir.

Je grognai.

— C'est une réaction tellement masculine.

Je pris sa main dans la mienne, et son sourire était éblouissant. Il était facile de comprendre pourquoi sa famille voulait la protéger.

— Je pensais m'en débarrasser, pour tout vous dire, mais se raser tous les jours est une vraie corvée.

Elle haussa les épaules.

— Dites-moi, d'où viennent ces hématomes sur votre visage ?

Je désignai son mari du doigt.

Elle rit à nouveau et son mari se pencha pour me regarder.

— Que s'est-il vraiment passé ?

Ce fut amusant de raconter l'agression que j'avais arrêté la veille.

— Maintenant, je me sens encore plus mal, me dit Ray.

— Bien, répliquai-je en souriant. Parce que je pense que j'ai besoin de Tylenol ou quelque chose comme ça.

— Ou d'un autre cappuccino ? offrit Johnny.

— Les deux, s'il vous plaît.

Alors que je regardais son fils s'éloigner, je vis le sourire de Ray. Il m'appréciait. Toute sa famille m'aimait bien. Le fait que le genou de Michael soit collé contre le mien sous la table me fit comprendre que ma présence l'avait aidé.

— Alors, Casanova, dis-je en souriant. Qu'avons-nous appris ?

— Qu'il ne faut pas sécher un entraînement de basket pour essayer de s'envoyer en l'air ? dit-il à voix basse, tout près de mon oreille.

— Imbécile.

Il me mit un coup à l'épaule, et je lui demandai comment allait sa grand-mère lorsqu'il l'avait vue la veille.

— Elle va bien. Elle sort aujourd'hui.

— Que lui ont-ils fait ?

— Ils lui ont placé un pacemaker.

— Mais elle va bien ?

— Oui, ils ont dit qu'elle pouvait rentrer à la maison.

— Comment va ton oncle ?

— Il va bien. Il était un peu bizarre la nuit dernière après ton départ, mais je pense que c'était de ta faute.

— Ma faute ?

— Il était très énervé que tu aies été blessé.

Je secouai la tête.

— Tu te fais des idées.

— Je ne pense pas.

— Michael, qui est ton oncle ? demanda Johnny.

— Son oncle est Andreo Fiore, répondit son père.

— *Figlio di puttana*, dit Johnny entre ses dents.

— Johnny ! le réprimanda Carmen.

— Je suppose que ce n'était pas très gentil, dis-je en souriant à Michael.

Nous partîmes après avoir enlacé et embrassé Carmen et Danielle à maintes reprises, emportant avec nous un sac contenant le reste de notre repas, celui-ci tellement plein que l'on aurait dit que nous revenions de chez Walmart. Une fois en voiture, je demandai à Michael ce que Dreo faisait dans la vie.

— Il travaille pour Vincent Romelli.

— Je ne sais toujours pas qui est cet homme, lui assurai-je, tournant à un feu tricolore. Mais d'après la réaction des Tulia, je suppose que ce monsieur Romelli est un gars plutôt effrayant.

— Oui, je trouve qu'il est effrayant, et par conséquent, beaucoup de personnes ont aussi peur de Dreo. Je ne sais pas ce qu'ils font, je ne pose pas de questions. Dreo porte une arme et ne quitte jamais la maison sans, même lorsqu'il sort pour un rencard. Il m'interdit formellement d'entrer dans sa chambre, mais si ça se trouve, c'est simplement parce qu'il a une collection de pornos. C'est vraiment un gars sympa, mais je ne peux pas le défendre alors que je ne sais rien de ce qu'il fait.

Cela avait du sens.

Une fois à la maison, il me suivit jusqu'à ma porte et lorsque je lui dis de rentrer chez lui, il se mit à rire. Il me dit qu'il allait prendre une douche et qu'il reviendrait ensuite chez moi pour faire ses devoirs. Parfait, cela ne me posait aucun problème, alors je le prévins que ma porte serait déverrouillée parce que je devais également prendre une douche. J'en avais bien besoin après cette journée.

Lorsque je sortis de ma salle de bain, les livres de Michael étaient éparpillés sur ma table basse. Il s'était versé un verre de jus de pomme et regardait un match de hockey sur ESPN tout en étudiant. Je m'installai sur la table de la cuisine, décidant de travailler ici plutôt que dans mon bureau afin de lui tenir compagnie. Nous travaillâmes en silence, si ce n'est le match. Ce fut à la troisième période que la sonnette retentit.

J'ouvris la porte. Dreo se tenait dans le couloir, les sourcils froncés, semblant en colère et bouleversé à la fois.

— Entrez, dis-je en me décalant sur le côté.

Il n'était pas seul. Il ne bougea pas et je n'étais pas sûr de ce qu'il attendait.

— Est-ce que vos amis veulent aussi entrer ?

— Juste pour une minute.

— Je vous en prie.

Cinq hommes, sans compter Dreo, entrèrent dans mon salon. Lorsque je m'avançai pour fermer la porte, il m'arrêta.

— Ils ne vont pas rester. Je voulais simplement qu'ils fassent votre connaissance.

C'était étrange, mais j'affichai mon plus beau sourire et tendis la main au premier homme.

— Nate Qells.

Ils me serrèrent la main chacun leur tour, et ainsi, je rencontrai Anthony, Gianni, Frank, Paul et Sal.

— J'ai toujours voulu connaître un Sal, dis-je avec un sourire.

Je fus surpris lorsqu'il me rendit mon sourire, me donnant même une tape sur le bras.

— Alors comme ça, vous avez été blessé, Professeur ?

C'était étrange qu'ils sachent ce que je faisais. Je n'aurais pas pensé que Dreo trouve cela suffisamment important pour en parler avec eux.

— Oui, hier, par quelques gars du parc, dis-je.

— Nous en avons entendu parler, dit Sal en hochant la tête. Mais peut-être qu'en passant à cet endroit demain, ils ne seront plus là.

— Ils y seront, ils sont toujours au même endroit, lui assurai-je.

Il haussa les épaules.

— Peut-être qu'ils n'y seront plus, insista-t-il.

J'étais sceptique.

— Nous avons entendu dire qu'il s'était passé autre chose ce soir ?

Je me mis à rire.

— Vous voulez parler de M. Tulia ?

— Oui, dit Dreo en toussotant, ses yeux sombres se plantant dans ceux d'Anthony. Tulia.

— C'était un simple malentendu, dis-je pour les apaiser. Tout est arrangé maintenant. Vous n'avez même pas besoin de vous en mêler.

— Salut, dit Michael du fond du canapé, sans même bouger.

Dreo lui adressa un signe de tête, puis ses yeux sombres et sans fond étaient de retour sur moi.

— Cet homme, il vous a frappé ?

— Juste une tape affectueuse. Il nous a invités à dîner.

— « Nous » ?

— Michael et moi. Nous avons des restes.

— Et de sacrément bons restes ! garantit Michael depuis le canapé.

— Est-ce que certains de vous ont faim ?

— Oh ! Non, Professeur, me dit Franck en souriant. Nous allons y aller. Mais merci de nous l'avoir proposé, c'est très gentil de votre part. Demain, je vous amènerai les pâtes à la carbonara de ma mère.

— Vendredi, lui dis-je.

— Quoi ?

— Les pâtes à la carbonara sont l'un de mes plats préférés et je parie que celles de votre mère sont fantastiques. J'adorerais les goûter, mais demain, j'emmène Michael à l'opéra et jeudi, j'ai un rendez-vous. Donc, vendredi, si c'est d'accord ?

Il hocha la tête.

— Allons-y pour vendredi. Quel opéra ?

— *La Bohème.*

— Chouette. Vous apportez un peu de culture à cet enfant, hein ?

— J'essaie. Et il a besoin de points supplémentaires.

— Je vois, dit-il en me souriant avant de se retourner pour regarder Dreo. Nous en avons terminé ici. On se voit demain.

Dreo hocha la tête et les cinq hommes partirent en nous souhaitant bonne nuit. Dreo ferma la porte derrière eux et revint vers moi, ses yeux fixés sur mon visage.

— Ça va ?

— Très bien, dit-il catégoriquement.

— Bon. Avez-vous faim ?

Il secoua la tête.

— Si vous voulez rentrer chez vous pour vous reposer, je peux le renvoyer plus tard.

— Non, je me sens bien ici.

Je savais qu'il aimait être chez moi, vu le nombre de fois où il avait complimenté mon intérieur.

— Ce que vous avez fait de cet endroit... Ce parquet au sol, ces tuyaux apparents au plafond, cette cheminée en pierre... énuméra-t-il avant de hausser les épaules. C'est bien plus accueillant que chez moi.

— Très bien. Alors, retirez votre manteau et asseyez-vous.

Je me dirigeai vers la cuisine.

— Il y a une bonne odeur chez vous.

— Oh, vraiment ? plaisantai-je, marchant devant lui. L'odeur du fromage grillé que j'ai cuisiné un peu plus tôt ?

— Non, dit-il avant de poser sa main sur mon épaule, si bien que je m'arrêtai et me retournai pour le regarder. Ça sent le feu, la vanille et quelque chose d'autre.

— Est-ce une bonne chose ?

— *Sì*, dit-il doucement et je vis ses yeux se plisser.

Je le laissai m'observer pendant une minute et je souris.

— Je pense qu'il a des choses à vous dire, lui dis-je.

Il comprit que je voulais parler de Michael.

Je le regardai retirer le manteau qu'il portait ainsi que la veste de costume en dessous, les poser sur ma causeuse, desserrer sa cravate et se diriger vers le canapé. Il fit de la place avant de s'asseoir sur ma table basse, en face de son neveu.

La cravate striée de bleu et de rouge fut retirée, pliée et posée près de lui, puis il se pencha en avant pour regarder Michael.

— Je peux vous préparer quelque chose ? demandai-je.

Il secoua la tête.

— Mais si, vous voulez les restes ? Du fromage grillé ?

— Le fromage grillé est ce que j'ai mangé de meilleur aujourd'hui, dit doucement Michael, se tournant pour me regarder par-dessus son épaule.

— Meilleur que les raviolis à la sauce marinara épicée de Johnny ?

— Oui, dit-il en hochant la tête. Ça m'a rappelé le temps où ma mère m'en préparait.

J'espérais de tout mon cœur que ce soit une bonne chose.

— Mon Dieu, je peux lire toutes tes pensées sur ton visage, me taquina-t-il en souriant. Oui, Nate, c'est une bonne chose.

Je haussai les épaules avant de m'adresser à Dreo :

— On dirait que mon fromage grillé est apprécié. Dites-moi ce que vous voulez.

— Je ne veux pas vous déranger.

— Je veux vraiment vous préparer à dîner, lui dis-je.

Il soupira profondément.

— Je ne veux pas que vous cuisiniez, mais si vous pouviez me réchauffer quelque chose, ce serait bien.

— Tout de suite.

Après plusieurs minutes, il me rejoignit dans la cuisine, s'appuyant contre le comptoir pendant que je m'activais.

— Je pense que c'est la première fois qu'on se parle autant, dis-je.

— Je sais, gémit-il. C'est parce que je ne sais jamais quoi dire.

— Vous pouvez tout simplement parler. Je ne mords pas.

— Oui, mais vous êtes vraiment intelligent.

Cela me fit rigoler.

— Oui, je suis extrêmement brillant, dis-je ironiquement.

Il haussa les épaules.

— Plus intelligent que moi, en tout cas.

— N'en soyez pas si sûr, lui assurai-je. Nous devrions nous parler davantage. Nous avons ce gamin en commun, après tout.

Il hocha la tête.

— Oui, en effet.

— Je vous connais depuis longtemps.

— C'est exact.

— Donc ? le pressai-je.

— Très bien, grommela-t-il. Nous nous parlerons plus souvent.

Je me mis à rire.

— Ne m'obligez pas à vous tordre le bras ou quoi que ce soit de ce genre.

— Vous êtes plutôt impertinent.

— Ce que vous n'auriez jamais su si nous n'avions pas discuté.

Il grogna.

— Voulez-vous un verre de vin ?

— Rouge ?

— Vous voulez que j'ajoute de la marinara pour qu'il devienne rouge ? plaisantai-je. Bien évidemment, du vin rouge. Vous préférez du Chianti ou… Oh, j'ai également un excellent Côte de Beaune.

— Le Chianti.

— Tout de suite.

Je lui préparai une assiette, lui versai un verre de vin, et portai le tout sur la table où j'étais installé. Il était encore debout dans la cuisine lorsque je me retournai.

— Que faites-vous ? Venez vous asseoir.

Il s'éloigna du comptoir et traversa la pièce, puis s'installa à côté de mon ordinateur portable. Je lui passai une serviette et une fourchette et lui dis de manger.

Le regard qu'il m'adressa lorsqu'il releva les yeux était perdu. S'il ne l'avait pas été, s'il m'avait remercié ou souri ou fait n'importe quoi d'autre, les choses auraient pu être différentes. Mais son regard, plein de besoins, comme s'il souffrait, me percuta de plein fouet.

53

— Seigneur, qu'est-ce qui ne va pas ? demandai-je, une main dans ses cheveux, repoussant la lourde crinière noire et brillante de son visage.

Il se raidit et je réalisai ce que je venais de faire.

— Merde, désolé, m'excusai-je en laissant tomber ma main avant de m'éloigner.

Ses doigts saisirent rapidement mon poignet et sa prise se resserra si fort qu'elle laisserait des traces.

— Je ne suis pas un petit garçon.

Je plissai les yeux, mais n'essayai pas de me libérer.

— Je le sais.

— Vous n'avez pas besoin de prendre soin de moi comme vous le faites avec Michael.

— Je m'en doute.

Il me regarda franchement.

— Pourriez-vous lâcher mon poignet ?

Il dit quelque chose, mais je ne compris pas.

— Quoi ?

Il me regarda à nouveau dans les yeux.

— *Ho una gran voglia di baciarti* [2].

Les mots étaient presque chuchotés.

— Je n'ai pas compris ce que vous venez de dire.

Il poussa un petit grognement en me lâchant et continua à manger.

— Dreo, je…

— Non, me coupa-t-il, secouant la tête avant de la relever. Je suis désolé, c'était stupide. J'ai réagi de manière excessive.

— D'accord.

— Asseyez-vous et parlez-moi, dites-moi tout ce qui s'est passé.

— Très bien, mais promettez-moi de ne pas disputer Michael. Je l'ai déjà fait.

Il poussa un long soupir.

— *Sì*.

— J'aime ça.

— Quoi ?

— Lorsque vous allez et venez entre l'italien et le français.

— Vraiment ?

2 J'ai vraiment envie de vous embrasser.

— C'est joli, dis-je en hochant la tête avant d'aller chercher mon verre de vin dans la cuisine. Les femmes doivent en raffoler, hein ?

Il ne répondit pas, mais lorsque je me retournai, il m'étudiait.

— Dites-le-moi, dis-je avec enthousiasme.

— Peut-être.

— Je le savais !

Je soupirai en m'asseyant, posant un coude sur la table et ma tête sur ma main pour le regarder. Je lui expliquai que Michael avait manqué l'entraînement de basket et ramené Danielle avec lui à la maison. Quand j'en arrivai au moment où nous étions sur le point de la ramener chez elle, il secouait la tête.

— C'est à ce moment-là que M. Tulia m'a frappé, comme tout père l'aurait probablement fait, parce que dans son esprit, j'étais à la maison, mais je ne les avais pas appelés pour m'assurer que leur fille était bien autorisée à se trouver chez Michael.

— Quoi ?

— C'est une simple courtoisie entre parents.

— Pourquoi ?

— C'est juste quelque chose qui se fait : on vérifie, on se rassure, encore plus dans leur cas parce qu'elle est une fille et qu'il est un garçon, dis-je avec un sourire.

— Alors cette fille aurait dû avoir la permission de ses parents pour entrer dans mon appartement ?

— Oui.

Il secoua la tête.

— C'est ridicule.

Je le tapotai sur le bras.

— C'est prudent.

— C'est ringard.

— Les parents doivent savoir où se trouvent leurs enfants. C'est important.

— Michael n'est pas votre fils.

— Non, mais M. Tulia ne le savait pas lorsqu'il est descendu de sa voiture.

Il haussa les épaules.

— Merci pour tout ce que vous faites pour Michael. Et ce depuis qu'il a emménagé avec moi... Aujourd'hui, j'ai réalisé que je comptais tout le temps sur vous pour vous occuper de lui, que je sois là ou pas.

— Je vous en prie.

— Je vous en suis vraiment reconnaissant.

Je hochai la tête.

— Dites, qui vous a dit que M. Tulia m'avait frappé ?

— Michael a appelé pour me le dire. Il a dit que c'était de sa faute.

— Ce n'est pas vrai.

— Si, ça l'était. S'il n'avait pas amené cette fille chez nous, vous…

— Il a seize ans, Dreo. Comment étiez-vous à son âge ?

— J'étais prudent, dit-il doucement.

— Pour ne pas vous faire prendre, le taquinai-je.

— Peut-être.

— Bien. C'est un bon garçon et vous le savez, dis-je en riant.

— Oui, je le sais, soupira-t-il.

Je me rendis soudain compte qu'il avait l'air très fatigué.

— Pourquoi ne rentreriez-vous pas chez vous pour aller au lit ? Je le renverrai lorsqu'il aura terminé.

— Le vin est bon, me dit-il, le sirotant, ignorant ce que je venais de dire. Mais ma mère cuisine mieux que ça.

— Les mères cuisinent toujours de meilleurs plats que ceux des restaurants, dis-je en souriant. Et Michael m'a dit que la vôtre se sentait mieux. J'en suis heureux. Il m'a dit qu'on lui avait posé un pacemaker pour soulager son cœur ?

— Ce qui paraît beaucoup plus effrayant que ça ne l'est vraiment, dit-il, s'adossant à sa chaise, me regardant.

Il avait déboutonné sa chemise alors je pouvais voir la croix en cuivre au-dessus de son tee-shirt blanc. D'une certaine façon, c'était mignon de voir ce signe de foi sur cet homme.

— Donc, elle va bien ?

— Très bien.

— J'en suis heureux. Il va peut-être pouvoir tenter de se rapprocher un peu plus d'elle.

— Que voulez-vous dire ?

— Michael pense qu'elle veut vous éloigner, le récupérer, ce qui l'empêche de vraiment l'apprécier.

— Vraiment ?

Je hochai la tête.

— Merde ! Je n'en savais rien. Je vais lui parler.

— Elle ne veut pas l'éloigner de vous ?

— Elle n'a jamais voulu l'emmener, elle voulait que nous venions vivre chez elle. Ce qui serait la meilleure chose à faire, quand on y pense.

Et c'était vrai.

— Vous avez sûrement raison sur le fait que vous devriez lui parler.

— Oui.

Lorsque je levai les yeux de mon verre de vin, les siens me fixaient.

— Quoi ?

— Merci de vous inquiéter pour lui. Merci d'avoir été présent aujourd'hui... Merci pour tout.

J'inclinai la tête.

— Je vous en prie.

— Il vous rappelle votre fils ?

— Un petit peu. Il est plus gentil que le mien l'était à son âge, mais je suppose que c'est parce que Jared a toujours eu ses parents à ses côtés tandis que Michael a déjà dû faire face au deuil. Il est très chanceux de vous avoir.

Il émit un rire bref.

— Je ne sais pas. Je ne me suis pas vraiment bien occupé de lui ces derniers temps. Il préfère venir ici, avec vous, plutôt que de rester à la maison, avec moi.

— Mais vous travaillez pour subvenir à ses besoins. Il le comprend et il vous aime.

— La plupart du temps, nous nous adressons la parole à peine deux fois par jour.

Je haussai les épaules.

— Ça va changer. Mon fils a aussi eu sa période rebelle.

Il se pencha en avant et je remarquai que son verre de vin était vide.

— Vous en voulez un peu plus ?

— *Sì.*

Je me levai et allai dans la cuisine, mais lorsque je me retournai pour revenir vers lui, je réalisai qu'il était là, juste derrière moi, de sorte que lorsque je pivotai avec la bouteille en main, mes doigts effleurèrent son plastron. Je levai la tête afin de pouvoir regarder son visage.

Sa main se posa sur le comptoir, à côté de moi, et je reculai alors qu'il se penchait en avant.

Je pris une inspiration.

— Les Tulia étaient horrifiés lorsqu'ils ont découvert que Michael faisait partie de votre famille.

Il hocha la tête, étudiant mon visage, ses yeux décidant finalement de rester fixés sur ma bouche.

— Et vous, qu'en avez-vous pensé ?

— Qu'ils n'avaient aucune raison de l'être. J'ai des chaussons en forme de lapins qui sont plus effrayants que vous.

Il se passa un moment, puis un autre, jusqu'à ce que – merveille des merveilles – l'homme sourit.

En quatre ans, je n'avais jamais vu l'ombre d'un sourire. Ses lèvres ne s'étaient jamais relevées, contractées, la joie n'avait jamais éclairé son regard... rien. Mais là, soudainement et sans avertir, son sourire me coupa le souffle ; mon cœur s'arrêta et ma bouche s'assécha.

Seigneur, son visage se transformait radicalement lorsqu'il souriait. Ses yeux, sa bouche, les traits durs de son visage s'adoucissaient et il était tout simplement à couper le souffle. Comment avais-je pu ne pas remarquer qu'il était si beau depuis tout ce temps ?

Il émit un petit bruit, comme un semblant de rire, un grognement heureux, puis il laissa sa tête tomber en avant en laissant échapper un profond soupir.

Je ne savais pas quoi faire, mais ne rien faire alors qu'il venait de m'offrir un tel cadeau, une faille dans sa cuirasse, aurait été une erreur. Il m'avait fait confiance en m'offrant ce sourire, abaissant ses murs, alors je me débarrassai de la bouteille de vin, posai mes mains sur ses joues et relevai son visage.

L'épaisse chevelure noire était toute aussi soyeuse que celle de Michael, mais celle du jeune homme était raide tandis que celle de Dreo était un peu bouclée, si bien que mes doigts s'emmêlèrent dedans.

— Je veux simplement que vous sachiez que je n'ai pas peur, d'accord ? Michael et moi pensons que vous êtes quelqu'un de très bien.

— Je ne fais rien... pour aucun de vous.

— Vous lui donnez un foyer et grâce à ça, je peux avoir ma dose de parentalité, dis-je, retirant mes mains et lui adressant un signe de tête pour lui demander de bouger. Maintenant, rentrez chez vous avant de vous évanouir dans ma cuisine.

Il grogna son acquiescement et recula.

Je repris mon souffle, souffle que je n'aurais pas dû perdre parce que si Sean Cooper était trop jeune pour moi du haut de ses trente-deux ans, alors Dreo Fiore et ses vingt-huit ans étaient à bannir. Puis il était potentiellement dangereux, sans oublier qu'il était le tuteur de l'enfant auquel je m'étais peu à peu attaché. C'était une très mauvaise idée. Sans oublier, bien évidemment, que cet homme était hétéro.

— Nate ?

Il était italien et les hommes italiens étaient juste des personnes très tactiles. Il ne se rendait sûrement même pas compte du fait qu'il se trouvait très près de moi.

— *Tesoro* [3].

Je le regardai.

— Pardon ?

— Alors c'est à ce nom que vous répondez ?

Second sourire de la nuit, celui-ci plus perplexe.

— J'y vais. Merci… encore.

— Hé, n'oubliez pas que Michael et moi allons à l'opéra demain. Nous avons invité Danielle à se joindre à nous.

— Qui ?

— La fille qui ne tombera pas enceinte de lui tant que je serai dans les parages.

— Vous trouvez ça drôle ? demanda-t-il avec un léger froncement des sourcils.

Je souris et hochai la tête.

Le dégoût que j'entendis dans son grognement me fit sourire plus largement encore.

Il prit un air renfrogné qui était encore plus jouissif à regarder. Il était vraiment très charmant.

— À quelle heure partez-vous ?

J'aimais la forte ligne de sa mâchoire, la largeur de ses épaules et le noir d'encre de ses cheveux.

— Nate ?

— Pardon. Le spectacle commence à vingt heures. Comme nous irons d'abord manger quelque part, nous partirons d'ici à dix-huit heures.

— Vous, Michael et Danielle.

— Exact.

— Pourquoi aviez-vous trois billets ?

Je haussai les épaules.

_____

3 Mon trésor

— J'en avais pris un pour vous parce que je m'étais dit que vous vous voudriez peut-être nous accompagner, puis j'ai réalisé que sortir avec moi pourrait vous paraître étrange, alors…

— Je sais que vous êtes gay, Nate.

— Oui, je sais que vous le savez. Mais l'accepter ici, quand on est entre nous à la maison, et l'accepter dehors, devant tout le monde, sont deux choses complètement différentes.

— Je suis d'accord.

— Mais finalement, j'ai bien fait d'en acheter trois, comme ça nous pouvons emmener Danielle.

Il hocha la tête.

— Alors comme ça, vous avez un rendez-vous jeudi ?

Je me mis à rire.

— Oui, comme je l'ai dit tout à l'heure à Sal.

— Avec qui ?

— Le médecin que vous avez rencontré la nuit dernière. J'étais censé le voir ce soir, mais…

— Mais vous avez dû prendre ma place.

— Mais je devais être là pour Michael, le corrigeai-je.

Il hocha la tête.

— Très bien. Merci pour le dîner, le vin et la compagnie.

— Quand vous voulez.

Il traversa la pièce pour retrouver Michael qui était complètement absorbé entre les textos qu'il envoyait, le match de hockey qu'il regardait et ses devoirs. Se penchant en avant, Dreo posa une main sur l'épaule de son neveu, lui dit quelque chose à l'oreille, puis l'embrassa sur la joue. Les hommes italiens… on ne pouvait que les aimer.

Je prenais plaisir à le regarder marcher, à observer sa fluidité, ses muscles se contractant sous sa chemise, le tissu se tendant sur ses larges épaules, ses biceps et triceps musclés, et la force évidente dans sa carrure, dans chacun de ses mouvements. Le pantalon qui renfermait ses cuisses puissantes, ses longues jambes, ses fesses, étreignant chaque courbe qui ondulait… Pendant une seconde, j'oubliai comment respirer. Lorsqu'il se tourna vers moi, je plaquai un sourire rapide sur mon visage.

— *Alla prossima.* [4]

4 À bientôt

60

— Moi aussi, répondis-je en riant, n'ayant aucune idée de ce qu'il venait de dire.

Il sortit, refermant doucement la porte derrière lui, et je retournai à la table où se trouvait encore son assiette.

Michael apparut près de moi dans la seconde, ramassant l'assiette et la portant jusqu'à l'évier.

— Ne t'occupes pas de ça, je peux le faire.

— Cet homme est un cochon, dit-il en secouant la tête, le sourire aux lèvres. Il pense probablement que, comme vous êtes chez vous, c'est à vous de faire la vaisselle.

— Laisse-moi la faire.

— Non, c'est lui qui aurait dû le faire, mais il a trop l'habitude que je prenne soin de lui.

— C'est bien, hein ?

— Pour lui, oui, grogna-t-il. Mais pour moi, c'est pénible. C'est moi qui devrais être un cochon, pas lui.

Je me mis à rire alors qu'il commençait à laver la vaisselle.

Il grogna.

— Merci.

— Puis-je avoir un verre de vin ? demanda-t-il en jetant un coup d'œil par-dessus son épaule.

— Tu peux avoir un Pepsi.

Il fit un bruit pour me faire comprendre que j'étais agaçant, et je souriais tout en vérifiant mes e-mails.

— Hé.

Je me retournai pour le regarder.

— *Alla prossima*, c'est comme « à bientôt » ou « à plus tard ».

— Oh. Ça sonne mieux en italien.

— Tout sonne mieux en italien.

Je ne pouvais pas vraiment le contredire.

V

MICHAEL LE vit en premier, si bien que je ne pouvais pas l'ignorer ou prétendre que je ne l'avais pas vu également.

— C'est quoi cette histoire ? grogna-t-il, restant figé là, au milieu du trottoir. C'est bien ton médecin ?

Sean Cooper était manifestement en rendez-vous, comme en témoignait sa présence dans ce restaurant. Mais ce n'étaient pas mes affaires et je le savais. Le jeune homme de seize ans qui m'accompagnait, ainsi que sa petite amie, ne le comprenaient pas. Alors nous étions plantés là, tous les trois – Michael, Danielle et moi – tapis à l'entrée d'une ruelle, en face d'un restaurant très haut de gamme, à proximité du Miracle Mile.

— Vous ne comprenez pas, dis-je en rigolant, posant un bras sur chacune de leurs épaules pour les guider au coin de la rue afin de prendre un taxi.

— Non, insista Danielle, me défiant, les yeux écarquillés. Je veux voir avec qui ce gars sort la veille du soir où il est censé vous inviter à dîner.

— Je vais lui botter le cul, m'assura Michael.

— Ouais, acquiesça Danielle. Botte-lui le cul.

L'indignation qu'ils ressentaient à mon égard était adorable. Je commençai à rire.

— Écoutez, nous ne sommes plus au lycée, dis-je en essayant d'arrêter de rire. Dans le monde réel, les gens ne sortent pas avec une seule personne ; ils sortent avec plein de personnes et finissent par en choisir une avec laquelle rester.

Deux paires d'yeux me regardaient comme si j'étais fou.

— Dans le monde réel, on ne rentre pas immédiatement dans une relation exclusive.

— Qui a parlé d'exclusivité ? intervint Danielle en me regardant. La plupart de mes amis couchent à droite à gauche.

— S'il te plaît, ne me dis pas ces choses.

— Oh, allez, répliqua-t-elle. Ce n'est plus Mayberry [5], professeur.

— Comment connais-tu…

— J'avais l'habitude de regarder Nick at Nite.

Bien évidemment.

— Rentrons ou bien vous n'aurez pas de dess…

— Ne devrait-il pas au moins attendre et voir si ça fonctionne avec vous avant de sortir avec un autre gars ?

— Ça ne marche pas comme ça.

— Ça le devrait, me dit-elle.

— Ce n'est pas un film de Disney, lui dit Michael.

Elle le frappa durement.

— Je sais tout sur la façon dont les hommes gays se branchent. Ma tante Susan a *Queer As Folk* en DVD.

Je ne pus retenir un éclat de rire. Elle était indignée, il fronçait les sourcils, et ensemble, ils étaient très mignons. En fait, ils se complétaient parfaitement.

— Écoutez, lui et moi sortons ensemble demain, pas aujourd'hui, leur répétai-je. Ce qu'il fait ce soir, ce ne sont pas mes affaires. Rentrons.

— Je veux juste voir, dit Michael, et une seconde plus tard, il traversait la rue en costume, cravate et manteau en cachemire.

— Génial ! dit Danielle, saisissant ma main pour me tirer derrière elle. Allez, professeur ! Maintenant, nous devons le suivre.

— Vous devez aller au lit.

Elle se retourna et me regarda, écarquillant ses yeux bordés de noir.

— Pas ensemble, idiote, dis-je en levant les yeux au ciel. Tu dois rentrer chez toi et aller te coucher. Il y a école demain.

— Professeur, je ne me couche jamais avant minuit, et aux environs de deux ou trois heures du matin durant les week-ends. Je ne sais pas d'où vous vient l'idée que les adolescents se couchent à dix heures, mais je vous promets que ce que vous voyez à la télé n'est que mensonge.

Je soupirai profondément.

— Oh ! Il revient ! cria-t-elle pratiquement.

5 Mayberry est une communauté fictive qui a été le théâtre de deux sitcoms de télévision américaines populaires, The Andy Griffith Show et Mayberry RFD Mayberry a également été le théâtre d'un film 1986 pour la télévision intitulée Retour à Mayberry. Mayberry est situé en Caroline du Nord et est basée sur la ville natale d'Andy Griffith.

Je patientai alors que le pire espion au monde revenait vers nous en sautillant.

— Alors ? demanda-t-elle tout excitée, totalement investie dans cette histoire.

— Alors, commença-t-il en plissant les yeux tout en me regardant. Je crois que je n'aime pas beaucoup ce médecin, Nate.

— Pourquoi ?

— Il est en train d'embrasser un gars dans ce restaurant.

— C'est parce qu'il est en rendez-vous, lui assurai-je.

— Mais, il y a plein de personnes avec eux. Je crois qu'ils fêtent quelque chose.

— Eh bien…

— Nate !

Nous nous retournâmes et là, de l'autre côté de la rue, sur le trottoir opposé, se trouvait Sean Cooper. Il regarda des deux côtés de la rue avant de traverser pour nous rejoindre.

— Oh, salut. Je suis désolé. Je peux ex…

— Je croyais que tu allais à l'opéra ?

— Nous y étions, lui dis-je. Nous avons terminé. Je les ai amenés ici pour leur offrir un dessert et ensuite, nous rentrerons à la maison.

Il hocha la tête, m'adressa un sourire, et j'entendis Danielle pousser un soupir. Je ne la comprenais que trop bien, cet homme était un régal pour les yeux.

— J'ai vu ton jeune acolyte et je me suis dit que tu devais être dans les parages.

Il sourit, me prit par le coude et me tira à l'écart des enfants.

— Restez là une seconde, d'accord ? leur dit-il.

Je regardai son visage, avec son profil parfait et ses lèvres ciselées, alors qu'il m'attirait un peu plus loin dans la rue. L'homme était tout simplement superbe.

— Ce que tu as dit la nuit dernière, quand tu as souhaité bonne chance non seulement à moi, mais également à mon patient… Cela m'a vraiment fait réfléchir, dit-il en se plaçant devant moi, son regard plongé dans le mien. Parce que tout ce que je faisais, je le faisais en fonction de moi, de mes désirs, et non pas en pensant à ce que cette opération pouvait représenter pour cette fille et sa famille… Alors je voulais te le dire et te remercier.

— Oh, eh bien, je… Tu n'as pas à le faire.

— Non, je sais, mais c'était important et je voulais vraiment te voir et te le dire. Nous sommes sortis pour célébrer la réussite de cette opération et j'aurais aimé t'inviter, mais tu m'avais dit que tu avais des projets et...

— Tout va bien, dis-je en souriant. Tu as parfaitement le droit de sortir avec quelqu'un, surtout si tu célèbres quelque chose de magnifique. Je ne voulais pas t'interrompre.

Il me dévisagea, puis il tendit la main et saisit mon manteau.

— Rentres-tu chez toi maintenant ?

— Après leur avoir offert un dessert, comme je viens de le dire.

— Puis-je t'accompagner ?

— Tu fais la fête avec tes amis, lui rappelai-je. Et n'es-tu pas déjà avec quelqu'un ?

— C'est vrai, admit-il, resserrant son emprise. Mais je voulais vraiment sortir avec toi ce soir et j'ai bien peur que mes amis et mon rencard ne soient que de pauvres substituts.

— C'est très flatteur.

Mais c'était également un peu déconcertant. L'idée qu'il soit prêt à larguer quelqu'un et à abandonner ses amis ne jouait pas en sa faveur. Bien entendu, il nous était arrivé à tous d'abandonner des copains pour sortir avec quelqu'un, mais on les prévenait généralement avant la sortie, pas lorsqu'on était déjà en compagnie d'un gars sexy et de nos amis.

— Je voulais te demander si je pouvais venir te voir après l'opéra, mais je me suis dit que tu trouverais ça bizarre ou...

— Pas de ça avec moi, Sean. Je n'aurais pas trouvé cela bizarre tant que tu ne sortais pas avec quelqu'un d'autre le même soir.

— Oui, mais lui ne compte pas, dit-il, ignorant mes inquiétudes.

Peut-être que je réfléchissais trop, ce qui arrivait parfois.

Il prit une profonde inspiration.

— Que dirais-tu de ça : je vais dire bonsoir à mon rendez-vous et à mes amis, attraper une bouteille de vin et te rejoindre chez toi dans une heure. Nous nous installerons et je te parlerai de l'enfant que j'ai sauvé pour que tu me regardais comme si j'étais un dieu, puis nous pourrons nous amuser sur ton canapé. Qu'en penses-tu ?

— Et que ferons-nous demain ?

Je le taquinai parce que je n'allai pas le laisser concrétiser ses projets. Je ne voulais pas être la raison pour laquelle un autre homme allait être abandonné, car j'avais trop souvent été celui qu'on avait laissé en plan par le passé. Une fois, lorsque j'avais plaisanté avec mon rencard en lui disant que je ne couchais pas le premier soir, il s'était simplement levé et m'avait laissé seul dans le restaurant où il m'avait emmené.

— Demain, je t'inviterai à manger, je te ramènerai chez moi, nous pourrons continuer à nous caresser, et ensuite, tu pourras peut-être me baiser dans mon lit.

— Peut-être que tu pourrais me baiser, dis-je pour le sonder.

Même si j'étais versatile, être le receveur était ce qui me procurait le plus de plaisir, chaque fois. Cela ne me dérangeait pas de prendre mon partenaire, mais ce n'était clairement pas ce que je préférais.

Il poussa un long soupir.

— J'ai cette tête de lit dans ma chambre…

Il déglutit.

—… que j'aimerais vraiment, vraiment agripper pendant que tu me prends.

— Tu as déjà réfléchi à tout, hein ?

— J'y pense depuis que je t'ai vu au magasin la première fois, dit-il en hochant la tête, les yeux brumeux.

Je le regardai, et tout ce que je vis était de la chaleur, du désir et une immobilité forcée, comme s'il était prêt à m'attraper mais se retenait volontairement.

— Je pense que tu devrais rester ici, passer un bon moment, et être à l'heure demain pour passer me chercher.

Il poussa un long gémissement.

— Je ne veux vraiment pas faire ça, et pour ton information, l'homme qui est avec moi ne signifie absolument rien. Seuls la fête et mes amis sont importants.

— Mais tu vas quand même ramener ce type chez toi, dis-je, sachant très bien ce qu'il comptait faire.

— Si tu me dis que je peux venir chez toi, simplement pour discuter, pour passer un peu de temps ensemble… Je ne le ferai pas.

Il était prêt à manquer une occasion de coucher pour venir passer du temps chez moi à discuter. C'était agréable à entendre, mais encore une fois, c'était presque agaçant. Nous n'étions pas taillés du même bois. Lorsque j'étais attiré par quelqu'un, je ne faisais attention à personne d'autre jusqu'à ce que j'aie épuisé toutes les possibilités avec celui qui m'intéresse. Manifestement, il était plus opportuniste que je ne l'étais et je ne savais pas trop quoi en penser.

— Nate ?

Mais je portais sans doute un jugement un peu trop sévère et c'était probablement la raison pour laquelle je ne m'étais pas envoyé en l'air depuis un bon moment. J'avais rencontré deux hommes après Duncan, dont je n'avais pas parlé à Mélissa ; c'étaient de simples coups d'un soir dont je n'étais pas fier, mais dans l'ensemble, mes amis avaient raison : j'étais beaucoup trop sérieux quand il s'agissait de sortir et de partenaire potentiel. Je parlais trop, je voulais savoir trop de choses – je ne voulais pas perdre mon temps s'il n'y avait pas de possibilité d'avenir. Je ne voulais pas coucher avec n'importe qui, tout simplement. Je voulais trouver un homme dont je me souciais et qui voudrait faire partie de ma vie. Je voulais que nous nous engagions dans une relation monogame, mais personne ne semblait vouloir de ça avec moi. Mes amis disaient que je devrais juste me détendre et profiter des sorties, mais si cela revenait à coucher avec n'importe qui... Comme toujours, je me retrouvais à la case départ.

— Nate ?

Le ton était plus doux cette fois.

— Désolé, dis-je en secouant la tête. Tu devrais y retourner.

— Je préfèrerais... Seigneur, sais-tu à quel point tu es sexy ou n'en as-tu pas la moindre idée ?

Mais ce n'était pas vrai. J'étais plutôt banal, ce qui rendait ce compliment, à ce moment précis, incongru. C'était comme si, tout à coup, il s'était rendu compte que j'avais compris son petit jeu et essayait de faire amende honorable. Mais il n'avait pas besoin de le faire. Il aimait ce qu'il voyait parce qu'il me connaissait, un point c'est tout.

— Plus on apprend à me connaître, plus on me trouve charmant.

— Seigneur, Nate, pour un gars intelligent, tu ne sais pas de quoi tu parles.

Mais si, je le savais. Je n'avais pas le physique d'un mannequin de *GQ* ; j'étais l'autre homme, le professeur d'anglais que vous aimiez bien, à qui vous faisiez signe chez Starbucks, et si j'avais été hétéro, celui que vous auriez présenté à votre mère nouvellement divorcée.

— Alors, on se voit demain ?

— Je suppose, grommela-t-il.

— Je suis impatient d'y être.

— Je l'espère, dit-il doucement.

Il se pencha en avant mais s'arrêta de lui-même. Des adolescents se trouvaient à quelques mètres de nous, après tout.

— Je passe te chercher à dix-neuf heures.

— Parfait, acquiesçai-je.

Il partit sans un mot. Lorsque je me retournai vers Michael et Danielle, elle avait un air ébahi sur le visage et se mordait la lèvre inférieure tandis que Michael me regardait comme s'il était prêt à vomir.

— Eh bien ?

— Oooh, roucoula-t-elle. Je l'ai carrément vu se pencher vers vous. Il voulait tellement vous embrasser.

Michael fit semblant de vomir.

JE LES emmenai dans un endroit où le propriétaire proposait des baklavas, du tiramisu, des crèmes brûlées, ainsi que de nombreux autres desserts faits maison. Je pris une part de pudding avec du café, et je regardai les gamins partager une part de fraisier. Quand Michael tendit une cuillère pleine à Danielle, je fis semblant de vomir à mon tour.

— Nate ! cria-t-elle, se penchant en avant pour frapper mon bras.

Michael rigola, sachant que je le faisais exprès, puis il sourit.

— Les filles sont super bizarres, hein ? dit-il.

— Carrément, acquiesçai-je en frissonnant exagérément. Elles sont super étranges.

Danielle continua de faire semblant d'être scandalisée, alors que je buvais mon café à la chicorée. J'aimais ce goût particulier, ce qui n'était pas le cas de beaucoup de gens de ma connaissance.

Alors que nous marchions pour regagner l'endroit où j'avais garé ma voiture, Danielle glissa un bras sous le mien et l'autre sous celui de Michael.

— Ne suis-je pas la plus chanceuse ? soupira-t-elle. Je sors avec deux hommes magnifiques.

— Il est trop vieux pour toi, marmonna Michael, mais je pouvais entendre la joie dans sa voix.

— Trop gay aussi, acquiesça-t-elle, resserrant son emprise sur nous deux. Mais cela n'empêche que je me sens bien, là, coincée entre vous deux.

Je tapotai sa main.

— N'oublie pas de dire à ton père que Michael s'est conduit en parfait gentleman ce soir. Si tu ne le fais pas, je ne suis pas sûr qu'il te laissera aller au bal d'hiver avec lui.

Elle eut un hoquet de surprise et se retourna vers Michael.

— Tu veux que je sois ta cavalière pour le bal d'hiver ?

— Je... J'aimerais bien, balbutia-t-il, retrouvant son courage en quelques secondes. Enfin, si tu en as envie, dit-il en haussant les épaules.

Il avait dit cela comme s'il se fichait de sa réponse. Comme s'il n'allait pas être extrêmement déçu si elle disait non.

— J'adorerais, dit-elle dans un soupir.

Elle me lâcha pour envelopper ses deux bras autour du sien. Ils étaient tellement adorables ensemble. Ils auraient dû poser pour des cartes postales pour jeunes amoureux. J'avais l'impression de jouer les cupidons.

Ils s'assirent à l'arrière de ma Honda Accord, et lorsque nous nous arrêtâmes devant chez elle, Danielle se pencha pour m'embrasser sur la joue avant de sortir de la voiture. Alors qu'il allait descendre à son tour pour la raccompagner jusqu'à la porte, Michael tapota mon épaule.

— Attendez-moi là, chauffeur, ne put-il s'empêcher d'ajouter.

— Tu sais où tu peux te le mettre ton...

— Du calme ou vous n'obtiendrez pas de pourboire.

Je grognai et il sortit, se précipitant après sa petite amie, claquant la portière avant de la suivre jusqu'au porche. Ils discutèrent, puis la lumière s'alluma, si bien qu'il se pencha et l'embrassa. Ce baiser aurait dû être rapide, mais elle attrapa le revers de son manteau et le tint contre elle, l'embrassant avec fougue.

C'est ainsi que son père les trouva, lèvres scellées sur le porche. Cela m'amusa, tout comme M. Tulia, Danielle était au septième ciel et Michael était terrifié. Quand il rentra dans la voiture, se glissant cette fois-ci sur le siège passager, je lui demandai s'il avait vu sa vie défiler devant ses yeux.

— Complètement, oui.

Je me mis à rire.

— Hé, tu comptes me remercier ?

— Tu le mérites, pas vrai ?

Il se retourna et me regarda, les yeux scintillants.

— Merde, Nate, tu es un sacré génie ! J'emmène Danielle Tulia au bal d'hiver. Comment puis-je te rendre la pareille ?

— Je veux voir ce que tu vas écrire à propos de *La Bohème* pour Mme Chang.

— Oh, merde, j'avais oublié ça.

C'était amusant de l'entendre râler à propos de cette rédaction durant toute la durée du trajet retour.

Nous nous séparâmes à sa porte et je rejoignis mon appartement plus fatigué que je l'avais réalisé. J'aurais aimé retirer mon costume et me

69

laisser tomber dans mon lit, mais j'avais encore le livre d'Ashton à lire et nous étions déjà mercredi soir. Je le lui avais promis de le terminer avant samedi et j'avais bien l'intention de tenir ma promesse. Et un livre sur Keats me convenait parfaitement.

Une fois installé dans mon lit avec une tasse de thé oolong et mon ordinateur portable, on cogna à ma porte, chose plutôt surprenante. Je traversai lentement le plancher de mon salon en chaussettes de laine épaisses que ma sœur m'avait tricotées, portant un tee-shirt à manches longues et un pantalon de survêtement, et j'ouvris la porte. Michael se tenait là, terrifié, et je voulus immédiatement le prendre dans mes bras.

Il s'éloigna, se mettant hors de ma portée.

— Non, tu dois venir voir Dreo.

Je verrouillai ma porte et le suivis, ayant l'impression d'être un enfant en ne sortant qu'en chaussettes pour traverser le couloir carrelé. Il faisait sombre à l'intérieur de leur appartement, et là, tout habillé, se tenait Dreo, près de la cheminée, la main sur le manteau, immobile comme une statue.

Je me tournai vers Michael.

— J'ai préparé une théière. Retourne chez moi, verses-en une tasse pour Dreo et ramène-la-moi.

Il nous regarda tour à tour, son oncle et moi, avant de s'éclipser. Je m'avançai vers le mur, augmentant un peu l'intensité de la lumière, avant de me diriger vers lui.

— Que s'est-il passé ?

Il releva la tête et me regarda. Ses yeux, habituellement si pleins de vie, étaient comme morts.

— Parle-moi.

Lorsqu'il se retourna, je compris. Il portait une combinaison orange sous son manteau, mais ce n'était pas ce qui le trahissait. Le sang – dans ses cheveux, de petites gouttes sur son visage, sur son cou – m'indiqua que quelque chose de terrible s'était passé.

— Dreo.

Il trembla légèrement.

— Des hommes sont venus au club cet après-midi ; depuis, j'ai passé tout mon temps chez les flics. Il ne reste que moi, Tony, Sal... et Joey... Personne d'autre ne s'en est sorti.

Donc ses amis, que je venais juste de rencontrer, étaient tous morts, excepté Sal.

— Monsieur Romelli ?

— Mort. Ils sont tous morts.

— Et ils ont pris tes vêtements, ton costume – je regardai l'étrange paire de pantoufles noire qu'il avait aux pieds – tes chaussures.

— Ils devaient comparer mon sang et la forme de la semelle de mes chaussures avec ce qu'ils ont retrouvé au club. Puis ils ont fait l'un de ces tests sur mes mains pour chercher des traces de résidus de poudre, et bien sûr, il y en avait puisque j'ai tiré sur nos agresseurs. J'ai dû leur donner mon arme aussi.

Il divaguait parce qu'il était en état de choc. Il l'avait probablement été toute la journée, mais personne n'avait fait attention à lui parce qu'il était cet homme grand, fort et effrayant.

— Je ne mérite pas le statut de putain de garde du corps !

Il se mit à rire, mais ça sonnait faux, trop aiguë, cinglé et blessé.

— Dreo…

— J'étais censé monter en grade – avez-vous encore un boulot si votre employeur vient juste d'être tué par balle ?

— Dreo…

— Non pas que je me soucie de mon travail, ou d'être plus haut gradé. Ce n'est vraiment pas le cas, j'étais d'ailleurs sur le point de quitter ce business… et il était au courant, M. Romelli était au courant, parce que je lui avais dit, mais… Qu'aurais-je dû faire ?

— Okay, dis-je avant de prendre une profonde inspiration. Voilà ce que nous allons faire : d'abord, nous allons retirer tes vêtements et les jeter, puis nous allons te mettre sous la douche.

Il tremblait très fort.

— Je n'ai rien pu faire. C'est arrivé si vite.

— Quand sont les funérailles ?

— Samedi.

Je ne bougeai pas, ne fis aucun commentaire, le laissai tendre la main et la poser sur ma joue, puis il la fit glisser dans mes cheveux.

— J'ai besoin que tu nous accompagnes, Michael et moi, et que tu sois près de nous devant leurs tombes.

Je n'avais pas besoin d'en connaître la raison. Il voulait que je sois présent, alors je le serai.

— Bien sûr, acquiesçai-je, alors que sa grande main puissante tenait mon visage.

— Nate, murmura-t-il d'une voix brisée, pleine de douleur.

71

— Ça va s'arranger, dis-je en lui souriant. Est-ce que... Est-ce que je peux te toucher ?

— Je suis sale, il y a du sang dans mes cheveux et...

— Je pense que tu en as besoin.

Ses yeux se fermèrent, et je pris cela comme une approbation. Je m'avançai, glissant mes bras sous son manteau et par-dessus la combinaison orange et laide, puis je plaquai son corps contre le mien. Je sentis un frisson le parcourir, je le sentis se pencher sur moi, m'offrant tout son poids, puis ses deux bras s'enroulèrent fermement autour de moi, et il respira pour la première fois depuis que j'étais arrivé.

Il sentait la sueur, le musc, la laine provenant de son manteau, et un peu comme la pluie. J'entendis Michael revenir et je lui demandai d'allumer le chauffage, car on se gelait dans ce foutu appartement.

— Le tiens est bien mieux, dit-il, puis il laissa ses mots flotter en attendant que je réponde.

Je savais ce qu'il voulait.

— Pourquoi n'irais-tu pas prendre une longue douche bien chaude, et ensuite, vous pourrez tous les deux venir chez moi ? dis-je dans le cou de Dreo. Michael, amène ton ordinateur portable. Nous travaillerons ensemble sur la table et Dreo pourra se reposer.

Il essaya de me libérer, mais je n'étais pas l'une de ces femmes qu'il avait l'habitude d'étreindre. L'homme ne faisait que sept centimètres de plus que moi, et même s'il avait plus de muscles, il n'en avait pas assez pour me forcer à faire quelque chose dont je n'avais pas envie. Et je ne voulais pas le lâcher. Je me sentais bien dans ses bras, pour des raisons sur lesquelles je ne voulais pas m'attarder, mais plus important encore, il avait besoin d'être soutenu. Il tenait à peine le coup, et la présence stable et solide que je lui offrais était nécessaire.

— Écoute, dis-je en le serrant plus fort, parlant dans le creux de son cou. Fais simplement ce que je te dis, d'accord ? Prends une douche, puis viens chez moi avec Michael.

Lorsqu'il se libéra, je le laissai partir. Il ferma les yeux pour empêcher les larmes de couler, et lorsque j'en essuyai une, il poussa son visage contre ma paume.

Je dus rassembler toute ma maîtrise de moi-même pour ne pas le serrer dans mes bras. Son besoin de réconfort me donna instantanément envie de l'avoir nu dans mon lit. Me faire l'amour lui rappellerait qu'il était vivant. Le sexe l'emportait sur la mort – ce désir soudain de lui montrer qu'il faisait toujours partie des vivants me traversa de part en part.

— Je t'en prie, dis-moi ce qui s'est passé, demanda Michael, d'une voix qui était sur le point de se briser.

Je me retournai pour le regarder.

— Ton oncle a failli être tué aujourd'hui. Par contre, ses amis ainsi que M. Romelli l'ont été. Les funérailles auront lieu samedi et nous nous y rendrons ensemble, tous les trois, d'accord ?

Il hocha la tête, digérant la nouvelle, manifestement plus inquiet au sujet de Dreo que pour autre chose.

— J'ai toujours un livre à lire et tu as une courte rédaction à écrire. Tu peux le faire avec moi, d'accord ?

Il hocha de nouveau la tête avant de se diriger vers sa chambre.

— Je vais me changer. Je reviens tout de suite.

— Nate.

Je me retournai vers Dreo ; ses yeux sombres, humides, étaient grands ouverts et fixés sur moi tandis qu'il posait une main à plat sur ma poitrine.

— Tu n'as pas besoin de jouer au baby-sitter avec nous.

— Bien sûr que si, dis-je en lui souriant. D'ailleurs, c'est écrit dans le code des amis.

Sa main se fit plus lourde sur ma poitrine, puis il empoigna mon tee-shirt.

— Michael et toi êtes amis, pas toi et moi.

— Non ? En es-tu sûr ?

Il prit une inspiration tremblante et j'étudiai son visage, ses traits ciselées, ses lèvres pleines, son nez romain long et bien droit, et sa mâchoire carrée. Il était tout en angles, et cela, combiné aux yeux sombres, aux épais sourcils noirs et aux longs cils, le faisait ressembler à une étude sur l'ombre et la lumière. Je voulais le distraire et le faire sourire à nouveau. J'avais eu la chance de voir ses yeux scintiller une fois, et depuis lors, j'en étais devenu accro.

— As-tu mangé ?

Son rire fut soudain, aiguë, un peu excessif.

— Putain, tu me fais penser à lui, M. Romelli. Il voulait tout le temps que nous mangions !

Je mis ma main sur la sienne, celle qui empoignait toujours mon tee-shirt, et lentement, il relâcha sa prise avant de laisser retomber sa main. Lorsque Michael revint, Dreo quitta la pièce sans un mot.

— Amène-le avec toi, ne le laisse pas rester seul ici.

— D'accord, promit Michael.

— Je vais préparer plus de thé, offris-je.

— Prends celui à la camomille, dit Michael en faisant une grimace. Ce thé oolong a une odeur de vieilles chaussettes.

— Très bien, dis-je, ébouriffant ses cheveux en passant près de lui.

À ma grande surprise, il attrapa ma main et m'empêcha de partir.

— Qu'est-ce qu'il y a ?

— C'est juste que… Tu fais des tonnes de choses pour moi, Nate, et je veux que tu saches que cela signifie beaucoup pour moi. Tu le sais ça, non ?

— Bien sûr.

— Je te connais depuis que j'ai douze ans et tu es une constante aussi importante que ma famille, comme Dreo. Tu as toujours été là et je t'en suis très reconnaissant. Quoi que tu fasses, comme lorsque tu parlais à ce gars ce soir… ça ne me pose aucun problème. Je ne cherchais qu'à t'embêter.

— Je le sais parfaitement, lui dis-je, me tournant pour lui faire face.

Nous ressentîmes une certaine gêne, parce qu'il avait tout de même seize ans, mais lorsque je levai les bras, il était là, les remplissant, me serrant si fort que je ressentis une légère douleur. Je posai sa tête contre mon épaule et la frottai doucement, le calmant, le cajolant.

— Je me fiche de savoir avec qui tu couches.

Chose étrange à dire venant de lui.

— Je sais.

— Je déteste les funérailles.

— Moi aussi, admis-je. Mais, ça va aller.

Il hocha la tête contre mon épaule, puis il se libéra, car il en avait terminé. Je partis rapidement, traversant le couloir pour retourner à mon appartement.

Il faisait un peu froid dans la pièce, comme l'air était frais aussi bien à l'extérieur qu'à l'intérieur quand arrivait la deuxième semaine de novembre. J'avais allumé un feu et lorsqu'on frappa à la porte une quinzaine de minutes plus tard, les flammes commençaient tout juste à danser sur les bûches de bois. Les lumières étaient tamisées, il y avait un air très doux de John Coltrane en fond sonore et je préparais la camomille de Michael.

Le jeune Fiore portait un pantalon de survêtement, des chaussettes, et un tee-shirt élimé avec une veste de jogging ouverte. Dreo portait le même genre de vêtements, sauf qu'il avait un épais gilet en laine à fermeture au-dessus d'un tee-shirt moulant, qui épousait sa poitrine sculptée, dévoilant parfaitement ses abdominaux bien dessinés et ses pectoraux. Forcément, cet homme n'était constitué que de muscles saillants. Comme il était magnifique partout ailleurs, cela n'aurait pas dû me surprendre. Non pas que je l'avais remarqué avant ces deux derniers jours. Et maintenant, il était en deuil, et il était malsain de le regarder de cette manière ; cet homme avait seulement besoin de compagnie.

Ils entrèrent chez moi, s'arrêtèrent, et restèrent plantés là, attendant un signe de ma part.

— Qu'est-ce que tu fais ? demandai-je à Michael. Va déballer tes affaires, allume ton ordinateur portable, et au travail !

Il grogna et partit s'installer, me laissant à la porte d'entrée de mon appartement avec Dreo.

— Est-ce que je peux t'offrir quelque chose ? À manger ? À boire ?

Il secoua la tête.

— Allez, viens.

Il me suivit et je le guidai le long du petit couloir qui passait devant mon bureau, la salle de bain, ma chambre, jusqu'à ce que nous arrivions finalement à la chambre d'amis. C'était une pièce chaleureuse dans les teintes acajou, bordeaux et terre d'ombre.

— Allonge-toi, dis-je en désignant le lit du doigt. Crie si tu as besoin de quoi que ce soit.

Il secoua la tête.

— Je n'ai pas... Je serais mieux dans mon propre lit.

— Dreo...

— C'était une idée stupide, dit-il entre ses dents, se retournant et se précipitant dans le couloir.

Je le rattrapai alors qu'il passait près de ma chambre et agrippai son bras, le poussant à travers la porte. Il se reprit rapidement, se retourna vers moi avec colère, et je vis son regard noir lorsque j'allumai la lumière.

Avec ses murs couleur ivoire et quelques rappels de vert sapin et de brun, son lit tout en bois, son armoire, son fauteuil avec repose-pied, son épais tapis ivoire et brun foncé, ma chambre était probablement la pièce la plus accueillante de l'appartement. Le lit était défait, puisque j'avais été couché dedans, mais à cet instant, je sus que je ne serais pas celui qui allait dormir entre ces draps.

— Monte dans le lit, lui ordonnai-je.

Il me lança un regard noir.

— Maintenant.

Il poussa un profond soupir avant de céder.

L'homme était épuisé, lessivé, usé jusqu'à l'os. Il retira son gilet, le laissa tomber sur le sol et chancela jusqu'à mon lit dans lequel il se glissa. Il s'effondra et ses yeux se fermèrent à la minute où il toucha l'oreiller – mon oreiller – sous lequel il glissa un bras avant de le serrer fort contre lui. Je l'entendis inspirer profondément, et puis plus rien. Il n'y avait plus aucun bruit ni mouvement.

Je me penchai et ramassai son gilet, le drapant au pied du lit, puis éteignis la lumière. Je laissai la porte entrouverte pour qu'il puisse nous entendre, Michael et moi, s'il se réveillait. Lorsque je revins dans la cuisine, Michael préparait le thé.

— Alors ?

— Il s'est endormi dans mon lit.

— Donc tu vas dormir dans la chambre d'amis ?

— Non, sur le canapé ; tu prends la chambre.

— Ce n'est pas juste. Tu devrais avoir un lit.

— J'aime dormir sur mon canapé, insistai-je. J'ai spécialement choisi ce canapé pour dormir dedans, car Jare invite toujours un de ses amis de l'université à la maison pour les vacances.

— Est-ce qu'il sera là cette année ?

— Non, soupirai-je. Cette année, il est invité chez les parents de sa petite amie dans le Connecticut.

— Je suis désolé, dit-il, puis il se redressa. Tu peux fêter Noël avec nous.

— Nous verrons, répondis-je, puisque j'avais déjà été invité par Ben et Mélissa, par des collègues de l'université, par ma sœur Becky et par mon autre sœur Rachel.

De plus, nous étions tous supposés nous envoler pour Phoenix afin de fêter Noël avec mes parents. Au départ, ma sœur Rachel avait dit : « il faudra me passer sur le corps » parce qu'elle voulait vraiment que nous venions le fêter chez elle, à Denver. Becky et moi nous étions moqués d'elle lorsque ma mère avait commencé à nous faire culpabiliser, de manière remarquable, et que Rachel avait été la première à céder, ses projets partant en fumée.

— Est-ce que tu as ce mini livre ? demanda Michael.

— Ça s'appelle un livret, et oui, je l'ai. Est-ce que tu veux aussi la brochure ?

— Oui.

Je pointai du doigt la table près de l'entrée sur laquelle se trouvaient ces documents au côté de mes clés, mon portefeuille, quelques pièces de monnaie et le reçu du dîner. Lorsque je m'assis à la table de la cuisine, il me rejoignit, posant son ordinateur portable à côté du mien, et nous travaillâmes ensemble, moi à lire, lui à écrire, sirotant tous les deux notre tasse de thé.

VI

Lorsque je me réveillai le lendemain matin, Dreo avait disparu, ce qui ne me surprit guère. Ce qui le fit, par contre, fut de trouver Michael toujours endormi sur le tapis épais devant la cheminée. Il avait pris l'un des coussins du canapé en guise d'oreiller et s'était enroulé dans l'une des nombreuses couvertures afghanes que Becky m'avait crochetées. Il ne s'était pas rendu dans la chambre d'amis, heureux, semblait-il, de rester ici, près de moi.

Je le réveillai, lui rappelai de prendre son ordinateur portable, et le fis rentrer chez lui pour qu'il se change et parte à l'école. Il n'était pas très bien réveillé, mais il était debout et me remercia pour la veille.

— Je t'en prie.

— Alors ton rencard, c'est pour ce soir, hein ?

Il remua exagérément les sourcils. Je lui indiquai la porte.

— Est-ce que tu vas préparer le petit déjeuner ?

— Pour moi, rétorquai-je. Au revoir.

Il passa ma porte d'entrée en geignant et gémissant. Mais j'avais vu la nourriture que Dreo stockait dans leurs placards – la diversité de céréales qu'ils avaient était intimidante.

On frappa à ma porte avant que je puisse boire mon café, ce qui était agaçant. J'ouvris la porte, sans même vérifier qui c'était, et je fus surpris de ne pas me retrouver face à Michael Fiore.

— Nathan Qells ? Docteur Nathan Qells ?

— Oui, répondis-je en étudiant les deux hommes qui se tenaient dans le couloir.

— Je suis l'inspecteur Lee et voici l'inspecteur Haddock, police de Chicago. Pouvons-nous entrer et vous poser quelques questions ? C'est assez urgent.

Les deux hommes sortirent leurs badges de la poche intérieure de leurs costumes, mais je les regardai à peine. Leurs manteaux, le ton net et précis que cet inspecteur avait utilisé, me prouvaient à eux seuls qu'il s'agissait bien de la police. Et j'avais un peu d'expérience dans ce domaine puisque j'étais sorti avec l'un d'eux pendant deux ans. Je m'écartai afin de les laisser entrer.

— Nous avons quelques collègues de la police criminelle avec nous. Peuvent-ils également entrer ?

— Un crime ? Où ça ?

— Votre escalier de secours.

— Que s'est-il passé dans mon escalier de secours ?

— Nous pensons que quelqu'un est tombé dedans.

C'était impossible. J'aurais entendu quelque chose.

— D'accord, faites-les entrer.

Je soupirai, leur indiquant d'entrer, m'écartant pour laisser place à la parade de personnes. Je fermai la porte quelques secondes plus tard, me retournant pour faire face aux deux inspecteurs qui rôdaient autour de moi.

— Docteur Qells, connaissez-vous un Alfred Mangino ?

— Non, répondis-je.

Je retournai vers la cuisine, m'éloignant d'eux. J'avais besoin de café.

— Docteur Qells, avez-vous…

— Vous pouvez vous asseoir.

Je bâillai, puis me frottai les yeux. J'avais lu jusqu'à l'aube et j'en payais maintenant le prix. Il était étonnant de voir à quel point les choses changeaient. Lorsque j'étais étudiant, j'aurais pu veiller jusqu'à l'aube, faire une petite sieste et être à nouveau en forme pour la journée. Ou bien ne pas dormir pendant trois jours. Les deux auraient été possible.

— J'ai besoin de café.

Ils restèrent silencieux pendant plusieurs minutes et je savais qu'ils devaient être suspicieux face à ma sérénité. Les inspecteurs étaient censés rendre les gens nerveux. Selon eux, j'étais censé leur poser toutes sortes de questions sur ce qu'ils faisaient là, mais mon ex était flic, donc j'étais familier à toute leur routine.

— Docteur Qells, êtes-vous certain de ne pas connaître Alfred Mangino ?

— Oui, dis-je, les observant plus en détails.

L'inspecteur Lee était grand, ténébreux et très beau, si l'on oubliait l'air renfrogné qu'il essayait de garder. Cela l'empêchait d'être sexy. Il travaillait probablement très dur pour avoir l'air effrayant. Je savais qu'un inspecteur se devait de paraître intimidant. Son partenaire était un peu plus âgé, mais il était séduisant à sa manière. Il avait ce physique militaire, ces yeux plissés et un charme supplémentaire. Il y avait de la sévérité dans ses yeux, mais des rides creusées par le rire les entouraient.

— Docteur Qells, êtes-vous réveillé ?

79

C'était une excellente question. Plus je regardais l'inspecteur Lee, qui tentait de paraître en colère, mais échouait lamentablement, puis l'inspecteur Haddock, qui avait l'air d'avoir encore plus besoin que moi d'un café, plus je me sentais à l'aise.

— Désolé, dis-je dans un soupir. Je vais essayer de rester concentré.

— Parfait, dit rapidement l'inspecteur Lee. Maintenant, je vous pose à nouveau la question : connaissiez-vous M. Mangino ?

— Non. Qui est-il ?

— Nous pensons qu'il a fait une chute mortelle à partir de votre escalier de secours la nuit dernière.

— Ce n'est pas possible, lui assurai-je.

— Et pourquoi ça ?

Je pointai les deux mains vers l'extérieur.

— Je l'aurais entendu monter l'escalier de secours. On ne peut pas vraiment le monter en toute discrétion.

— Étiez-vous à la maison toute la nuit ?

— Non.

— Eh bien, il lui a donc été possible de le faire, Docteur Qells. Il y avait beaucoup de vent hier et s'il était là, disons, depuis un certain temps... S'il avait grimpé jusqu'ici pendant votre absence et qu'il était resté calme jusqu'à ce que vous alliez au lit, il est tout à fait possible que vous n'ayez jamais eu la moindre idée de sa présence.

Il marquait un point.

— Vous êtes sorti la nuit dernière ?

— Oui.

— Puis-je vous demander pendant combien de temps ?

Je leur expliquai que j'avais été à l'opéra jusqu'après vingt-deux heures, que je m'étais arrêté pour prendre un dessert et que j'étais ensuite rentré à la maison. Il était plus de vingt-trois heures lorsque je m'étais changé et peut-être vingt-trois heures quinze lorsque Michael était venu sonner à ma porte.

— Nous l'avons trouvé dans la benne à ordures ce matin.

— Pardon ?

— Cet homme, M. Mangino, c'est là que nous l'avons trouvé.

— Oh.

J'avais été en train de parler de Michael et de penser à Dreo, si bien que je n'avais pas écouté ce qu'ils racontaient.

— Docteur Qells ?

— Je suis désolé, vous dites qu'il serait tombé de mon escalier de secours et qu'il aurait atterri dans la benne ?

— Oui.

Je devais digérer cette information.

— Étonnant.

— Comment ça ?

— Non, rien, c'est juste... propre, dis-je en haussant les épaules. Quand on pense à tous les endroits où il aurait pu tomber, non ?

Il me regarda comme si j'étais fou.

Mais c'était vraiment propre, peu importe la manière dont les deux inspecteurs me regardaient.

Je toussai.

— Pourquoi pensez-vous qu'il soit tombé de mon escalier de secours ?

— Le médecin qui l'a examiné a fait un rapide calcul sur la vitesse et la hauteur de la chute qu'il a fallu pour provoquer ses blessures.

— Mais il aurait pu tout aussi bien tomber du quatrième étage.

— Peut-être, mais...

— Inspecteur Lee.

Nous nous retournâmes tous les trois vers leur collègue de la police scientifique qui tenait un sac contenant une arme avec un silencieux.

— Okay, nous avons la réponse à notre question, dit l'inspecteur Haddock lorsque je me retournai pour le regarder. À moins que cette arme vous appartienne, Docteur Qells ?

— Non, pas du tout.

— C'est bien ce que je pensais.

Un homme avec une arme s'était tenu sur mon escalier de secours. C'était tout simplement bizarre.

— Il a glissé ? demandai-je, parce que je ne voyais pas comment il aurait pu chuter autrement.

— C'est ce que nous croyons, oui.

— Quelle manière stupide de mourir.

Personne ne me contredit.

— Comment ça se fait que vous l'ayez trouvé ?

— M. et Mme Grace, au 801, avaient quelques amis chez eux la nuit dernière pour célébrer la promotion que Mme Grace a obtenue à son travail. Ils avaient beaucoup d'ordures à jeter ce matin qui ne rentraient pas dans la chute automatique.

81

— C'est horrible, dis-je, imaginant leur effroi lorsqu'ils s'étaient retrouvés devant le corps d'un homme mort en se rendant à la benne à ordures le matin suivant.

— Ils sont tous encore assez secoués.

Cela ne m'étonnait pas.

La police scientifique fut très efficace et confirma, sans l'ombre d'un doute, qu'Alfred Mangino s'était bien trouvé au niveau de ma sortie de secours la nuit précédente. En plus d'avoir récupéré son arme à feu, ils avaient trouvé des empreintes de chaussure, plusieurs mégots de cigarettes qui confirmaient qu'il avait passé un certain temps à attendre, et une empreinte de main partielle sur le carreau de la fenêtre qui donnait l'impression, selon eux, qu'il avait été en train de se pencher vers la fenêtre lorsqu'il avait perdu son équilibre.

— Comment a-t-il pu perdre son équilibre et chuter par-dessus la balustrade ?

— Nous n'en avons pas la moindre idée pour l'instant, Docteur Qells. Lorsque nous en saurons plus, nous vous tiendrons au courant, me répondit l'inspecteur Lee.

— Nous allons devoir vérifier au nom de quelle personne est enregistrée cette arme à feu, mais il y a de fortes chances qu'elle appartienne à Mangino, déclara Haddock.

Je hochai la tête.

— Donc, vous ne connaissiez pas du tout M. Mangino ?

J'avais déjà répondu à cette question une ou deux ou dix millions de fois, mais je ne m'énervai pas. Soit il était rigoureux, soit il espérait que ma version de l'histoire allait changer.

— Non.

— Docteur Qells, nous tenons à vous informer que M. Mangino était fiché dans notre système. C'est pourquoi nous avons pu identifier les empreintes qu'il a laissé derrière lui aussi rapidement.

— Qui était-il ?

— M. Mangino était un tueur à gages. Nous pensons qu'il était là pour vous tuer.

— Pourquoi ?

— Nous espérions que vous pourriez nous éclairer sur ce point.

— Je ne peux pas. Ma vie n'est pas assez intéressante pour que l'on cherche à me tuer. Il doit y avoir une erreur.

— Et pourtant, il était sur votre escalier de secours.

82

— C'est vrai.

— Pardonnez-moi de vous le dire, mais vous ne semblez pas du tout inquiet. Vous devriez être terrifié.

— Je n'ai pas encore bu mon café, dis-je en guise d'explication. Je viens à peine de me réveiller, et j'insiste sur le fait qu'il doit y avoir une autre explication parce que, sérieusement…

Je posai ma main sur ma poitrine.

— … je suis insignifiant aux yeux d'un tueur à gages. Et ma vie n'est pas un film, et je n'ai reçu aucun microfilm, et je n'ai été témoin d'aucune fusillade en pleine foule ni de quoi que ce soit d'intéressant. Vous ne devriez pas vous attarder sur mon cas.

— Qui diable est en charge de ce merdier ?

Je redressai brusquement la tête, tout comme les deux inspecteurs qui se levèrent pour saluer l'homme qui entrait dans mon appartement. J'avais reconnu la voix, mais j'attendis qu'il me voie. Il avait l'air en forme. C'était l'un des plus anciens amis de Duncan avec qui j'avais passé beaucoup de temps autrefois. Cela me rendit triste qu'il ne réalise même pas qu'il était dans mon appartement, mais pourquoi l'aurait-il remarqué ? Duncan et moi allions toujours chez lui et sa femme, Lisa, mais nous ne les avions jamais invités chez moi. Mon ex et moi étions seulement censés être amis, juste des potes qui traînaient ensemble, rien de plus. Alors une fois que Duncan avait quitté ma vie, je n'avais plus jamais revu Jimmy et Lisa. C'était triste, vraiment, mais compréhensible. Duncan n'avait même pas été en mesure de faire confiance à ses amis pour leur révéler son homosexualité, même si, selon moi, Lisa l'avait deviné. J'étais certain que James O'Meara ne se doutait pas une seconde qu'il se trouvait dans mon appartement.

Quand je vis les yeux de Jimmy balayer la pièce, je lui adressai un signe de la main de là où je me tenais, dans la cuisine. Il lui fallut une minute pour comprendre qui se tenait devant lui. Il ne m'avait jamais vu dans ces circonstances, donc son cerveau dut analyser la situation, remettre toutes les informations dans l'ordre et faire une synthèse avant qu'il puisse parler.

— Nate ? dit-il au bout de quelques minutes.

— Inspecteur, répondis-je en souriant, la jouant cool, ne voulant pas présumer que nous étions encore amis après tout ce temps.

Il avança rapidement vers moi, mais s'arrêta avant de franchir ce dernier pas fatidique qui le mènerait à me prendre dans ses bras pour me saluer.

Je lui souris.

Il se contenta de me fixer.

C'était gênant.

— Inspecteur O'Meara, entendis-je l'inspecteur Lassiter intervenir. Vous connaissez le Docteur Qells ?

Un court instant s'écoula.

— Oh, merde... jura Jimmy avant de faire une pause, attrapant soudain mon épaule pour la serrer, ses yeux rivés aux miens. Oh, mon Dieu, Nate.

Il semblait tellement étonné, ayant tressailli comme si on était en train de l'électrocuter.

— Que se passe-t-il ?

— Nate Qells.

— Oui, c'est bien mon nom, acquiesçai-je.

Ses yeux bleu pâle détaillèrent mon visage, et je me rendis compte qu'il semblait extenué. Il n'était pas d'une beauté classique, mais avec ses rides dessinées par le rire, son sourire en coin nonchalant, et ses cheveux brun foncé et ondulés, il était tellement adorable qu'on avait envie de le ramener chez soi pour lui préparer un bon repas. Et beaucoup de femmes voulaient le faire. Et beaucoup de femmes tentaient leur chance avec lui, jusqu'à ce qu'elles voient sa femme. Personne ne pouvait rivaliser avec Lisa O'Meara. D'une part, elle était magnifique, avec sa longue chevelure brune et ses grands yeux marron, et d'autre part, elle était effrayante. Elle aimait expliquer que, puisqu'elle était sicilienne, elle pouvait vous fendre en deux rien qu'avec son regard. J'avais toujours levé les yeux au ciel en l'entendant le dire. Elle m'avait pincé la joue en retour. Penser à elle me fit sourire. J'avais apprécié faire sa connaissance et passer du temps avec elle.

— Oh, ce n'est pas possible, gémit-il en laissant tomber sa tête en avant.

Je pouffai de rire.

— Qu'est-ce qui ne va pas, inspecteur ?

Il me libéra avant d'entrelacer ses doigts au-dessus de sa tête, tandis qu'il regardait les deux plus jeunes policiers.

— C'est Nate Qells, un très bon ami de l'inspecteur Stiel.

Les deux têtes pivotèrent vers moi.

— Oh, merde ! jura l'inspecteur Lee en tremblant. Oh, putain !

— Oh, Seigneur ! gémit l'inspecteur Haddock, réagissant comme son partenaire. Monsieur, votre ami... l'inspecteur Stiel... il me déteste.

— J'en doute fort. Il lui arrive simplement de se montrer un peu intense par moments, expliquai-je.

Le regard qu'il m'adressa me fit sourire encore plus.

— Vous ne comprenez pas.

Ils se tenaient tous dans mon salon parce que quelqu'un, soi-disant un tueur à gages, avait essayé de me tuer et avait stupidement échoué en plongeant la tête la première de mon escalier de secours. Mais tout cela passait au second plan face à la peur que mon ex réveillait chez ces trois hommes.

L'inspecteur Haddock semblait sur le point de vomir, tout comme l'inspecteur Lee. Jimmy massait l'arête de son nez en gémissant. Et je compris. Cela faisait peur à tout le monde lorsque les familles et amis de policiers étaient pris pour cibles, mais dans mon cas, c'était encore pire à cause de la personnalité de Duncan. Mon ex était très intimidant et pas de la meilleure des façons. Personne ne voulait être l'objet de sa colère, et Jimmy venait juste d'expliquer aux deux inspecteurs que Duncan et moi étions proches. Ils essayaient de ne pas se pisser dessus parce qu'ils s'étaient comportés en machos avec moi. Je luttai vraiment fort pour ne pas sourire.

— J'ai une idée, dis-je gaiement, et les trois hommes se tournèrent vers moi. Que diriez-vous de ne rien lui dire de toute cette histoire ?

Personne ne fit un bruit.

— Ce serait bien mieux si on gardait ça entre nous, non ?

Jimmy était d'accord. Je pouvais le voir d'après l'inclinaison de sa tête et son air préoccupé, son faible gémissement m'indiquant qu'il était en train de résoudre ce problème dans sa tête, de trouver ce qu'il pourrait dire s'il se faisait prendre.

— Je pense que c'est une très bonne idée, intervint l'inspecteur Haddock. De toute manière, il n'ira pas mettre son nez dans nos dossiers maintenant qu'il s'occupe des crimes graves.

Je regardai Jimmy.

— Duncan a été muté aux crimes graves ? Pourquoi ?

Il hocha la tête, forçant un sourire.

— Il… euh… commença-t-il avant de s'éclaircir la voix. Il ne peut plus s'occuper des homicides si… tu sais… C'est juste que ce n'est pas facile si vous n'avez pas… Peu importe, il ne peut plus s'occuper des homicides désormais.

— D'accord.

85

Je n'avais toujours pas compris de quoi il en retournait, mais ce n'était pas mes affaires, alors je laissai couler.

— Au fait ! dit soudain Jimmy, bien plus enjoué. Ma fille, Joanna, revient de Sydney et nous organisons une fête en son honneur sam...

— Oh, je suis content pour toi, Jimmy, le coupai-je rapidement tout en souriant. Je sais que ça te rendait fou de la savoir si loin.

Il déglutit difficilement.

— C'est vrai, mais maintenant, tout va mieux. Comme je le disais, nous organisons une petite fête pour son retour à la maison et nous serions ravis que tu viennes.

— Malheureusement, je dois aller à des funérailles, alors je dois décliner, mais merci pour l'invitation.

— Des funérailles, répéta-t-il en fronçant les sourcils. Je suis désolé de l'apprendre. Sans vouloir être indiscret, qui est décédé ?

— Le patron et quelques collègues de l'un de mes amis. Vous en avez probablement entendu parler. Vincent Romelli et une poignée d'hommes qui travaillaient pour lui. Je suis ami avec Andreo Fiore.

Les secondes s'égrenèrent. C'était presque comme si je pouvais les entendre s'écouler entre nous.

— Andreo Fiore... Nous savions qu'il vivait dans cet immeuble, mais... tu le connais ?

— Oui, je le connais, ainsi que son neveu. Ils étaient tous les deux ici la nuit dernière, ce qui rend toute cette histoire de gars sur mon escalier de secours encore plus glauque, non ?

— Oui, en effet, dit Jimmy en hochant la tête, recommençant à frotter l'arête de son nez.

— Euh... Nous sommes tous d'accord, alors ? intervint doucement l'inspecteur Haddock. Nous n'allons pas en parler à l'inspecteur Stiel ?

Il obtint un « non » retentissant alors que ma porte s'ouvrait et qu'un agent entrait.

— Il y a un enfant qui demande à entrer. Que dois-je faire ?

Jimmy lui donna son assentiment. Une seconde plus tard, Michael Fiore entra de nouveau dans mon appartement, habillé, sac à dos sur l'épaule, l'air terrifié.

— Qu'est-ce qui ne va pas ? lui demandai-je.

— Est-ce que tu vas bien ?

— Je vais très bien, le rassurai-je. Viens ici.

Il était livide et je crus en comprendre la raison. Des policiers étaient probablement venus lui annoncer que sa mère était morte dans un accident de voiture.

Lorsqu'il se précipita vers moi, il saisit l'ourlet de mon tee-shirt et me dévisagea.

— Je vais bien, dis-je en lui donnant une petite tape sur la joue. Et je vais te faire à manger. Pose ton sac et sors des œufs.

Il hocha la tête, jeta son sac à dos sur le comptoir et se dirigea vers la cuisine.

— Je vais lui préparer à manger si vous êtes d'accord ?

— Bien entendu, dit Jimmy en me tendant la main. Nous avons tout ce qu'il faut. Les gars de la scientifique quitteront ton appartement aussi vite que possible, d'accord ? Les agents de police doivent aussi rester jusqu'à ce que la police scientifique parte mais... nous en avons terminé.

— Merci.

Je souris, acceptant sa camaraderie pour ce qu'elle était : un souvenir du bon vieux temps, nos poignes fermes tandis que nous nous serrions la main.

— C'était un plaisir de te revoir, Insp...

— Jimmy, me corrigea-t-il, serrant fortement ma main. Et c'était un plaisir de te revoir aussi, Nate. J'aurais simplement préféré que ce soit en d'autres circonstances.

— Moi aussi, acquiesçai-je.

— Il semblait heureux, murmura Jimmy. Lorsque vous sortiez ensemble.

Il parlait de Duncan, bien sûr – Duncan avait eu l'air heureux. C'était vraiment gentil à lui de me dire cela.

Il lâcha ma main, se retourna et cria, et tout le monde déambula dans un tourbillon d'activité. Les deux autres inspecteurs me dirent qu'ils resteraient en contact pour me tenir au courant de l'avancée de l'enquête dès qu'ils en sauraient plus. Je les remerciai pour le plus singulier réveil que j'avais eu depuis une éternité, puis je récupérai ma poêle d'entre les ustensiles de cuisine suspendus au-dessus du comptoir pour préparer une omelette. Les gens commencèrent à courir en tous sens, essayant de terminer au plus vite pour sortir de chez moi.

— Je vais te verser un café et tu vas me raconter ce qui vient de se passer, dit Michael.

Me verser un café était la meilleure idée qu'il avait jamais eue.

AU TRAVAIL, mes cours furent un mélange de correction d'évaluations, de récupération de copies et d'excuses bidons. Je dis à Ashton ce que je pensais de son roman à ce jour – je l'avais apprécié, donc il m'était facile de lui donner une bonne critique – et lui expliquai où se trouvaient certaines incohérences selon moi.

— Incohérences...

Il était indigné.

— Ne tombez pas amoureux de vos propres mots ou vous ne serez jamais capable de les changer, dis-je pour le mettre en garde.

— Oui, mais venez-vous d'utiliser le mot « incohérences » ?

Je lui mis un coup d'épaule, alors que nous nous dirigions vers mon bureau.

Lors de mes classes d'introduction à la littérature, nous fîmes des oraux et j'écoutai et posai des questions, m'assurant que les étudiants me regardaient moi et non pas l'immensité de la salle dont les sièges étaient occupés par une mer de visages. Lorsque je leur souriais et hochais la tête, ils semblaient se calmer.

Alors que j'étais à mon bureau, je fus surpris de voir Sanderson Vaughn entrer, comme toujours vêtu tel le héros d'un roman Harlequin, l'image idéale de l'homme auquel devrait ressembler un professeur d'anglais. Une veste en tweed avec ces coudières en velours côtelé, un jean, des mocassins, une cravate, et un polo bleu. Avant qu'il puisse dire un mot, je levai la main.

— Quoi ? demanda-t-il.

Je le désignai du doigt.

— Du tweed ?

Il ignora mon commentaire.

— Bon sang, Sandy, le taquinai-je. Modernisez un peu votre garde-robe. Nous sommes en 2012, pour l'amour du ciel.

— Arrêtez de vous foutre de moi, Nate. Qu'avez-vous dit à...

— Je n'ai rien dit à personne, et si vous me connaissiez mieux, vous le sauriez.

— Donc vous voulez me faire croire que c'est un hasard si la seule année où vous n'êtes pas en charge de la fête médiévale se trouve être celle où Greg Butler décide de faire un don à l'université ?

— En effet, oui.

— Vous plaisantez ?

— Vous pensez vraiment que je suis ce type de personne ? Que je serais prêt à appeler un ancien étudiant riche pour lui taxer de l'argent pour l'école, dans le seul but de vous pourrir la vie ? Vraiment ?

— Que suis-je censé croire, Nate ?

— Vous êtes censé vous dire que vous êtes très chanceux de...

Lorsque la porte s'ouvrit brusquement et frappa contre le mur, nous eûmes tous les deux le souffle coupé, ce qui mit instantanément un terme à toute conversation.

— Seigneur ! cria Sanderson.

Je réalisai alors qui se tenait devant moi.

— Que fais-tu ici ?

— Vous êtes cinglé ? hurla Sanderson à Duncan Stiel.

— Quittez cette pièce, grogna-t-il à mon collègue, d'une voix grave et menaçante.

Sanderson déguerpit rapidement, sans poser de question, me disant que notre discussion sur ma tentative évidente de l'humilier n'était pas terminée, et ce sans vraiment réussir à insuffler un ton menaçant à ses paroles. Comme si j'avais le temps ou l'envie de discuter de cela. L'idée même était ridicule.

Il était énervant, tout comme l'était mon ex alors qu'il claquait la porte derrière lui et se retournait, les mains posées à plat sur mon bureau tandis qu'il me fixait de ses yeux gris foncé. Autrefois, j'avais trouvé cette couleur sombre romantique, captivante. Maintenant, je n'y voyais que de la froideur.

— Oui, inspecteur ?

— Ne commence pas avec tes « oui, inspecteur », grogna-t-il avec l'attitude d'un chef de meute. C'est quoi ce bordel entre Vincent Romelli et toi ?

Je jetai un œil à l'horloge, et voyant que mes heures de bureau étaient terminées, je me levai et commençai à ranger mes affaires et mon ordinateur portable.

— Nate ! cria-t-il.

Sa voix retentit sur les murs de mon petit bureau. Il se redressa, se déplaçant comme s'il allait contourner mon bureau.

— Stop ! dis-je, énervé. C'est complètement absurde, Duncan. Tu n'as aucun droit de me poser des questions sur ma vie privée.

— Ce n'est pas de ta putain de vie privée dont nous parlons ! C'est d'Andreo Fiore, d'un chef de la mafia qui a été assassiné et d'un foutu tueur à gages qui a atterri dans ta poubelle !

Je pris une profonde inspiration.

— Pour ton information, je n'ai jamais rencontré Vincent Romelli, je n'ai jamais vu le tueur à gages qui est mort, et Andreo Fiore et moi sommes amis et voisins. Point.

— Bon sang, Nate, tu…

— Je n'aurais pas reconnu Vincent Romelli si je l'avais croisé dans la rue. Comme je viens de te le dire, je connais Andreo Fiore, je sais qu'il travaillait pour Romelli, mais c'est tout. Et pour ce qui est du mort dans ma benne, je suis sûr que tu en sais plus que moi sur lui.

Il respirait fort tout en m'observant, croisant les bras sur sa large poitrine, dont je savais par expérience qu'elle était bardée de muscles durs, épais et sculptés. Vraiment, sans ses vêtements, Duncan Stiel était une œuvre d'art ; c'était vraiment stupide que je me souvienne aussi bien de ce que je ne pouvais plus avoir.

— Si nous en avons terminé, je dois me rendre à une réunion de la faculté et j'ai un rendez-vous plus tard. Tu connais le chemin de la sortie.

— Nate…

— Ne t'inquiète pas pour moi, dis-je en soupirant.

Je mis la sangle de ma sacoche sur mon épaule avant de contourner mon bureau pour lui faire face.

— Je vais très bien.

— Non, on dirait que quelqu'un t'a frappé.

Je gémis.

— Nate !

Lorsqu'il cria, cela me parut… normal. J'avais toujours pensé que la première fois que nous nous reparlerions après notre rupture, je serais triste ou plein de regrets. Mais il n'en était rien. Je ne ressentais rien. J'en avais totalement terminé avec Duncan Stiel.

— Je vais bien, dis-je pour l'apaiser. J'ai sauvé une femme qui était sur le point de se faire agresser l'autre jour.

Je souris, ouvris la porte et lui fis signe de sortir.

— Et la nuit suivante, j'ai empêché un père en colère de frapper mon deuxième gamin préféré.

Il me regarda comme si j'étais devenu fou, mais il sortit comme je le lui avais demandé, et lorsqu'il passa le pas de la porte, je refermai la porte derrière nous. Lorsque je me retournai pour lui faire face, il fronçait toujours les sourcils.

— Tout ce que tu es en train de faire, ce n'est pas nécessaire. Jimmy est en charge de cette affaire. Il va découvrir qui était la réelle cible de cet homme parce que, tous les deux, nous savons parfaitement qu'il ne s'agissait pas de moi. Qui voudrait me tuer ? Cela n'a aucun sens.

— Tu devrais avoir peur.

— De quoi ? Des tueurs mal organisés ?

Je soulevai un sourcil pour souligner l'énormité de la chose.

Il était perdu ou confus, ou bien les deux.

— Allons, Duncan, réfléchis un peu. Je ne suis pas en danger.

Il me regardait fixement.

— Alors, tu t'occupes des crimes graves maintenant ?

J'enfonçai mes mains dans mes poches.

— Jimmy me l'a dit. Pourtant, tu adorais les homicides.

— Quoi ?

— Attends, cette tournure de phrase sonnait bizarre.

J'y réfléchis une minute, amusé par mon mauvais choix de mots. J'étais supposé être doué avec les mots.

— Nate.

Je le regardai dans les yeux et attendis.

— Tu as besoin de protection.

Je secouai la tête.

— Non, il y a simplement eu erreur sur la personne. Je refuse de croire que quelqu'un me veuille du mal. Je suis sûr que Jimmy réussira à tirer cette histoire au clair – c'est un gars intelligent.

— Nate…

— C'est peut-être à cause de mes fréquentations, murmurai-je pensivement, prenant enfin le temps d'avoir une vue d'ensemble sur la situation.

Le timing de cet événement était inquiétant. Andreo s'était trouvé chez moi, en train de dormir dans mon lit, dans la pièce la plus proche de l'escalier de secours. Cela avait plus de sens qu'il soit la cible de ce tueur à gages plutôt que moi.

— Merde ! Je dois y aller, dis-je soudain, me détournant de lui, ayant besoin d'aller trouver Dreo.

— J'ai besoin de te parler, m'arrêta-t-il, agrippant mon biceps, le tenant serré, ses doigts s'enfonçant dans mon bras.

— À propos de quoi ? demandai-je impatiemment.

J'essayai de ne pas paraître agacé parce que je ne voulais pas être impoli et que, autrefois, il représentait tout pour moi.

Il fit un pas en avant, envahissant mon espace personnel, mais me libérant en même temps.

— Je veux juste que tu saches que... je n'ai jamais... Je n'ai jamais voulu partir. Tu me manques terriblement.

— Vraiment ?

— Bien sûr.

J'étais surpris.

— Mais tu m'as quitté si facilement.

— Qu'étais-je censé faire, Nate ? Tu voulais quelque chose que je ne pouvais pas te donner – et que je ne peux toujours pas te donner. C'était mon travail ou toi, et mon travail est tout ce que je suis.

— Je le sais.

— Mais cela ne veut pas dire que je ne t'aimais pas.

Je pris une grande inspiration.

— Je le sais aussi.

— Et toi ?

— Je pense que nous savons très bien quels étaient mes sentiments à ton égard, Duncan.

Il se racla la gorge.

— Étaient ?

L'honnêteté, juste là, dans ce couloir. Peut-être était-ce approprié.

— Oui. C'est terminé depuis longtemps, non ? Toi et moi ?

J'eus droit à un léger hochement de tête de sa part.

— Alors, nous sommes tous les deux d'accord, conclus-je.

— Je... commença-t-il, s'approchant plus près de moi, posant doucement une main sur mon coude. Ça me manque... toi, nous. Je n'ai rencontré personne qui ait signifié quelque chose pour moi depuis que j'ai quitté ton appartement ce jour-là.

C'était pénible à entendre, mais tellement immuable. Il n'était pas ouvertement gay ; j'avais compris à mes dépens que je ne pouvais pas vivre de cette façon. Lorsque nous étions ensemble – ce qui, honnêtement, n'aurait jamais dû se produire – je m'étais détesté. Je n'étais pas le genre d'homme qui cachait ses sentiments ou ses relations. Cela ne me ressemblait pas du tout. J'étais cet homme qui drapait son bras autour des épaules de son partenaire en public, qui le présentait à une connaissance s'il venait à en croiser une dans la rue et qui l'amenait aux soirées organisées par le travail parce qu'il était heureux, fier et enthousiaste à l'idée de le faire. Je n'avais pas eu la possibilité de faire ces choses avec Duncan ; notre relation était vouée à l'échec dès le départ. Avec le recul, c'était une situation ridicule, mais à l'époque, mes sentiments avaient dépassé ma logique. Je n'avais pas été réellement moi pendant près de deux ans, et lorsque notre histoire s'était terminée, quand j'avais pris conscience que nous nous séparions pour de bon, perdre Duncan avait été une épreuve difficile à surmonter, mais je retrouvais l'homme que j'étais. Je pouvais de nouveau être moi. Et vraiment, en toute sincérité, je n'avais pas perdu au change.

— Nate.

— Désolé, dis-je, souriant machinalement. Je repensais au passé.

— J'étais inquiet, dit-il en prenant une profonde inspiration. C'est la raison pour laquelle je suis venu. Pour dire vrai, j'étais même terrifié. L'idée que tu puisses être en danger ou…

— Mais je ne le suis pas, lui assurai-je, prenant une inspiration et me libérant de son emprise hésitante. Je vais bien. Comme je te l'ai dit, je ne connaissais pas Romelli. Quant à Andreo Fiore, quelle que soit la réputation qu'il a, c'est un homme bon qui aime son neveu. Donc, dis-je dans soupir, merci d'être venu ; ça m'a sincèrement fait plaisir de te revoir. Apaiser les tensions et repartir du bon pied est toujours une bonne chose.

Les muscles de sa mâchoire se crispèrent.

— Alors comme ça, tu as un rendez-vous ?

— Effectivement, dis-je en riant. Et toi ? Où en sont tes…

— Au même stade qu'avant ma rencontre avec toi.

Je compris. Cela signifiait que la fois où je l'avais vu sortir d'un sauna sur Halstead n'avait pas été une occurrence unique ; il avait repris ses vieilles habitudes : il enchaînait les aventures d'un soir insignifiantes. Cela n'était pas surprenant. Duncan Stiel était superbe, n'importe quel homme voudrait de lui. Ce qui était difficile était de le garder, car il fallait accepter de vivre à l'intérieur de la bulle dans laquelle il s'enfermait.

— Nate ?

Mes yeux se posèrent de nouveau sur lui.

Il sourit.

— Tu ne sais pas quoi dire ?

Ses yeux étaient voilés, son sourire hésitant et je savais, par le léger bruit qu'il fit, qu'il voulait se pencher et me prendre dans ses bras. Je me souvenais de tout – de ses regards, de sa respiration, de son odeur – et de combien j'avais voulu que notre histoire fonctionne, désespérément. Cet homme pouvait être adorablement doux. Lorsque je m'étais trouvé chez lui à attendre qu'il rentre du travail certains soirs, la joie qui avait éclairé son visage en me voyant m'avait permis de garder le secret sur notre relation. Quand il traversait la pièce pour m'envelopper dans ses bras puissants, ayant juste envie que tout s'arrête, que je l'étreigne aussi fort que possible... Je savais que c'était sincère, et cela m'avait permis d'accepter tout le reste. J'avais éprouvé de la douleur physique lorsque j'avais retiré la clé de son appartement de mon porte-clés, parce que je savais que ces moments tendres et paisibles étaient terminés.

— Il n'y a rien à dire, lui assurai-je.

Il hocha la tête et prit une grande inspiration.

— Si, répliqua-t-il. Tu es beau.

— Toi aussi.

Je souris, soulagé, lui adressant ce compliment sincère avant de me retourner pour partir.

— Nate.

Je tournai la tête dans sa direction.

— Si jamais tu as besoin d'une protection policière...

Il sourit tristement.

— Tu seras le premier que j'appellerai, promis-je.

Il fourra ses mains dans les poches de son pantalon, et je me retournai à nouveau pour m'éloigner. Une fois arrivé au bout du couloir, je jetai un dernier coup d'œil en arrière. Il était toujours là, à me regarder.

— Hé, tu sais que je ne veux que ton bonheur, n'est-ce pas ?

— Oui, je le sais, affirma-t-il.

Je poussai sur la barre de la porte et fus accueilli par l'air frais de l'automne. C'était agréable. La discussion libératrice dont j'avais eu besoin avait enfin eu lieu et cela s'était passé bien plus paisiblement que je m'y étais attendu. Mais lorsque je pris une profonde inspiration, ma mémoire s'actualisa et je me souvins, comme cela arrive durant ces quelques secondes de répit lorsqu'on se réveille après avoir rompu avec quelqu'un avant que la douleur refasse surface, que je devais parler à Dreo. Je commençai à marcher dans la direction opposée à ma réunion de la faculté et je sortis mon téléphone portable pour appeler Michael. J'avais besoin de savoir où se trouvait son oncle.

LE DOYEN me laissa quitter la réunion du personnel, après que je lui ai expliqué que j'avais une urgence familiale et promis de me tenir informé de ce qui s'était dit lors de la réunion auprès de l'un de mes collègues. Après avoir attrapé un taxi, je me dirigeai vers le centre-ville, dans un restaurant italien situé dans le quartier de LaSalle. C'était un endroit immense qui ressemblait davantage à un entrepôt qu'à un restaurant haut de gamme. Cependant, on disait que c'était le nouvel endroit branché où tous les gourmands se réunissaient le soir. Comme l'heure du déjeuner était déjà passée et que celle du dîner n'était pas prête d'arriver, l'endroit était pratiquement désert. Au bar, aménagé au centre d'un vaste sol en béton, se trouvait Dreo Fiore, comme Michael me l'avait dit quand j'avais appelé pour demander s'il savait où se trouvait son oncle.

En temps normal, le jeune Fiore n'avait pas l'emploi du temps de son oncle, mais à la suite des malheureux événements qui venaient de se produire, je m'étais dit que Dreo avait sûrement changé un peu ses habitudes. J'avais eu raison. Michael m'avait raconté qu'il lui avait donné un ultimatum : soit il lui disait où il pouvait le trouver à certains moments de la journée, soit il activait le GPS de son téléphone. Comme l'idée d'être localisable à travers la ville ne séduisait pas vraiment Dreo, il avait expliqué à Michael où il se trouverait à chaque moment de la journée. Cinq ou six hommes se trouvaient avec lui au restaurant et un autre se trouvait derrière le bar, trop bien habillé selon moi pour n'être qu'un simple serveur.

— Désolé, m'arrêta un jeune homme, certainement le chef de rang. Nous ne servons pas encore le dîner, et je crains que ne nous soyons déjà complets ce soir, avec les réserv…

— Oh, non, le coupai-je, pointant un doigt par-dessus son épaule. J'ai juste besoin de parler à ce monsieur, là-bas.

— Tommy, quel est le problème ? demanda quelqu'un.

Je me tournai, lui également, tous les deux en direction de la voix. C'était l'homme derrière le bar, mais avant que je puisse ouvrir la bouche, Dreo appela mon nom.

— Salut, dis-je en levant la main, puis je regardai l'homme qui se tenait près de moi. Puis-je... Si c'est d'accord ? Puis-je aller lui parler ?

— Bien sûr.

Il fit un pas sur le côté, et il était difficile de lire l'expression de son visage. De la peur ? De l'inquiétude ? Les deux ? Il semblait secoué.

Je souris, essayant de le rassurer, peu importe la raison pour laquelle il était inquiet, avant de traverser la salle. Dreo glissa de son tabouret et je remarquai qu'il avait l'air plus grand que d'habitude, plus large, plus menaçant, son costume noir et sa chemise noire accentuant cette impression. Je n'avais pas pensé à lui comme étant aussi musclé que Duncan, et il ne l'était pas. Il était un peu plus mince, plus allongé, mais il était également aussi grand.

— Que se passe-t-il ? Comment as-tu su où j'étais ? demanda-t-il alors que je m'approchais.

— J'ai appelé Michael. Je suis vraiment désolé de te déranger, m'excusai-je en arrivant à sa hauteur, inclinant légèrement la tête en arrière afin de rencontrer son regard. As-tu parlé avec lui aujourd'hui ?

— Michael ?

Je hochai la tête.

— Pas depuis très tôt ce matin, pourquoi ?

Il voulait savoir et posa une main sur le côté de mon cou.

— Dreo, qui est ton ami ?

Je me retournai et vis des visages qui m'étaient inconnus.

— Nate Qells. Il vit dans mon immeuble, dit-il au barman alors que sa main glissait de mon cou à mon épaule. C'est le professeur dont je vous ai parlé hier... Vous vous souvenez ?

Le barman répondit d'un hochement de tête.

— Amène-le ici.

— Allez, me dit-il, me laissant passer devant lui, sa main glissant sur ma chute de reins pour me pousser vers l'avant.

— Vous enseignez quoi ? demanda l'homme du bar alors que nous approchions.

— La littérature anglaise, répondis-je. De Beowulf à Milton, la littérature de la Renaissance, notamment.

Il hocha la tête.

— Où ça ?

— Université de Chicago.

Deuxième hochement de tête.

— Connaissez-vous Alla Strada ?

Je souris.

— Je connais très bien Alla. Elle est un excellent professeur. Est-elle votre fille ?

— C'est ma nièce, la fille de mon frère, dit-il avant d'essuyer sa main sur la serviette du bar et de se pencher en avant pour me la tendre. Je suis son oncle, Tony Strada.

Je m'avançai pour accepter sa poignée de main, m'appuyant contre le bois poli pour la serrer.

— Nate Qells.

— Alors, commença-t-il en relâchant ma main. Faisiez-vous partie du comité de professeurs qui a décidé de l'engager ?

— J'ai eu ce privilège.

Ses yeux sombres, couleur de whisky, se firent chaleureux.

— Elle nous a dit que ça se jouait entre elle et un autre homme, qui était plus âgé et qui avait beaucoup plus d'expérience.

— Oui, mais elle avait la passion en elle. Elle l'a encore. Elle n'enseigne pas seulement pour toucher un salaire. Elle veut transmettre son savoir. Vous a-t-elle parlé de son rêve ?

Un grondement sourd sortit de sa gorge.

— Ne me lancez pas là-dessus. Elle veut partir en Irak. Enseigner là-bas parce qu'elle parle l'arable et le kurde... Avez-vous des enfants, professeur ?

— Oui. J'ai un fils. Votre frère a toute ma sympathie.

Il hocha la tête.

— Il faudrait juste qu'elle tombe enceinte, lança-t-il.

Je me mis à rire.

— Vous n'êtes pas d'accord ?

Je haussai les épaules.

— Parce que vous savez qu'elle a une petite amie.

— Exactement, dis-je en lui tapotant le bras. Et sa petite amie veut également sauver le monde.

— Et merde ! grommela-t-il tout en indiquant un des tabourets. Asseyez-vous, professeur, je vais vous apporter quelque chose à manger. Que voulez-vous boire ?

— En fait, j'ai un rendez-vous. Mais, j'appré...

— Asseyez-vous, professeur, insista-t-il en souriant.

Je ne voulais ni boire ni manger, mais chacun des hommes qui m'entouraient me regardait avec de gros yeux et une lueur de panique, même Dreo, comme s'ils essayaient de me dire : « dépêchez-vous de lui répondre ! ».

Alors, je cédai.

— Du Sam Adams, si vous en avez.

— Ça arrive tout de suite.

— *Ma guarda chi c'è* !

Je relevai les yeux et vis Sal qui entrait dans le restaurant. Il fit de son mieux pour sourire et afficher un visage heureux, mais je pus voir la douleur dans ses yeux.

Lorsqu'il s'avança vers moi, je me retournai sur le tabouret et posai ma main sur sa joue. En règle générale, je n'étais pas une personne tactile, mais cela me sembla être la bonne chose à faire. Lorsqu'il se pencha en avant et posa son visage contre mon épaule, je le sentis trembler, juste pendant une seconde. Je ne comprenais pas pourquoi Dreo et lui n'étaient pas sous sédatifs, en train de se reposer dans une pièce sombre.

Je frottai sa nuque, lui demandant comment il allait, et ma seule réponse fut son silence. Puis il prit une grande inspiration et s'écarta, un sourire plaqué sur son visage.

— Nous allons nous en sortir, n'est-ce pas, D ?

Dreo grogna en guise d'acquiescement.

Je me retournai vers lui et vis que ses yeux perçants étaient fixés sur moi. C'était vraiment quelque chose, ces yeux, si sombres que vous ne pouviez jamais voir les pupilles. Le marron était si proche du noir que vous ne pouviez en voir la couleur que lorsque la lumière s'y reflétait, les faisant briller et s'embraser, prouvant qu'ils étaient bien marrons et non noirs. Le fait qu'ils soient bordés de longs cils noirs et épais ne faisait que leur ajouter du charme.

— Alors, que fais-tu ici ? put enfin me demander Dreo.

— Je suis venu pour te prévenir que la police est passée à mon appartement ce matin, après que tu es parti.

Il s'approcha, baissant d'un ton, même si avec Sal qui parlait fort et faisait l'idiot derrière lui, personne ne nous prêtait attention.

— Raconte-moi tout depuis le début.

Je lui relatai alors l'histoire : le tueur à gages, Alfred Mangino, qui était mort après avoir glissé et chuté dans la benne, l'intérêt que la police avait porté au fait que je sois ami avec Dreo, et l'inquiétude de l'inspecteur O'Meara ainsi que celle de mon ex quant au fait que je sois ami avec lui.

— J'ai dit à tout le monde que tu étais quelqu'un de bien, mais ils sont tous inquiets parce que…

— Qu'as-tu dit ? demanda-t-il, me coupant la parole, se penchant encore plus près, ne laissant que quelques centimètres entre nous.

— À propos de quoi ?

Ma voix devint plus grave, comme elle le faisait à chaque fois que mon pouls s'accélérait. Mon émoi ne se voyait plus de l'extérieur ; j'avais appris à le canaliser avec l'âge.

— Sur le fait que j'étais quelqu'un de bien.

— Je leur ai juste que tu l'étais, que tu prenais soin de Michael et qu'il était la personne la plus importante pour toi.

Il hocha la tête, toujours très près de moi.

— Ton ex est un flic ?

— Ça doit rester entre nous, d'accord ? C'était un secret à l'époque, et ça l'est toujours.

— Combien de temps es-tu resté avec lui ?

— Deux ans.

— Quand ?

— Nous avons rompu il y a un peu plus d'un an et demi maintenant.

Il plissa les yeux.

— Je n'ai jamais vu personne venir chez toi. Michael ne m'a jamais parlé de lui.

— C'est parce que mon ex ne venait jamais chez moi, donc Michael ne l'a jamais rencontré.

— Pourquoi ne venait-il pas à ton appartement ?

— Parce que notre relation était secrète, comme je viens de le dire. Il n'était pas ouvertement gay et ne l'est toujours pas. C'est à cause de son travail.

Il me regardait avec un air presque triste.

— Tu es en train de me dire qu'il n'a jamais pris son courage à deux mains pour proclamer que vous étiez ensemble ?

— Il ne pouvait pas.

— Ou ne voulait pas.

— Ne porte pas de jugement. Ça ne te ressemble pas.

99

Il inclina la tête comme pour me contredire, puis il se pencha en arrière, me laissant respirer, me donnant de l'espace.

— Comment vas-tu aujourd'hui ?

— Qui s'en soucie ?

— Moi.

Il haussa les épaules.

— *Non importa.*

— Dreo ?

— Tu es venu me trouver parce que tu pensais que ce tueur à gages en avait après moi et donc tu voulais m'avertir, c'est bien ça ?

— Oui, confirmai-je en hochant la tête. Et maintenant je l'ai fait, donc... Je devrais y aller.

— Tu dois rester assis, boire ta bière et manger ce qu'il est en train de te préparer, me dit-il. Tony est en train de cuisiner pour toi, et il ne cuisine pas pour n'importe qui.

— D'accord, dis-je, faisant passer la sangle de ma sacoche, jusque-là en bandoulière à travers ma poitrine, par-dessus ma tête.

Je la posai doucement sur le tabouret vide à ma gauche.

Il reporta son attention sur les autres, détournant son regard de moi. À cet instant, alors qu'il se tenait debout entre moi, Sal et les autres gars, je ressentis l'envie presque irrésistible de le toucher, d'apaiser la douleur qui était là, à la surface.

— As-tu réussi à dormir ? demandai-je à la place.

Pas de réponse.

— Dreo.

Il tourna lentement la tête vers moi, les yeux plissés, ce qui me permit d'observer à nouveau la longueur et l'épaisseur de ses cils, le noir contrastant avec la pâleur de sa joue lorsqu'il les ferma une seconde.

— Tu es épuisé.

— Nous avons eu une longue journée. Nous revenons tout juste du funérarium.

— Il y aura des funérailles séparées ?

— Oui.

— Celles de M. Romelli sont toujours prévues ce samedi ?

Il hocha la tête.

— J'ai besoin de Michael et toi à mes côtés. Il y aura beaucoup de personnes venant d'autres villes, ils doivent voir ma famille.

Je n'eus pas le temps de lui demander ce qu'il voulait dire comme un bol dégageant une odeur alléchante était déposé devant de moi.

— Voilà, Professeur.

Je levai les yeux alors que Tony Strada déposait une pinte de bière devant moi, à côté du bol de linguines et palourdes. Ça sentait divinement bon.

— Merci, dis-je en souriant. Je serai bien incapable de vous dire à quand remonte la dernière fois que j'en ai mangés.

Il hocha la tête, manifestement ravi, et me tendit une cuillère, une fourchette et une serviette.

— Nate, laissez-moi vous présenter aux autres.

C'est ainsi que je fis la connaissance de plusieurs hommes que Dreo ne semblait pas vraiment connaître. Il n'était pas chaleureux avec eux, pas comme il l'avait été avec les hommes avec lesquels Sal et lui avaient grandi, d'après ce qu'il m'en avait dit. Lorsque Tony termina les présentations, je demandai à Sal si Dreo et lui-même allaient prendre un peu de vacances.

— Pour quoi faire ? me demanda-t-il.

Ce n'était pas à moi de lui dire que Dreo, Tony et lui avaient besoin d'une thérapie de groupe et de vacances aux îles Fidji.

J'avalai ma nourriture, ne laissant rien dans mon bol, et vidai ma bière. Je m'épanchai sur la qualité de mon repas, et la vitesse à laquelle je l'avais englouti pouvait à elle seule attester de la sincérité de mes dires. Lorsque Tony voulut me resservir, je lui dis que j'avais un rendez-vous plus tard et qu'il valait mieux que je puisse encore avaler quelque chose. Il en convint, sourit et me dit de foutre le camp. Je l'aimais beaucoup.

— On se voit samedi, à l'enterrement, dis-je en me levant, le remerciant à nouveau.

— *A presto*, me répondit-il doucement.

Je pressai légèrement le bras de Dreo et me dirigeai vers la sortie.

— Attends !

Je me retournai et vis Dreo courir vers moi, puis il me rattrapa.

— Merci d'être venu jusqu'ici pour me parler. Je vais leur dire ce que tu m'as dit une fois que tu seras parti, pour qu'ils soient au courant.

— Pourquoi doivent-ils être mis au courant ?

— Parce que c'est important.

— D'accord.

Je lui adressai un petit sourire.

— Je suis content que tu ailles bien. J'étais inquiet.

Il hocha la tête, avant de se retourner et de me quitter.

Une fois dehors, je réalisai que j'étais totalement rassasié, mais ce n'était pas grave. Où que j'aille avec Sean, il y aurait bien une salade au menu.

VII

DES SUSHIS, c'était encore mieux qu'une salade. Vous pouviez commander une petite ou grande portion, selon votre appétit. J'en commandai une petite et Sean craignit que cela ne soit pas suffisant.

— J'ai beaucoup déjeuné à midi.

Je lui adressai un sourire à travers la table.

Il prit une petite inspiration.

— T'ai-je déjà dit que tu étais superbe ?

— Oui, répondis-je en riant. Mais tu peux continuer de le dire.

Lorsque je lui avais ouvert la porte, il avait eu le souffle coupé, et j'avais été complètement charmé. Pourtant, je ne portais que des dockers, une chemise et un gilet, ce qui n'était rien d'extraordinaire, mais il me trouvait beau, et c'était tout ce qui comptait.

— Je...

Son téléphone vibra, l'interrompant, et il s'excusa en le tirant de la poche de sa veste de costume, sans même le regarder.

— Tu devrais vérifier, non, docteur ?

Il secoua la tête.

— Je ne suis pas de garde ce soir, dit-il en fixant ma bouche. Tu es tout à moi.

— Quoi ?

— Je veux dire... commença-t-il avec un sourire entendu. Je suis tout à toi.

Je désignai le téléphone.

— Tu ferais mieux de vérifier.

Poussant un profond soupir, il regarda son téléphone. Vu la façon dont son visage se crispa, je fus *très* heureux d'avoir insisté.

— Seigneur, dit-il le souffle haletant, relevant brusquement la tête pour me regarder. Merde ! Nate, je suis vraiment désolé, mais un de mes patients est... Je dois partir.

— Vas-y, vite. Je vais m'occuper de ça.

Il ne discuta pas parce qu'il n'en avait pas le temps. Il se contenta de se lever, se retourner et partir. Lorsque la serveuse revint, elle fut surprise, mais compréhensive.

Alors que j'étais dans un taxi, sur le chemin du retour, mon téléphone sonna. C'était Sean.

— Salut, dis-je en souriant parce que c'était lui.

— Seigneur, ne sois pas gentil avec moi. J'ai gâché deux fois notre rendez-vous en une semaine.

— Tu es médecin. C'est normal.

— Mais ce n'est pas… Je veux que tu comprennes que tu es important.

— J'apprécie le fait que tu appelles juste pour me le dire.

— Vraiment ?

— Beaucoup.

— D'accord, donc demain, à coup sûr, nous…

— Appelle-moi demain pour que nous nous donnions un point de rendez-vous et nous improviserons, d'accord ? Ou bien ce soir, lorsque tu auras terminé, appelle-moi et peut-être que nous pourrons aller prendre un dessert, ou je pourrais t'en préparer un.

Silence.

— Sean ?

— Tu es sérieux ? Tu penses qu'il ne s'agit que de ça ?

Totalement. Perdu.

— Tu penses que je ne cherche qu'une aventure d'un soir ?

— Tu es celui qui avez dit vouloir que nous finissions au lit, lui rappelai-je. Mais non, je…

— J'ai aussi dit vouloir être celui qui t'inviterait à dîner. Comment est-on passés du « je veux sortir avec toi » au « je veux juste coucher avec toi » ?

— Ce n'est pas ce que…

— Je n'invite pas mes coups d'un soir à dîner, Nate.

Son ton condescendant était agaçant.

— C'est bien plus qu'une simple aventure pour moi. J'aimerais…

— Écoute, l'interrompis-je soudain, énervé. J'ai pensé que, peut-être, tu pourrais avoir envie de passer après le travail et que, si tu avais faim, je pourrais te préparer à dîner. Si tu n'avais voulu que d'un dessert, alors j'aurais pu ne préparer que ça. C'était une proposition sans aucune arrière-pensée sexuelle, c'est toi qui l'avez tournée dans ce sens. Appelle-moi demain et nous discuterons.

104

— Je... Merde ! Ce n'est pas ce que je voulais dire, mais je suis sur le point d'entrer dans l'hôpital et...

— C'est bon. À demain, répétai-je. On se parle plus tard.

Lorsque je raccrochai, je pris une grande inspiration, et lorsque mon téléphone sonna de nouveau, j'entendis l'agacement dans ma voix lorsque je décrochai.

— Nate ?

La voix n'était plus la même. Cet homme était plus âgé, plus ivre et confus quant à la raison de ma colère.

— Désolé, dis-je d'un ton de voix plus doux. Que se passe-t-il ?

— J'ai besoin de toi.

— Pourquoi ? Qu'as-tu fait ? demandai-je pour taquiner Ben.

— Je crois que... commença-t-il avant de prendre une inspiration. Je crois que Mel me trompe.

C'était totalement impossible. Je connaissais bien mon ex-femme, ma meilleure amie, la mère de mon fils, et ce n'était absolument pas son genre. Elle était loyale, point final.

— Impossible, lui assurai-je.

— Alors, ramène ton cul au Water Lily tout de suite et je vais te le prouver.

Ce que je pensais être drôle ne l'était pas. L'homme était au bord de la dépression nerveuse.

— Oui, mon cher, j'arrive, dis-je, afin de garder un ton léger.

Il fallait que je lui montre qu'il se comportait comme un idiot et que je m'assure que la situation n'empire pas.

J'informai le chauffeur de taxi de mon changement de destination et arrivai en centre-ville dix minutes plus tard. Après être sorti, j'observai mes alentours pour trouver Ben et vis une main s'agiter de l'autre côté de la rue, en face d'un petit pub charmant, bondé de monde.

Me précipitant vers lui, je remarquai son visage rougi et compris instantanément que mon analyse par téléphone était correcte : un homme très ivre se tenait devant moi. Mon hypothèse se confirma lorsqu'il souffla dans mon visage.

— Seigneur ! grognai-je, secouant ma main devant ma figure. Bon sang, je te déconseille de t'approcher d'une flamme, Ben.

— Elle est là, dit-il d'une voix pâteuse.

105

Il m'indiquait un restaurant français chic et haut de gamme de l'autre côté de la rue. Le restaurant s'appelait « Le Nénuphar », ainsi nommé d'après le chef-d'œuvre de Monet.

— Avec qui dîne-t-elle ?

— Son patron.

— De la galerie d'art ?

— Elle n'a qu'un foutu patron, Nate.

— Je vois, dis-je en croisant les bras sur ma poitrine. Comment l'as-tu trouvée ?

— Je voulais la surprendre en rentrant, alors j'ai utilisé le GPS de son portable pour la trouver.

Il me semblait que suivre une personne sans que cette dernière ne soit au courant menait au désastre. J'en avais la preuve devant moi. Au lieu d'appeler simplement sa femme, Ben l'avait traquée et au lieu d'entrer lui parler, il s'était tout de suite fait de fausses idées. Je savais qu'il faisait erreur, parce que je connaissais Mélissa. Elle était incapable d'être infidèle.

Soudain, je me souvins de quelque chose.

— Puis-je voir ton téléphone, s'il te plaît ?

Il me regarda, les yeux brumeux, sans aucun équilibre, au mieux chancelant.

— S'il te plaît ?

Il attrapa son téléphone et le sortit de sa poche. Celui-ci lui échappa des mains, alors il me le lança comme s'il faisait une figure spéciale de jonglerie. Je fus surpris lorsque je réussis à attraper ce fichu téléphone.

— Qu'est-ce que tu fais ?

— Chut, le fis-je taire.

Je glissai un bras autour de sa taille lorsqu'il commença à osciller dangereusement. Je souris dès que je trouvai ce que je cherchais.

— Dis-moi, où étais-tu ?

— Comment ça ? balbutia-t-il.

— Je veux dire…

Je toussai, l'éloignant de la porte d'entrée pour l'appuyer contre le mur extérieur du pub en briques rouges et réarrangeant sa cravate et sa veste.

— Où étais-tu avant de venir ici ?

— Dans un avion.

Il faisait vraiment un grand effort pour se concentrer sur moi.

— Donc tu n'étais pas en ville ?

— Eh bien, non, c'est pour ça qu'elle... Oh, merde ! gémit-il, s'interrompant lui-même.

Je vis une petite étincelle faire son apparition dans son regard, à travers le brouillard formé par l'alcool.

— Oh merde, j'étais supposé dîner avec eux ?

— Absolument, dis-je en lui montrant son téléphone, lui faisant savoir qu'il était un vrai crétin de mon ton le plus condescendant. Comme tu le sais si bien, ta charmante épouse télécharge son emploi du temps chaque semaine sur ton portable – et pour une raison totalement incompréhensible, sur le mien également. Ainsi, toi et moi sommes au courant de ce qu'elle fait au jour le jour. Encore une fois, je ne comprends absolument pas pourquoi je fais partie de cette histoire. Peut-être parce que nous avons été mariés ou parce que nous avons un enfant ensemble. Je n'en sais pas plus que toi sur la raison, mais c'est amusant de savoir ce qu'elle fait de ses journées, et ses annotations sont tout simplement hilarantes. Pour en revenir à toi...

Je me raclai la gorge.

— Ce soir, si tu revenais assez tôt de ton voyage d'affaires, tu étais censé te joindre à elle et son patron.

Je lui indiquai la date de ce jour sur son téléphone afin qu'il voie le rappel sur son calendrier.

— Il est clairement écrit : Milton Horne, au « Nénuphar » à vingt heures pour apéritif et dîner.

— Merde ! grogna-t-il à nouveau.

— La galerie va accueillir un grand gala de charité et ils doivent discuter du choix d'un thème. Elle a pensé que ce serait une bonne idée que tu te joignes à eux parce que, je cite, commençai-je en tournant le téléphone vers moi afin que je puisse lire le message. « Les idées de Ben sont en général si drôles que j'en fais presque pipi dans mon pantalon ».

— Oh, mon Dieu, gémit-il bruyamment, se penchant en avant.

Je refermai le calendrier et retournai à l'écran principal avant de mettre son téléphone dans ma poche, tout en le regardant.

— Pourquoi te mets-tu soudain à penser que ta femme te trompe ? Quel genre de crise idiote es-tu en train de nous faire ?

— Je ne réfléchissais pas clai...

— C'est parce qu'elle a dit qu'elle pourrait avoir une liaison l'autre jour ?

Il gémit.

— Pourquoi, Ben ?

107

Il se redressa, prenant une profonde inspiration.

— Deux couples de notre connaissance nous ont annoncé leur divorce cette semaine.

— Et alors ?

— Elle a déjà divorcé une fois et moi aussi, et...

— Ben, ton ex-femme est partie avec le garçon qui s'occupait de l'entretien de la piscine, lui rappelai-je. Fâcheux, mais ce sont les faits.

Il semblait si triste.

— De plus, les tenues de yoga qu'ils font maintenant sont plutôt sexy, lui assurai-je.

Instantanément, il fronça les sourcils.

— Je vais te frapper jusqu'à ce que tu meures.

— Qui aurait cru que les garçons de piscine étaient des dieux du marketing, hein ?

— Je peux t'assurer que personne ne retrouvera ton corps, me menaça-t-il.

Je me mis à rire.

— Écoute, ton ex-femme t'a quitté et l'ex-mari de Mel...

Je lui adressai un sourire en coin en me désignant du doigt.

— Il est gay, chuchotai-je.

Il grogna.

— Vous êtes mariés depuis maintenant seize ans et devine quoi ? Vous n'avez fait que naviguer en douceur, sur une mer calme.

— Tu fais des métaphores sur la navigation parce que tu sais que je suis sur le point de vomir, dit-il, semblant effectivement sur le point d'être malade.

Je souris, m'approchai et pris son visage dans mes mains.

— Imbécile. Ta femme t'adore et tu l'adores tout autant. Vous avez de la chance de vous être trouvés, alors serait-il possible de mettre un terme à toute cette idiotie, s'il te plaît ?

— Tu as raison, dit-il en prenant une profonde inspiration, puis il sourit. Tu sais que je t'aime vraiment.

— Ohh-kay, dis-je en riant, le remettant sur pieds. Tu as mangé ?

— Non, juste bu.

— Moi non plus.

— Pourquoi est-ce que tu buvais ?

— Non, je voulais dire que je n'ai pas mangé non plus.

— Pourquoi ? Où étais-tu ?

— À un rendez-vous.

— Avec qui ?

— Je te le dirai dans une minute, dis-je dans un soupir, passant mon bras autour de sa taille. Contente-toi de me suivre, d'accord ?

— Tout ce que tu veux, dit-il avant de soupirer. Du moment que tu ne me laisses pas tomber.

— Je préférerais que ce soient des hommes gays qui me disent ça, pas des hétéros.

— Désolé, dit-il dans un hoquet.

PARCE QUE c'était la chose la plus sûre à faire, j'emmenai Ben prendre un petit déjeuner. Il y avait du café et des toasts, et encore plus de café et d'eau, et plus nous restions assis là, à discuter, mieux il se sentait. Lorsque son téléphone sonna dans la poche de mon manteau, je répondis.

— Bonjour, ma belle.

— Nate ?

— C'est une longue histoire, dis-je.

La prendre de vitesse me semblait être la meilleure tactique.

— Tu es manifestement quelque part avec lui.

— Oui.

— Où ?

— Nous sommes chez Nonna.

— Dans le quartier historique ?

— Oui.

— Très bien, j'arrive.

— Non, ne fais pas ça. Laisse-moi lui rendre sa sobriété, puis je le ramènerai chez vous.

— Oh, il a encore trop bu dans l'avion ?

— En quelque sorte.

— En quelque sorte ?

— Donne-nous encore une demi-heure et nous serons de retour.

— Je compte sur toi.

— Oui, madame.

— Très bien, dit-elle, et j'entendis le sourire dans sa voix. J'allai t'appeler de toute façon.

— Juste comme ça ou pour une raison spécifique ?

— Je voulais te soutirer des informations à propos de Sean.

— Oh, j'ai des nouvelles.

Elle fit un drôle de bruit.

— Arf, pourquoi ai-je un mauvais pressentiment ?

— Je t'en parlerai une fois chez toi.

— Bien. Dépêche-toi.

— Je suis en route, lui dis-je avant de raccrocher.

— Qui était-ce ? demanda Ben après que j'ai reposé le téléphone.

— Ta délicieuse femme.

— Est-elle en colère ?

— Pourquoi serait-elle en colère ? Elle n'a encore aucune idée de ce que tu as fait.

— Merde ! *Encore* ?

Je haussai les épaules en souriant.

Trente minutes plus tard, comme promis, Ben et moi entrions dans leur magnifique maison de Oak Park. Elle était située dans la partie historique du quartier, celle où se trouvaient les maisons signées Frank Lloyd Wright, et lorsque Mel débola dans le couloir et se jeta sur son mari, j'entendis Ben pousser un profond soupir.

— Seigneur, Ben ! dit-elle, l'air écœuré. Pourquoi empestes-tu le scotch ?

C'était une longue histoire, mais comme j'étais celui qu'il avait appelé, je dus également être celui qui interprétait ses propos pour les transformer en des phrases cohérentes.

Tout d'abord, elle se mit en colère : comment était-il possible qu'il lui fasse si peu confiance, et depuis quand était-elle une prostituée, et bla, bla, bla… Puis elle fut charmée parce que, Seigneur, l'homme devait vraiment l'aimer pour avoir eu aussi peur. Il était riche, accompli, brillant, drôle, sexy à la manière d'Andy Garcia, et n'avait donc rien à craindre, mais il s'était tout de même inquiété parce qu'il vénérait le sol sur lequel marchait sa femme. Puis, elle fut dégoûtée, parce que Milton Horne ? Sérieusement ? Beurk ! Cet homme était loin d'être sexy et si elle devait le tromper, ce serait avec un homme ayant la moitié de son âge, pas le double.

— Cette précision n'est pas vraiment utile, lui assurai-je.

Lorsqu'elle se leva de l'endroit où elle était assise, près de moi, sur le canapé, pour s'installer sur les genoux de Ben et se blottir dans ses bras, je m'enfuis et les laissai s'embrasser. Ils étaient très mignons, mais je n'étais pas du genre voyeur, même lorsque j'avais eu pour voisins deux hommes qui aimaient faire l'amour sur leur escalier de secours chaque matin.

Je dus marcher jusqu'au centre-ville d'Oak Park pour trouver un taxi, mais une fois arrivé, je vis le métro et décidai de l'emprunter. Mon téléphone sonna alors que j'arrivais sur le quai.

— Tu es parti ? me demanda-t-elle, à bout de souffle.

— Le fait que tu ne t'en rendes compte que maintenant explique pourquoi je suis parti.

— Je… Nous… Nous nous sommes juste laissés un peu emporter.

— Et vous voir faire ça devant moi… Oui, je n'avais pas du tout besoin de voir ça.

— Tu es tellement prude.

— Vraiment ?

Elle se mit à rire, et comme j'adorais l'entendre rire, je ne pus m'empêcher de sourire.

— Merci d'avoir été la voix de la raison pour lui. Ben a tendance à s'inquiéter, mais il ne le fera plus désormais.

— Bien. Tout le monde devrait piquer une crise de temps en temps, pour garder du piquant dans le couple.

— Je pense que c'est la réconciliation sur l'oreiller qui donne du piquant, mon chéri.

— Peut-être.

— Mais je veux que tu me parles de Sean.

— À l'heure du déjeuner ? Demain ?

— Oh, je serais ravie de déjeuner avec toi. Nous devons discuter des frais de scolarité de toute façon.

— Non.

— Nate. Je peux me permettre de payer les frais de scolarité de Jare à Yale. Laisse-moi le faire.

— Non. Il s'agit de notre enfant, Mel, on l'a fait à deux. N'insiste pas. Puis j'ai des sujets plus intéressants à aborder, comme celui du tueur à gages qui se trouvait sur mon escalier de secours.

Il y eut un long silence. Elle était en train de traiter l'information.

— Excuse-moi, qu'est-ce que tu viens de dire ?

— Je t'en parlerai demain.

— Nate ?

— Assure-toi d'être là, la raillai-je.

— Tu as de la chance que je t'aime.

— Je sais.

Je me mis à rire puis je raccrochai.

Cette nuit-là, alors que je passais devant le terrain vague où se trouvaient d'habitude les gars qui criaient après tout le monde et balançaient parfois des bouteilles, je me rendis compte qu'ils étaient absents. Habituellement, que ce soit le matin, le midi ou le soir, ils étaient là. Et maintenant, ils avaient disparu. La vieille Cadillac sur laquelle ils s'asseyaient avait également disparue. L'arôme particulier de marijuana et leurs éclats de voix avaient tous disparu. C'était presque étrange. À de nombreuses reprises, j'avais vu la police les forcer à s'éloigner, mais je les avais retrouvés à la même place le lendemain. Les paroles de Sal me revinrent en mémoire ; il m'avait dit que je n'allais peut-être plus jamais les revoir. Il faudrait que je me rappelle d'en toucher un mot à Dreo lorsque je le reverrai.

VIII

MÉLISSA ARRIVA avant l'heure du déjeuner, exigeant de savoir ce dont je voulais parler quand j'avais mentionné un tueur à gages.

— Il est tombé dans la benne à ordures.

— S'il te plaît, pourrais-tu commencer par le début ?

Elle avait l'air peinée.

Alors que nous traversions la cour, je lui expliquais toute l'histoire pendant qu'elle écoutait et commençait à hyper ventiler. Je lui parlais du fait que Duncan soit venu me voir, des inspecteurs qui étaient venus à mon appartement, et du grand malentendu que représentait tout cela parce que, sincèrement, pouvait-elle me citer une personne plus ennuyeuse que moi ?

— Oui, je peux t'en citer des tonnes.

— Vraiment ?

Elle leva les yeux au ciel et je mis un certain temps à la convaincre que j'étais en sécurité, que personne n'allait me tirer dessus, et que si elle en doutait, elle pouvait toujours appeler Duncan pour lui demander.

— Non, merci, dit-elle en faisant la grimace. Je préfère ne pas lui adresser la parole pour le restant de mes jours.

— Tu ne l'aimais vraiment pas, dis-je en souriant.

— Je suis sûre que c'est un homme très bien, répondit-elle. Mais pas pour toi.

Je haussai les épaules.

— Je suis d'accord.

Je n'avais toujours pas de nouvelles de Sean quand elle et moi entrâmes dans notre restaurant préféré, spécialisé dans les hamburgers, sur Hyde Park. Cela ne me surprenait pas vraiment. Par contre, Mélissa était étonnée, et elle me le fit savoir alors que nous nous installions à table, l'un en face de l'autre.

— Il me semblait très intéressé.

Je lui racontai notre dernière conversation téléphonique et lui expliquai comment elle avait dégénéré.

— Je pense que ça n'aboutira à rien. Du moins, c'est mon ressenti, lui dis-je. Tu comprends ce que je veux dire ?

Elle hocha la tête.

— Très bien, oui. Tu te souviens de Ted Evans ?

— Oui, dis-je en lui souriant. Tu es sorti avec lui, un an après la naissance de Jare.

— Oui, et ça ne le dérangeait pas que nous soyons mariés. Il avait compris que j'étais hétéro, que tu étais gay, et que nous n'avions couché ensemble qu'une seule fois. Il avait saisi que nous faisions chambre à part, mais que nous voulions continuer à vivre ensemble pour le bien-être de Jare, bla, bla, bla, bla. Il était vraiment compréhensif, tolérant.

— Il l'était, acquiesçai-je. J'ai été surpris que ça ne devienne pas plus sérieux.

— Eh bien, tu vois, c'est grâce à lui que je comprends ce que tu essaies de me dire. Ted correspondait parfaitement à l'homme que je recherchais, mais notre histoire n'a jamais réellement commencé. Nous avions souvent des projets, mais la plupart du temps ils tombaient à l'eau. Il était très occupé par son travail, et je l'étais aussi de mon côté. Nous avons passé de très bons moments ensemble, mais nous n'avons jamais trouvé le temps de finir au lit.

— Tu le regrettes ?

— Je l'ai longtemps regretté, oui, répondit-elle. Mais aujourd'hui, je pense que cela n'aurait fait que compliquer les choses. Parfois, on veut quelque chose tellement fort qu'on ne réalise pas que c'est le mauvais moment. Quand je l'ai rencontré, je n'étais pas encore prête à être autre chose qu'une mère. Jared était tout pour moi, ce qui est encore un peu vrai aujourd'hui, d'une certaine manière, mais il a désormais sa propre vie et son propre chemin à tracer. Quant à moi, à quarante-six ans, je peux faire tout ce dont j'ai envie. Certaines de mes amies doivent encore se soucier de leurs enfants en bas âges, de leurs adolescents, ou de ne pas oublier de prendre leur pilule. Dieu merci, je n'ai plus à m'inquiéter de ces choses-là.

— Tu n'as jamais voulu d'autres enfants ?

— J'en ai. J'ai les enfants de Ben, puis j'ai Ben, mon grand bébé !

Je ris de bon cœur.

— Tu as gagné, concédai-je.

Elle prit ma main.

— J'ai aimé être ta femme. Pendant un temps, je me suis même laissée aller à penser qu'il y avait peut-être une chance, aussi infime soit-elle, que tu changes d'orientation sexuelle et que tu me désires autant que je te désirais.

— Mel...

— Non, m'interrompit-elle d'un geste de la main. C'est la vérité. Je te regardais parcourir inlassablement la pièce en marchant, Jare dans tes bras, en écoutant du... Bob Marley ?

— Oui. Il adorait Bob. Tu sais que j'ai toujours peur que la chanson « No Woman, No Cry » passe à la radio pendant qu'il est en train de conduire tard la nuit, et qu'il s'endorme au volant ?

Elle secoua la tête.

— Arrête.

— Ce n'était qu'une remarque.

— Enfin bon, j'avais l'habitude de te regarder bercer notre enfant ou t'endormir avec lui tout contre toi sur le canapé pendant que je me disais combien j'aurais aimé être celle qui était blottie contre toi.

— Tu sais que tu me brises le cœur en me disant ça ?

— Ce n'est pas le but.

— Tu sais que je t'aime.

— Oui, dit-elle en hochant la tête. Je le sais, mais cela ne m'a pas empêché de souffrir. Cependant, peu à peu, année après année, les choses ont évolué et au lieu d'attendre que tu partages mes sentiments, je me suis dit que toi et moi méritions mieux.

— Nous avons tous les deux réalisé que nous attendions autre chose de la vie.

Elle me dévisagea.

— Seigneur, qu'y a-t-il encore ?

— Eh bien, c'est là que ça devient compliqué. Mon timing était mauvais avec Ted, ainsi qu'avec tous les hommes que j'ai fréquentés, parce que je n'étais pas prête à franchir le pas. Mais lorsque j'ai rencontré Ben, c'était comme une évidence. J'étais dans une nouvelle étape de ma vie et j'ai sauté sur l'occasion de...

— C'est plutôt sur lui que tu as sauté, ricanai-je.

— Je vais te frapper.

— Désolé.

— Mais toi... commença-t-elle, plongée dans ses pensées.

— Moi ? Quoi, moi ?

— Tu n'as pas de problème de timing.

— Tu viens juste de dire que c'en était un.

— Écoute, dit-elle en prenant une brève inspiration. Je le pensais vraiment. Ton problème avec Sean est un problème de timing. Mais

115

généralement, ton problème avec les hommes réside dans le fait que tu n'es jamais tombé amoureux.

— Tu ne vas pas recommencer avec ça ?

— Brian Palmer.

— Il a déménagé à San Diego, ricanai-je.

— Et tu aurais pu le suivre si tu l'avais voulu, si tu avais eu assez de sentiments pour partir.

— J'étais fou de Brian.

— Parce que c'était pratique, mais une fois qu'il a déménagé, ça ne l'était plus du tout.

— Je…

— Marc Takashima.

— Marc voulait que j'emménage avec lui, mais je n'étais pas prêt.

— Et parce que c'était tout ou rien, vous vous êtes séparés.

Je grognai.

— Emmett Wallace.

— Il voulait emménager avec moi, mais tu ne peux pas précipiter les choses, Mel. Soit tu es prêt, soit tu ne l'es pas.

— Bien sûr.

— Tu es ridicule.

— Duncan.

— Attends, je t'arrête tout de suite. J'aimais Duncan. Je voulais qu'il emménage avec moi. Je voulais une vraie histoire avec lui.

— Et pourtant, tu l'as laissé décider de l'avenir de votre relation. Je t'ai vu changé de masques à longueur de journée pendant deux ans, être le Nate que je connaissais lorsque Duncan n'était pas dans les parages et te transformer en cette espèce de femme au foyer flippante quand il l'était. Je détestais la personne que tu étais quand vous étiez ensemble, et te voir agir ainsi me prouvait une nouvelle fois que tu n'étais pas maître de cette relation. Comme d'habitude, tu as laissé couler, afin que cette relation soit facile et sans prise de tête, puis tu as fini par tellement t'ennuyer que tu as pris tes jambes à ton cou.

— Ce n'est pas vrai !

— Bien évidemment que si ! Je n'ai qu'une hâte, c'est de te voir réellement tomber amoureux, au point que tu en deviendras fou, que tu ne jureras que par cet homme et que tu ne pourras pas te passer de lui.

— J'ai aimé Duncan, insistai-je, parce que c'était la vérité.

— Tu veux dire que tu avais de l'affection pour lui ?

— Ne sois pas sournoise.

— Je ne le suis pas, mon chéri. Tu es celui qui pense que ces deux mots sont interchangeables.

Je soupirai profondément.

— Je ne le pense pas, pas vraiment, dis-je.

— Je sais que tu ne le penses pas, pas vraiment, dit-elle de façon taquine, reprenant volontairement mes mots. Tu veux juste faire croire que tu connais la différence.

— Ce qui est un peu arrogant de ma part.

Elle hocha vivement la tête.

— J'ai vraiment aimé Duncan.

— Je sais que c'est vrai, mais tu n'étais pas amoureux de lui.

— Une autre précision ?

— Oui, dit-elle dans un rire. Comme je l'ai dit, je ne t'ai jamais vu amoureux. Pas encore.

— Et pourtant, j'ai eu mal au cœur en le regardant quitter mon appartement.

— Mais c'était ton choix, Nate. Tu aurais pu continuer à vivre caché à ses côtés.

— Donc, si j'avais continué à vivre caché avec lui, cela aurait été pour toi la preuve que je l'aimais réellement ?

— Non, ce qui aurait prouvé que tu l'aimais aurait été de trouver un moyen, une autre manière de faire fonctionner votre histoire. Tu es un homme très intelligent, et quand tu veux quelque chose... enfin, quand tu veux *vraiment* quelque chose, tu te donnes les moyens d'y arriver. Je t'ai déjà vu faire.

— Tu as plus confiance en moi que je n'ai confiance en moi-même.

— C'est à ça que servent les amis.

Je hochai la tête.

— Au fait, tu es très beau aujourd'hui.

Je portais un pull en maille marron sous mon caban, avec un jean.

— On dirait que j'appartiens à une fraternité étudiante.

— Tu es à croquer, dit-elle avec le sourire. Nous devrions aller à la librairie après manger. Ça me manque de faire ça avec toi. Nous avions l'habitude d'y aller souvent.

— Tu es trop occupée à travailler maintenant.

— Je trouverai toujours du temps pour toi.

Je pris alors le temps que j'avais ce vendredi, entre mon premier cours et celui de la fin d'après-midi, pour passer du temps avec mon ex-femme. Au moment où je retournais à l'université, Ashton s'en allait. Il me dit que oui, il était d'accord, il y avait en effet des incohérences dans l'intrigue de son roman et que, par conséquent, il devait les corriger, si bien que je devais cesser de le lire immédiatement.

— Mais je l'ai déjà terminé, lui dis-je. Je n'ai plus qu'à noter mes observations.

— Patientez jusqu'à ce que je vous envoie la nouvelle version.

— Je parie que Stephen King ne traite pas ses bêta-lecteurs de cette manière.

— Que voulez-vous en échange ?

— Les brownies à la citrouille de Levi.

Il leva les yeux au ciel.

— Depuis quand les talents culinaires de mon petit ami entrent-ils dans le cadre de notre accord « vous lisez ce que j'écris » ?

— Depuis maintenant, ricanai-je.

Il grogna et s'éloigna.

— Est-ce un oui ?

— C'est un oui !

Gagner était amusant.

Je vis Sanderson qui attendait à la porte de mon bureau, si bien que je fis demi-tour avant qu'il me voie, ou je croyais l'avoir fait ; lorsque je l'entendis crier mon nom, je me mis à courir. Je descendis l'escalier menant au bureau de Tylah Grey – elle était l'un des trois nouveaux professeurs-assistants qui venaient de rejoindre le département – entrai à l'intérieur et refermai la porte.

De grands yeux bruns me dévisagèrent.

— Cela vaut-il vraiment la peine que je pose la question ?

— J'essaie d'esquiver Vaughn, murmurai-je.

Je contournai son bureau pour m'accroupir auprès de ses jambes et posai mes mains sur ses cuisses.

— Oh, mon Dieu ! cria-t-elle. Nate, vous ne pouvez pas…

Le coup sec qui retentit sur la vitre givrée de sa porte l'interrompit, et j'entendis la porte s'ouvrir brusquement quelques secondes plus tard.

— Sanderson, haleta-t-elle, plus à cause du frottement de ma barbe sur sa cuisse que du fait qu'il était entré comme un fou.

118

— Avez-vous vu Nate ? Je l'ai vu dévaler les escaliers il y a une seconde et je me suis dit qu'il avait dû entrer ici.

— Non.

Elle rit lorsque je laissai échapper un soupir sous sa jupe, puis elle me frappa au front.

— Pourquoi poursuivez-vous Nate ?

— Qu'y a-t-il de si drôle ? aboya-t-il.

— Vous ? Agissant comme un mari jaloux à la recherche de sa femme infidèle en ouvrant les portes et en hurlant. Que se passe-t-il ?

— Je dois lui parler de la fête médiévale et il ne répond pas à mes e-mails. Nous sommes censés rencontrer l'organisateur demain matin, mais je ne sais pas s'il est libre le samedi matin.

Je traçais un « non » sur sa cuisse avec mon doigt.

— Je pense qu'il a déjà des projets ce samedi, donc à votre place, je reporterais cette réunion à dimanche.

— Comment le savez-vous ?

— Nous sommes très proches, le taquina-t-elle. Yo !

— Yo ?

— Ce n'est qu'un mot, dit-elle en baissant la voix.

— Oh, mon Dieu, gémit-il.

J'entendis la porte claquer derrière lui, alors qu'elle laissait éclater un rire rauque.

— Vous n'êtes pas supposée rire, lui dis-je. Seigneur, rappelez-moi de ne jamais me cacher des nazis chez vous.

— Vous m'avez donné des frissons en respirant si près de mes cuisses ! Bon Dieu, Nate, vous essayez de me tuer ?

Je remuai exagérément des sourcils.

— Vous vous souvenez dans *The Breakfast Club* – attendez, quel âge avez-vous ?

— Je me rappelle de Judd Nelson dans *The Breakfast Club*, caché sous le bureau, et vous êtes très mignon, dit-elle en me souriant, sa main glissant sur ma mâchoire, traçant ma barbe. Maintenant, sortez de là et foutez-moi le camp !

— Et s'il revient ?

— Alors esquivez-le, dit-elle avec un grand sourire.

Je me relevai et restai à côté d'elle.

— Allons dîner quelque part.

119

— Je déteste qu'on m'invite à manger par pitié. Je n'ai pas besoin de votre charité.

— Ce n'est pas de la charité. Je vous aime plutôt bien.

Elle secoua la tête.

— Oui, je vous aime plutôt bien aussi, même si vous êtes une véritable épine dans mon pied et que tous mes élèves n'arrêtent pas de répéter « Docteur Qells dit ceci » et « Docteur Qells dit cela ». Je dois dire que j'en ai vraiment ma claque de les entendre dire ça.

— Dîtes-leur de se taire.

— Sérieusement ? Vous pensez que c'est un bon conseil à donner à une personne qui souhaite un jour être titularisée ?

Je haussai les épaules.

— Et certains d'entre nous ont réellement besoin de doctorants, comme nous avons une charge de travail bien trop importante, mais ils veulent tous travailler avec vous.

— Je n'ai que Ashton.

— Oui, je sais, et ils souhaitent tous le voir tomber dans le lac Michigan afin qu'il libère la place.

Ce n'était pas vrai.

— Allez, la suppliai-je. Venez dîner avec moi.

— Non, dit-elle en riant. Et d'ailleurs, j'ai déjà un rendez-vous. Je l'ai trouvé sur « Un simple dîner ».

— Qu'est-ce que c'est ? demandai-je.

— Un site de rencontres en ligne, comme eHarmony ou ce genre de sites, mais celui-ci ne nous engage qu'à deux rendez-vous. Vous allez dîner deux fois et vous voyez s'il y a assez d'alchimie entre vous deux pour aller plus loin.

— Vraiment ?

— Oui, vraiment. Vous voulez le faire avec moi ?

Elle avait l'air pleine d'espoir.

— Il me semble que vous avez déjà commencé.

— Oui, mais vous pouvez quand même vous inscrire, comme ça nous pourrions faire des doubles rendez-vous.

— Non, merci, dis-je en faisant la grimace.

— Je ne veux plus sortir avec des professeurs d'université.

— Pourquoi pas ? Nous sommes des gens adorables.

— La plupart d'entre vous êtes mariés, trop bizarres, ou gays.

— Vous êtes sérieuse ?

— Absolument.

— Et Sanderson ?

— Vous plaisantez ? Je parie que sa petite amie est une dominatrice ou quelque chose comme ça.

— Ou son petit ami.

— Non, il n'est pas assez cool pour être gay.

Elle était très amusante.

— Maintenant, sortez d'ici, m'ordonna-t-elle en me chassant de son bureau. Je dois me faire belle pour l'homme super sexy que je vais rencontrer ce soir, alors je dois quitter le bureau au plus vite.

— Et vous me ferez un rapport lundi ?

— Seulement si vous me racontez comment s'est passé la réunion du dimanche avec Sanderson et l'organisateur de l'événement.

— Marché conclu.

Elle m'indiqua la porte.

— Seigneur, dehors !

Comme je traversais la cour, j'entendis quelqu'un crier mon nom. Je me retournai et vis Sanderson Vaughn s'avancer à grands pas vers moi. J'eus l'envie très puérile de me mettre à courir, sachant que serai capable de le distancer, mais je me retins et attendis.

— Vous n'êtes qu'un crétin ! cria-t-il lorsqu'il fut assez près pour être entendu.

Je grognai.

— Et je ne suis pas le seul à le penser. Dans ce département, il y a autant de personnes qui vous détestent que de personnes qui vous aiment.

J'étais d'accord avec lui. Je n'étais pas le type d'homme que tout le monde appréciait. Soit on m'aimait, soit on me détestait.

— M'avez-vous entendu ?

— Oui.

Il failli grogner.

— Alors, pouvons-nous rencontrer l'organisateur dimanche ?

— Oui, confirmai-je. Où et à quelle heure ?

— Au « Quatre Saisons » à onze heures. Ce sera un brunch.

— Très bien.

Il était soudain très enthousiaste.

— Voulez-vous que je passe vous chercher ?

— Je vous retrouverai là-bas, dis-je, agacé. Je n'ai pas besoin d'un baby-sitter. J'y serai pour onze heures.

121

— Bien, dit-il sèchement.

Il se retourna avec l'intention de partir. Il n'en eut pas le temps.

— Docteur Qells !

Je regardai par-dessus son épaule et vis Gwen Barnaby, l'une de mes étudiantes préférées, accourir vers nous. La fascination totale qui se lut sur le visage de Sanderson alors qu'il la regardait était immanquable. L'homme était captivé, et on ne pouvait pas lui en tenir rigueur. Cette jeune femme était une déesse, purement et simplement, avec ses longues tresses blondes, ses grands yeux bleus, et son corps tout en courbes digne de Botticelli.

— Salut, Gwen, dis-je en lui souriant.

Lorsqu'elle arriva à ma hauteur, elle empoigna ma veste comme elle le faisait toujours lorsqu'elle me parlait. C'était sa manière de faire.

— Euh... balbutia-t-elle avant de prendre une inspiration tout en se mordillant la lèvre inférieure. J'ai décidé de tenter d'obtenir mon diplôme ici, alors je voulais savoir si vous accepteriez d'être mon... euh... mon...

— Bien sûr, lui dis-je en souriant.

— Oh, fit-elle, la tension dans ses yeux bleus disparaissant. Merci, Docteur Qells. Maintenant, je sais que tout ira bien. Ma mère était inquiète à cause de... vous savez quoi.

— Je sais, dis-je pour l'apaiser.

Elle me dévisagea, m'observa, me regardant avec attention.

— Merci de m'avoir pardonnée.

— Il n'y a rien à pardonner.

— Si, vous aviez de quoi m'en vouloir, dit-elle en secouant la tête.

— On ne froisse pas si facilement mon ego, lançai-je.

Elle hocha la tête.

— Je sais, mais... lorsque j'ai suivi vos cours d'introduction à la littérature et sur Shakespeare durant le premier trimestre, j'ai dit à tout le monde que vous étiez le pire professeur que j'ai jamais eu.

Je le savais.

— Lorsqu'il a fallu remplir la grille d'évaluation vous concernant, je vous ai donné de très mauvaises appréciations... À deux reprises.

Je le savais aussi.

— Mais ensuite, lorsque j'ai eu d'autres professeurs, je me suis demandé pourquoi ils me réprimandaient et me disaient quoi faire. C'est alors que j'ai eu une révélation, dit-elle, un sourire apparaissant sur son visage. Vous avez fait cette chose étrange où vous m'avez suggéré quelque chose qui pouvait m'aider à apprendre ce dont j'avais besoin, puis vous avez développé à partir de cette base, mais sans jamais me dire directement que c'était ce que vous attendiez de moi. Vous avez réussi à faire ce tour de passe-passe, sans jamais donner de directives. C'était très intelligent et très sournois.

Je remuai les sourcils.

— Grâce à vous, j'ai appris sans même m'en rendre compte.

— Tout n'est qu'illusion.

— Sauf que ce n'est pas de la tromperie. J'ai appris plein de conneries... enfin, de trucs. Je voulais dire « trucs ».

— Je sais ce que vous vouliez dire.

Elle en perdit le souffle, comme si elle était enthousiaste, comme si tous ses problèmes étaient désormais réglés.

— Eh bien, c'est parfait ! Je vous verrai lundi, à votre bureau ?

— D'accord.

Ses doigts se resserrèrent sur mon manteau, s'agrippant fort alors qu'elle soupirait, son regard soutenant le mien.

— Votre avis... compte beaucoup pour moi.

Je souris alors que sa main retombait.

— Au revoir.

Je la regardai s'éloigner.

— Pourquoi sa mère était-elle inquiète ?

J'avais oublié que Sanderson était toujours là. Je me retournai et fronçai les sourcils.

— Je ne divulgue pas les informations personnelles qui m'ont été confiées par les étudiants.

— Vous êtes vraiment un crétin.

— Oui, acquiesçai-je, m'éloignant de lui.

La jeune femme en question avait souffert d'une dépendance aux antidouleurs dont elle avait réussi à se sortir un an plus tôt. Cependant, il y a trois mois de cela, elle avait fait une rechute. Après avoir choisi de suivre une cure de désintoxication à domicile, elle était revenue sur le bon chemin. Ses parents, qui n'avaient tout d'abord pas voulu financer ses études alors qu'ils en avaient parfaitement les moyens, avaient décidé que si l'école pouvait la garder concentrée et éloignée des drogues, ils devaient l'aider à intégrer l'école de son choix. La raison pour laquelle elle avait commencé à prendre des antidouleurs était qu'elle avait dû cumuler deux jobs pour financer ses études et qu'elle s'était blessée en le faisant. Elle avait partagé son histoire personnelle avec moi lorsqu'elle avait dû quitter l'école pour un trimestre. Mais elle était revenue, bien plus en forme, et me demandait maintenant d'être son mentor ainsi que son tuteur. J'étais plus qu'heureux de l'aider à relever ce défi.

PLUS TARD, alors que je marchais sur le quai de métro, mon téléphone sonna.

— Salut, dis-je avec le sourire.

— Je, euh… hésita Michael, à l'autre bout de la ligne. Je voulais savoir où tu étais.

— Je serai bientôt à la maison. Où es-tu ?

— Je suis chez Tony Strada, à Northbrook.

— D'accord.

— Comment s'est passé ton rendez-vous avec le docteur ?

— L'hôpital a appelé et il a dû partir.

— Avez-vous reporté votre dîner ?

— C'est un nouveau jeu ? Vingt questions sur ma vie amoureuse ?

— Non, je voulais juste… Je voulais savoir, c'est tout.

— Bien.

— Es-tu en colère contre moi ?

— Non, pourquoi serais-je en colère contre toi ?

— Je ne sais pas.

C'était lui qui agissait étrangement.

— Quel est le problème ?

— C'est normal que je ne ressente rien ?

Il fallait que je comprenne où il voulait en venir.

— Tu me demandes ça par rapport au décès de M. Romelli et des amis de ton oncle ?

— Oui.

— Qu'y a-t-il d'anormal à cela ?

— Tout le monde n'arrête pas de dire que c'est triste.

— Mais tu ne les connaissais pas vraiment, si ? Tu n'étais même pas proche des amis de Dreo, n'est-ce pas ?

— Non.

Soudain, j'étais triste en pensant à la mère de Frank, parce que nous étions vendredi et qu'il ne m'apporterait jamais les pâtes à la carbonara qu'il m'avait promises lorsqu'il était entré dans mon appartement. Bien entendu, je n'étais pas triste par rapport à la nourriture, mais pour les bonnes intentions auxquelles cet homme ne pourrait jamais donner suite.

— Je ne sais pas ce que je suis censé dire, poursuivit Michael.

— Tu n'es pas obligé de parler.

— Comment suis-je supposé me sentir ?

— Tu peux trouver que tout cela est terriblement dommage, mais tu ne peux pas te sentir anéanti comme Dreo ou Sal. Ils étaient présents quand c'est arrivé. C'est là que se trouve toute la différence.

— J'aurais été triste si Sal avait été tué. Il vient parfois à la maison, mais c'est le seul.

Cela tenait debout. Ils avaient été les amis de Dreo. Il avait grandi avec eux, mais ils n'avaient pas une assez bonne influence pour que Dreo les autorise à côtoyer Michael, excepté Sal, apparemment. Il y avait deux poids, deux mesures. J'avais connu la même chose après la naissance de Jared. Certaines personnes sur lesquelles vous n'aviez porté aucun jugement jusque-là vous semblaient soudain indignes d'approcher votre enfant ou la vie que vous partagiez avec lui.

— Je comprends, lui assurai-je. Tu n'es pas en train de t'effondrer et c'est ce que les gens attendent de toi, donc tu te sens comme un intrus.

— Exactement. Tout le monde me regarde comme si je devrais moi aussi être bouleversé, comme Dreo. Je n'ai qu'une envie, c'est de leur dire d'aller se faire voir, parce que je ne suis pas triste.

Mais il ressentait quelque chose, probablement de la colère.

— Cela te rappelle-t-il les funérailles de ta mère ?

— Non ! rétorqua-t-il sèchement.

Cela m'indiqua que j'avais visé juste.

— Tu réfléchis en te disant que tu ne te rappelles pas avoir vu toutes ces personnes aussi tristes lorsque ta mère est décédée ?

— Quoi ? s'exclama-t-il. Comment peux-tu penser ça ?

De la défiance. J'avais bien deviné. J'avais eu seize ans, moi aussi, même si c'était il y a une éternité.

— J'ai parlé sans réfléchir, dis-je. Excuse-moi.

Il resta silencieux, alors je patientai. Après une longue minute, il se racla la gorge.

— Que vas-tu faire ce soir ?

— Je vais aller à la salle de sport, rentrer à la maison pour prendre une douche, me changer et sortir prendre un verre et dîner avec des amis.

— Oh, dit-il, semblant très déçu.

— Ou je peux venir te voir si tu veux.

— Non, ce n'est pas ce que je veux, me railla-t-il.

J'étais tellement content de ne plus avoir seize ans. Rien que de repenser à cette époque était épuisant.

— D'accord, on se voit plus tard, alors.

— Bien, dit-il avant de raccrocher.

J'eus seulement le temps de poser ma sacoche et de sortir mon ordinateur portable avant que mon téléphone sonne à nouveau.

— Oui, Michael.

— Tu n'es pas obligé de prendre ce ton agacé.

Il était totalement outré.

— Désolé, dis-je en riant. Oui, Michael ?

— Dreo dit qu'il ne veut pas que je rentre seul à la maison jusqu'à ce qu'il trouve qui était ce gars sur ton escalier de secours.

Parfois, j'avais l'impression d'atterrir au beau milieu d'une conversation quand je lui parlais.

— Pardon ?

— Le gars, sur ton escalier de secours.

— Oui, j'ai compris cette partie, mais le reste n'est pas très clair.

— Je veux rentrer à la maison, mais Dreo ne veut pas que je reste seul.

— Eh bien, je suis à la maison, alors tu peux venir.

— Non, il ne veut pas que tu restes seul non plus.

— Vraiment ? Et depuis quand ?

— Depuis que toute cette histoire est arrivée.

— J'étais seul la nuit dernière.

— Oui, mais Dreo a dit qu'il avait envoyé des gars te surveiller.

— C'est plus inquiétant que réconfortant.

— Je lui ai dit que c'était ce que tu dirais.

Je ris et l'entendis soupirer.

— Enfin bref, Dreo est inquiet et refuse que je quitte son champ de vision.

— Cela risque d'être difficile avec l'école.

— Je crois qu'il va discuter de mon cas avec toi. Il va peut-être te demander si je peux rester chez toi après les cours pendant un temps. Du moins, toute la semaine prochaine.

— Ce n'est pas un problème. Mais dis-lui que je suis à la maison en ce moment même, et que si quelqu'un peut te conduire…

— Peux-tu venir me chercher ?

Je savais qu'il allait me le demander.

— Bien sûr, où dois-je me rendre ?

Il laissa échapper un souffle, et je sus qu'il était heureux pour la première fois depuis le début de notre conversation. Tant d'efforts pour arriver au cœur du problème : il voulait que je vienne le chercher.

— Tu as de quoi noter ?

— Je suis prêt.

JE L'ÉCOUTAI après qu'il m'a donné l'adresse, mais vaguement, puisque j'avais un GPS sur mon téléphone. Alors qu'il me parlait, je ne faisais plus vraiment attention à ses « ensuite, tu prendras à gauche » ou « tu continueras tout droit jusqu'à la maison bleue avec un jardin vraiment moche ». J'appelai mes amis pour les prévenir que je n'allai pas les rejoindre, puis je pris une douche rapide.

Je montai en voiture et effectuai le trajet de mon appartement, situé à Lincoln Park, jusqu'à Northbrook, où vivait Tony Strada. Il faisait nuit au moment où j'arrivai, vers dix-neuf heures trente, et la rue était encombrée de voitures. Alors que je marchais vers la maison, je vis des gens assis sur le porche, en train de fumer, habillés chaudement.

— *A bello* !

J'entendis l'appel, mais ne pensais pas qu'il m'était adressé.

— Hé, Qells !

Je levai les yeux vers cette voix et vis Alla Strada, la nièce de Tony Strada et ma collègue.

— Salut, dis-je avec le sourire, tout en montant les marches pour la rejoindre.

— Vous ne m'avez pas entendu crier « hé, beauté » ?

Je fis non de la tête alors qu'elle ouvrait les bras ; j'acceptai son étreinte. Lorsque je m'écartai, je plissai les yeux à la vue de sa cigarette.

— Ne le dites pas à Jen. Elle me botterait le cul.

— Que faites-vous ici ?

— Ma famille et celle des Romelli se connaissent depuis des lustres. Mon oncle travaillait pour Vince Romelli, mais vous êtes déjà au courant, n'est-ce pas ? Il a dit qu'il vous avait rencontré l'autre jour.

— En effet. Il a cuisiné pour moi.

— Vous plaisantez ?

— Non, pourquoi ?

127

— Il a simplement cuisiné pour vous ?

— Il semblait dans son élément.

Ses yeux étaient écarquillés.

— Enfin, le plat devait déjà être cuisiné, parce qu'il me l'a servi très rapidement. Il n'a pas cuisiné juste pour…

— Le fait même qu'il vous le propose est énorme. Que lui avez-vous dit ?

— Nous avons juste parlé.

— Hmm, hmm.

— Je suis vraiment désolé à propos de M. Romelli.

— Oui, nous le sommes tous, dit-elle dans un soupir. Mais que faites-vous ici ?

— Je suis venu chercher Michael Fiore.

— Je connais les Fiore, dit-elle en souriant. Michael est le fils de Mona, c'est bien ça ?

— Oui, soupirai-je, repensant à elle, voyant son visage dans mon esprit d'après toutes les photos que Michael m'avait montrées. Elle est morte quand il avait douze ans.

— Oui, je me souviens d'elle. Elle était magnifique et intelligente – elle était infirmière.

— En effet, confirmai-je en haussant la tête, prenant une profonde inspiration. Donc, je suis ici pour venir le chercher.

— Ne vit-il pas avec son oncle… Andreo, c'est ça ?

J'acquiesçai.

— Venez, je vais vous aider à trouver Michael.

Elle ouvrit la porte-moustiquaire, puis la porte d'entrée. La chaleur et l'odeur de nourriture furent suffocantes. Il y avait tellement de gens. C'était bruyant, lumineux et chaotique, et j'espérais que c'était ce dont la famille de M. Romelli avait besoin et non pas tout le contraire.

Lorsque je rencontrai Mme Romelli, dans la cuisine, entourée de ses frères et de leurs femmes, elle me remercia d'être venu, dit que c'était agréable de me rencontrer et me proposa de manger. Elle tenait ma main tout au long de notre discussion et elle la serrait, la recouvrant de la sienne, ne voulant pas me laisser partir.

— Je vais manger quelque chose, dis-je.

— Bien, dit-elle avant de tousser. Vous serez à l'église avec Dreo et Michael ?

— Oui, Madame, je serai là.

Elle hocha la tête, serra ma main une dernière fois et me dit que Michael était soit à l'arrière de la maison, soit en bas, au sous-sol.

— Nate, m'interpella Alla en prenant ma main. Allons chercher...

Mais on la coupa dans son élan et on lui posait des questions.

— *Come andiamo* ?

— *Tutto bene* ?

— *Come stai* ?

— *Bene grazie*, [6] répéta-t-elle encore et encore, et je compris qu'il ne s'agissait que de salutations entre amis et membres de la famille.

Parfois, elle répondait plus longuement, et je restais là à attendre, l'écoutant parler italien dans ce beau rythme cadencé, jusqu'à ce qu'elle puisse s'extirper et que nous puissions nous frayer un chemin à travers la foule. Je contournai des personnes, des visages se tournaient vers moi puis me souriaient. Je tapotai le dos des uns, serrai l'épaule des autres, offris des poignées de main. Je dérivai à travers la maison jusqu'à ce que j'atteigne la lourde baie vitrée, mais la terrasse était vide. Il faisait trop froid pour que les gens s'attardent à cet endroit. Alla s'excusa, m'expliquant qu'elle devait retrouver son père et son oncle, et elle m'indiqua l'escalier qui menait au sous-sol.

— Allez voir en bas. En général, les enfants s'y retrouvent.

Je suivis ses conseils, mais une fois en bas, je me retrouvai devant une immense salle vide. Je n'avais aucune idée de l'endroit où il pouvait être. Je fis demi-tour pour remonter, et sortis mon téléphone pour essayer de l'appeler.

— Ils m'ont dit que je te trouverai ici.

Je relevai brusquement la tête au son de cette voix rauque, et là, dans l'escalier, se tenait Dreo.

Je ne trouve pas ton neveu, dis-je, en grimpant les marches.

Il ne bougea pas, si bien que lorsque j'arrivai à la marche juste en-dessous de celle sur laquelle il se tenait, je m'immobilisai, attendant. Il me regarda et ses yeux se plissèrent.

— Vas-tu me laisser passer ?

— Oui, désolé.

J'allais passer devant lui, mais je m'arrêtai. Il semblait fatigué.

— Tu as besoin de dormir.

---

6 Comment allez-vous ? Tout va bien ? Comment vous sentez-vous ? Bien, merci.

Cet homme était épuisé.

— Oui, et alors ? répliqua-t-il sèchement, comme s'il me défiait d'ajouter quelque chose.

Je levai la main pour le toucher, mais me ravisai au dernier moment.

— Tu devrais rentrer à la maison et te reposer un peu.

— Je ne peux pas.

Je secouai la tête et m'apprêtai à monter les dernières marches, mais sa main était comme un étau sur mon poignet. Il ne me laisserait pas partir.

— Dreo ?

— C'est bien que tu sois venu. J'ai besoin de te parler.

Mais il ne dit rien, il se contenta de me regarder.

— Est-ce que tu vas bien ?

Il toussa doucement.

— Tu es juste venu pour Michael ?

— Et pour savoir comment tu allais, admis-je.

Il hocha la tête.

— Alors, vérifie si je vais bien.

J'étais complètement désemparé jusqu'à ce que je comprenne. En général, quand une personne avait besoin de quelque chose, quelqu'un venait me le dire et je faisais de mon mieux pour lui venir en aide. Mais à cet instant, comme personne ne se souciait de l'état dans lequel se trouvait Andreo Fiore, celui-ci avait besoin de se rassurer en sachant que je m'inquiétais pour lui.

Tendant la main, je le pris par le bras et le tirai doucement derrière moi. Nous montâmes l'escalier, traversâmes le couloir, et marchâmes jusqu'à ce que je n'entende plus ni parler, ni rire. Je l'emmenai avec moi dans la buanderie et me retournai pour lui faire face. Il avait l'air défoncé.

— Seigneur, tu tiens à peine debout.

— J'ai besoin de te parler, dit-il en fermant la porte derrière lui.

— À propos de quoi ? demandai-je, posant ma main au-dessus de la machine à laver.

— À propos de ce qui est arrivé à Vincent Romelli.

— Dreo, ces histoires ne me concernent…

— Bien sûr que si, ça te concerne ! grogna-t-il. Michael et toi, vous êtes tout ce que j'ai.

Michael et moi ? Je pouvais comprendre pour Michael, mais…

— Es-tu sûr d'être réveillé ? Je pense que tu…

130

— Nous avons appris... m'interrompit-il, sa main se joignant à la mienne sur le lave-linge. Nous avons appris que Frank Alberone, de la famille Spinato, s'est emparé du territoire de Romelli.

— Je n'y connais rien dans ce...

— À Chicago, les deux grandes familles italiennes sont les Spinato et les Cilione, et tous les autres travaillent pour l'une d'entre elles ou ont des liens familiaux avec l'une d'elles.

Je hochai la tête.

— Quelques fois, des territoires sont négociés, et quelques gars sont parachutés donc les choses changent.

— Et c'est ce qui s'est passé avec M. Romelli ?

— Oui. Alberone vient de débarquer et il est cousin avec l'un membre de la famille Cilione. Je suppose qu'ils se sont réunis entre eux et ont décidé quel territoire il allait gérer.

— Et personne n'a prévenu M. Romelli ?

— Je pense que si. C'est simplement qu'il n'a pas voulu écouter.

— Alors que va-t-il se passer maintenant ?

Il se rapprocha de moi et sa main glissa plus près de la mienne.

— Tony Strada est un homme intelligent. Il ne fera rien qui risque de le faire tuer ou terminer au fond du Lac Michigan dans la semaine qui vient. Il réfléchit déjà à la suite des événements avec tout le monde.

— Seigneur, Dreo.

— *Non farci caso* [7].

— Ne me dis pas de ne pas m'en faire !

Un sourire se dessina soudain sur son visage.

— Depuis quand parles-tu italien ?

Ce n'était pas le cas, c'était simplement que...

— Je savais ce que tu allais dire.

Il inclina la tête et me regarda attentivement.

— Tu penses me connaître ?

— Es-tu en danger ? demandai-je, ignorant sa question.

Un léger frisson le traversa, un mouvement si léger qu'il en était presque imperceptible. Cet homme cachait merveilleusement bien ses propres sentiments sous des couches de surface lisse et polie.

— Dreo...

_____

7 Ne t'occupe pas de ça.

131

Sans même y penser, je m'approchai de lui, très près, posai mes mains sur son visage, les faisant glisser sur sa peau, et je le tins en place tout en le fixant dans les yeux.

— Est-ce que tu vas bien ?

Il déglutit difficilement.

— Rien de tout cela ne nous regarde, Sal et moi, parce que… comme je l'ai dit à M. Romelli deux jours avant son décès… nous allons quitter ce business. Nous avons des projets, tu sais ? Ensemble. Tony le sait, et il le comprend encore mieux désormais.

— Évidemment, dis-je, reprenant mon souffle, prêt à le libérer.

Ses mains se refermèrent autour de mes poignets, me tenant là, s'assurant que je ne puisse plus bouger.

— J'ai parlé à Tony.

Il prit une inspiration, apparemment heureux de sentir mes mains sur son visage.

— Et il a accepté de nous laisser partir. Il va honorer la parole de M. Romelli.

J'essayai vraiment de fixer autre chose que les yeux d'onyx de cet homme ou la forme sensuelle de ses lèvres.

— Donc, Sal et moi… commença-t-il tout bas, libérant finalement mes poignets et laissant mes mains retomber le long de mon corps. Nous sommes libres et ne devons rien à personne.

— Es-tu heureux ?

— Je le suis. Nous le sommes tous les deux.

Je me raclai la gorge.

— Toi et Sal allez monter une affaire ensemble ?

Il hocha la tête.

— Nous avons déjà commencé, mais maintenant, nous allons pouvoir nous y consacrer à plein temps.

— Et en quoi consiste votre entreprise ?

— Nous sommes entrepreneurs généraux en construction. On est à la fois plaquistes, peintres, ce genre de choses. Je prends plaisir à le faire, tout comme Sal, et personne ne cherche à nous tirer dessus.

— Ne plaisante pas avec ça.

Il grogna.

— Tout ce que je faisais, et tout ce que Sal faisait, c'était protéger M. Romelli, nous étions ses gardes du corps. Nous avons dit à Tony de ne pas nous compter parmi eux lorsqu'ils chercheront des solutions et assigneront telle personne à tel poste. M. Romelli avait décidé de nous laisser partir, et Tony l'a fait à son tour.

— Alors tout est réglé.

— Oui, confirma-t-il, son regard plongé dans le mien. Avant de pouvoir obtenir une vie dont je puisse être fier, et la partager avec les personnes qui comptent pour moi... Je devais changer de style de vie.

— Et c'est ce que tu as fait.

— *Sì.*

Il y eut un long silence, et aucun de nous ne bougea ni ne parla.

— Je devrais aller retrouver Michael, dis-je finalement, regardant le puits sombre de ses yeux.

— Oui, acquiesça-t-il.

Mais je restai immobile, et après une minute, j'étais gêné d'avoir pu penser qu'il voulait en dire davantage, voire même qu'il attendait quelque chose de moi.

— Au revoir, dis-je dans un souffle, prêt à partir.

Je le contournai, atteignis la porte, et posai ma main sur la poignée.

Il s'appuya contre la porte, la bloquant à l'aide de son avant-bras, de sorte que je ne pus l'ouvrir.

— Tu dois me laisser sortir.

— Pas encore, murmura-t-il.

— Écoute... dis-je en me retournant, me retrouvant le dos à la porte. Tu émets des signaux contradictoires, et peut-être que tu ne sais même pas ce que tu...

— Je le sais, dit-il rapidement.

Je pris une inspiration.

— Et ?

Il semblait anéanti, et je me sentis soudain extrêmement stupide.

— Dreo... me décidai-je. Soit tu me dis ce que tu attends de moi, soit tu me dis franchement que tu n'as pas besoin de moi.

Il soupira.

— *Ho voglia di te.*

— En français.

Il posa sa tête contre l'avant-bras qu'il appuyait contre la porte.

— Je n'en sais rien.

— Dis-moi ce que tu as dit, insistai-je, fixant son regard noir de jais.

— J'ai dit que je te désirais, mais je ne sais même pas ce que cela veut dire.

Je m'éclaircis la gorge.

— Je pense que tu veux une famille, Dreo, et quand tu visualises notre relation, celle que toi, moi, et Michael avons construite, tu aimes cette idée. Si tu quittes ce business, si tu laisses derrière toi la vie que tu as mené auprès de M. Romelli, tu auras tout le temps de trouver la femme dont tu as besoin.

— J'avais tout le temps nécessaire pour en trouver une.

— Arrête tes conneries. Tu protégeais M. Romelli tout au long de la journée et tu t'occupais de Michael le soir, et la seule autre personne que tu voyais régulièrement, c'était moi. Il me semble donc logique que tu aies cru avoir des...

— Non, ce n'est pas si simple ! m'interrompit-il sèchement. Tu ne commences pas à ressentir des sentiments pour une personne parce que tu la vois souvent. Arrête de me prendre pour un crétin !

— Tout ce que je veux dire...

— Est-ce que tu pourrais juste la fermer, bordel ?

Le ton condescendant qu'il avait pris était de trop.

— Très bien. Alors sois un homme.

Nous restâmes là, à nous regarder, et il était furieux – je pouvais le lire sur son visage – mais il y avait quelque chose d'autre.

— Tu me demandes de la jouer franc-jeu.

— Oui, c'est ce que j'aimerais que tu fasses.

Il plissa les yeux.

— Certaines personnes ont peur de moi, tu sais.

— Pas moi. Jamais.

Il gronda avant de poser doucement une main autour de mon cou, inclinant ma tête à l'aide de son pouce.

— *Tesoro... dammi un bacio* [8]...

Je n'aurais pas cru pouvoir encore ressentir des papillons dans mon ventre, entendre mon cœur battre si fort que je n'entendais que lui, et sentir mes genoux vaciller.

— *Per piacere* [9], murmura-t-il alors qu'il se penchait et posait ses lèvres sur les miennes.

J'eus le souffle coupé, et je vis le coin de ses lèvres se relever légèrement avant qu'il incline la tête et m'embrasse.

8 Trésor, embrasse-moi

9 S'il te plaît

Je retins mon souffle et tout explosa.

Le baiser était violent et torride, dévorant et brusque, plein d'une chaleur palpitante et frénétique. Dreo prit ce qu'il voulait prendre et je sentis sa domination ; je laissai échapper un long gémissement contre sa bouche. J'avais très envie de lui et même lorsque je dus rompre le baiser pour respirer, je gardai mes mains sur lui, refusant de le libérer.

— Tu vas bien ? demandai-je.

On aurait dit que je lui laissai le choix de partir, alors même que j'agrippai le revers de sa veste.

Il hocha légèrement la tête.

— À mon tour.

— Avec plaisir, dit-il dans un souffle, ce qui me rendit fou.

Je l'attirai à moi, mes yeux se fermant lorsque nos lèvres se retrouvèrent, ma bouche se mariant à la sienne, ma langue glissant dans la chaleur humide pour le goûter, jouer avec la sienne, tout en nous frottant l'un contre l'autre. C'était lent et langoureux, profond et excitant. Je posai une main derrière sa tête, caressant sa nuque, et l'autre sur sa poitrine, effleurant ses pectoraux, l'apprivoisant.

Le grondement qui monta du fond de sa gorge était grave, très sexy, et alors que ma langue caressait la sienne, je sentis ses mains glisser sur mes fesses, ses doigts les pressant.

C'était enivrant et sensuel, et il avala mon gémissement alors que je passais mes bras autour de son cou pour l'embrasser plus profondément. Mon corps était à la fois brûlant et glacé, la passion en lui tout aussi dévorante, et j'oubliai tout à part sa bouche, ce moment n'étant qu'un condensé de désir.

Quatre années d'alchimie se libéraient en cet unique moment de désir brûlant, déchirant, dévorant. J'étais submergé. En temps normal, je m'interrogeais et analysais, mais on ne m'en avait pas laissé le temps. L'homme ne s'arrêterait pas, ne me laisserait pas partir. Lorsque je rompis le baiser, j'eus à peine le temps de respirer que ses dents étaient déjà de retour, mordillant mes lèvres. Je l'entendis reprendre rapidement son souffle avant que sa langue soit de retour, explorant de nouveau les moindres recoins de ma bouche.

Ses mains attirèrent mon aine contre la sienne, et il commença à se frotter contre moi, ondulant, poussant contre mon membre déjà dur. La sensation de son corps, sa chaleur… J'étais perdu.

Je rompis le baiser parce que je devais respirer, et instantanément, il poussa ma tête en arrière afin d'attaquer mon cou à l'aide de ses lèvres. Il suça, il mordit, et je tressaillis dans ses bras lorsqu'il inhala mon odeur, ses mains pétrissant durement mes fesses.

— Putain, Nate, gémit-il, le souffle tremblant. Je ne sais même pas quoi...

J'avais repris mon souffle, alors je relevai la tête et l'attirai à moi, reprenant le contrôle du baiser, plongeant ma langue dans sa bouche, ses lèvres déjà entrouvertes, prêtes, désireuses.

Il me souleva et j'enroulai mes longues jambes autour de sa taille, alors qu'il me poussait contre la porte. J'étais plus haut et abaissai donc ma bouche sur la sienne, ma langue glissant, poussant, ce baiser aussi brutal que le précédent, toujours affamé et charnel.

Je gémis bruyamment et le sentis frémir en réponse, son grand corps musclé frissonnant alors qu'il commençait à pousser contre mon aine, contre l'intérieur de ma cuisse.

Mes mains se glissaient sous sa veste pendant que je ravageais sa bouche, le sentant se soumettre à moi, devenir totalement mien.

Ses hanches frappaient plus fort, plus vite, et j'essayai de séparer mes lèvres des siennes, mais il aspira ma lèvre inférieure dans sa bouche et la mordit, me retenant là.

Je me perdis de nouveau dans ce baiser, mais il m'épingla contre la porte à la force de son torse, et rompit le baiser, prenant une bouffée d'air en me remettant sur pieds. Nous avions tous les deux du mal à reprendre notre souffle, nos fronts pressés l'un contre l'autre, tremblants d'un désir insatisfait.

— Nate, dit-il d'une voix rauque, son souffle chaud sur mon visage. Me laisseras-tu entrer dans ton lit ?

— Oui, répondis-je honnêtement.

Aussi torride qu'avait été ma relation avec Duncan, aussi tentante qu'avait été une rencontre charnelle avec Sean Cooper, rien n'était comparable au désir ardent que je venais de ressentir dans les bras de cet homme.

— Tu le jures ?

— Je le jure, lui assurai-je, dénouant mes bras de son cou.

— Ne fais pas ça, marmonna-t-il, se penchant en avant, posant ses lèvres dans mon cou, le léchant avant d'aspirer la peau dans sa bouche.

Il allait laisser des marques, ce qui devait être son objectif.

Je m'accrochai à lui alors qu'il déboutonnait mon caban, relevait mon pull, tirait mon tee-shirt de mon jean, et glissait ses mains sur ma peau brûlante.

— *Sono pazzo di te*, dit-il contre mon cou.

— Qu'est-ce que tu...

— Je suis complètement fou de... Je veux toucher chaque recoin de ton corps.

Il pouvait faire ce qu'il voulait de moi. Lorsqu'il murmura quelque chose tout bas, je lui demandai ce que le mot qu'il utilisait tout le temps voulait dire.

— Je t'appelle tout le temps *tesoro* et c'est maintenant que tu poses la question ?

— Ça ne veut pas dire « petit con » en italien ?

— Non, soupira-t-il avant d'embrasser ma mâchoire, frottant son visage dans ma barbe. Cela signifie trésor, Nate Qells, et tu es le mien.

— Qu'est-ce que tu...

— Toi et Michael, vous êtes mon foyer.

J'étais son foyer ?

— Oui, dit-il, comme si j'avais posé la question à voix haute.

Alors qu'il me fixait de son regard voilé, léchant ses lèvres sombres et gonflées, j'entendis sa respiration laborieuse et me mis à trembler. Je l'aurais laissé me prendre ici, à cet instant, s'il en avait eu envie, et je n'aurais pas hésité une seule seconde. Je le voulais désespérément. Je sursautai lorsque ses mains attrapaient ma ceinture, la boucle tintant alors qu'il la défaisait ainsi que le bouton de mon jean et ma braguette.

— Nate, gémit-il tout en glissant ses doigts autour de mon érection.

Je tressaillis, me retenant de jouir, de gicler sur sa main et sur le devant de son pantalon. Je ne perdais jamais le contrôle, et pourtant j'étais sur le point de perdre pied.

— Tu devrais arrêter si tu ne veux pas que je t'en mette partout.

— Laisse-toi aller, dit-il, caressant mon sexe, le serrant. Tu es... tout est tellement beau.

Je me laissai submergé un instant par l'émotion, par cette sensation de picotement qui parcourait ma peau et remontait le long de ma colonne vertébrale, déferlant dans mon corps alors que j'allais et venais dans son poing.

— J'ai tellement envie de te prendre dans ma bouche... de sentir ton membre envahir chacun de ses recoins.

137

J'étais submergé par la passion. Je ne me rappelais pas la dernière fois où j'avais été si comblé sexuellement.

— *Voglio fare l'amore con te*, murmura-t-il dans mes cheveux.

— Je ne...

— Je veux te faire l'amour.

— Bon sang ! grondai-je en l'attrapant, une main agrippant son pull, l'autre autour de son cou, l'attirant à moi pour enfouir ma langue dans sa bouche.

Il se redressa, libérant mon sexe humide, enroula fermement ses bras autour de ma taille, et il appuya son long corps contre le mien. Une main glissa à l'arrière de mon pantalon et pétrit ma fesse droite.

— Tu es tellement sexy, gémit-il doucement à mon oreille. Je me doutais que tu cachais un magnifique corps sous tous ces vêtements, mais bordel, Nate... J'ai tellement envie de toi !

Je ne pouvais plus penser du tout.

— Je parie que tu aimes te faire prendre brutalement, rapidement.

Un geignement profond m'échappa.

— Oh, oui...

Il grogna tout en se pressant contre moi.

— Je veux sentir ta peau... chaque parcelle.

Je me régalais en l'embrassant, et il pétrissait mes fesses. Nous continuâmes à onduler l'un contre l'autre jusqu'à ce que je pose mes mains sur son torse et le repousse brusquement.

Nous restâmes ainsi, haletants, à reprendre notre souffle.

— C'était quoi, ça ? haleta-t-il.

— Si nous continuons comme ça, je vais finir par te supplier de me prendre ici, dans la buanderie.

Ses yeux bruns-noirs, bordés de longs cils épais, me fixaient.

— Rentre avec moi à la maison et accompagne-moi dans mon lit. Laisse-moi te montrer comme cela peut être extraordinaire, et ensuite, laisse-moi te tenir dans mes bras durant toute la nuit. Ne rentre pas chez toi. Reste avec moi, le suppliai-je.

Il me regarda droit dans les yeux, soutint mon regard, et étudia mon visage.

— S'il te plaît.

Après une longue minute, il hocha la tête.

— Je vais chercher Michael et je te retrouve à ta voiture.

Lorsque j'avais parlé, je ne m'étais pas attendu à ce qu'il accepte. Mais il était d'accord, et il m'avait dévoré d'un regard brûlant et possessif, puis m'avait fait signe d'approcher et lorsque je m'étais avancé, il avait pris mon visage entre ses mains et s'était penché pour m'embrasser à nouveau... j'étais dépassé. Il était si jeune et pourtant il n'avait pas peur de faire ce qu'il voulait, prêt à aller là où sa passion l'emporterait.

J'étais docile et malléable entre ses bras, le laissant prendre le contrôle du baiser, sucer mes lèvres, jouer avec ma langue, et me tenir dans ses bras.

— Tu es si beau, dit-il contre ma bouche. S'il te plaît, ne change pas d'avis. S'il te plaît, ne me dis pas non lorsque nous serons à la maison.

Le mot « non » n'avait même pas effleuré mon esprit.

IX

JE REGARDAI par ma vitre lorsque Michael monta dans la voiture, et le regardai seulement lorsqu'il ferma la portière et que la lumière s'éteignit. J'étais sorti par la porte de derrière, et avais fait le tour de la maison, parce que je savais à quoi je devais ressembler.

Vêtements froissés, cheveux ébouriffés, lèvres rouges et gonflées, je donnais l'impression d'avoir été violé. Dreo était dans le même état, mais j'étais tout rouge, et lorsque j'étais monté en voiture et avais regardé dans le miroir, mes pupilles étaient dilatées comme si j'étais drogué. N'importe quel adulte aurait instantanément su ce qui m'était arrivé. Heureusement pour moi, Michael, encore jeune et vierge, n'en avait aucune idée.

— Tu vas bien ? me demanda-t-il, inquiet. Tu as l'air fiévreux.

Je me raclai la gorge.

— Je vais bien.

— Je croyais que Dreo venait avec... Oh, le voilà.

Michael ouvrit la portière de la voiture et j'eus l'impression d'être à nouveau sous le feu des projecteurs, mais je regardai quand même Dreo avancer vers la voiture. Michael était prêt à laisser sa place à son oncle, mais Dreo lui fit signe de rester où il était. Il monta à l'arrière, et Michael referma la portière en même temps.

— Rentrons à la maison, dit Michael. On est vendredi, je suis prêt à regarder Kung Fu Theater.

— Pas de devoirs à faire ? demandai-je.

— Les devoirs, c'est pour le dimanche soir, pas le vendredi, m'informa Dreo. Laisse le gamin respirer.

— Oui, Nate, laisse-moi respirer.

— D'accord, soupirai-je lourdement.

— De plus, nous devons tous nous lever de bonne heure demain, pour les funérailles. Cela va être une longue journée.

La pensée me fit redescendre de mon nuage.

— Au fait... dit doucement Dreo, se penchant entre les sièges. J'aimerais que toi et Nate restiez au même endroit jusqu'à ce que les flics découvrent exactement ce qui s'est passé, là où je sais que vous êtes tous les deux en sécurité.

Michael se retourna pour le regarder.

— Tu veux dire que nous allons rester chez Nate ce soir ?

— S'il est d'accord, dit doucement Dreo.

— Bien entendu, répondis-je, jetant un coup d'œil au rétroviseur intérieur.

Ses yeux sombres me fixaient, son regard était brûlant et déterminé, et sans même le toucher, j'eus soudain le souffle coupé.

— Hé, arrêtons-nous au magasin pour acheter des bâtons de réglisse à la fraise, du popcorn et quelques trucs. Nate met aussi des M&M's dans son popcorn, Dreo, comme toi.

Je me mis à rire et tournai la tête pendant une seconde pour regarder Dreo ; ses yeux étaient fixés sur moi.

— Tu aimes les M&M's dans tes popcorns ?

Il acquiesça, et lorsque son sourire fit se recourber ses belles lèvres, j'en eus des papillons dans le ventre.

— Oui, mais seulement les marrons.

— Bien évidemment.

Il haussa les épaules.

— C'est amusant, dis-je.

— C'est délicieux.

Au magasin, je me retrouvai dans le rayon des vins pour trouver un vin rouge qui se marierait bien au rôti que je comptais préparer le dimanche soir, comme je venais de le dire à Dreo et Michael.

— C'est stupide.

— Ce n'est pas vrai.

Je regardai sur ma droite, et il y avait un couple très mignon : une petite brune adorable avec un joli petit nez et un homme qui lui tenait la main et qui, d'après les yeux qu'il levait au ciel, pensait que sa petite amie était folle, ce qui ne l'empêchait pas d'être complètement sous son charme.

— Personne ne boit de vin avec des macaronis au fromage, c'est complètement stupide.

— Excusez-moi, dit-elle, posant sa main sur mon biceps.

— Kate, essaya-t-il de l'arrêter, ses yeux trouvant les miens et un sourire gêné se dessinant sur son visage.

— Oui ? répondis-je.

— Si vous deviez boire du vin avec des macaronis au fromage, que serviriez-vous ?

— Je ne suis pas un expert, lui assurai-je.

— Oui, mais vous avez déjà une bouteille à la main, alors vous avez déjà choisi votre vin. Je ne saurais même pas par où commencer.

Puisqu'elle me demandait conseil...

— Eh bien, comme vous avez l'intention de manger des macaronis au fromage, vous devriez choisir quelque chose de léger. Je vous recommande de prendre un Chablis, parce que la minéralité du vin se marie aussi bien avec les pâtes qu'avec le fromage.

Ils me regardaient tous les deux.

— Tu vois, dit-elle en se retournant vers son fiancé – je venais de voir le diamant à son doigt. Je te l'avais dit.

— D'accord, concéda-t-il avec le sourire, levant une main vers sa fiancée en signe de défaite. Apparemment, tu peux boire du vin avec des macaronis au fromage. Lequel, si ça ne vous dérange pas de choisir ?

Je n'avais pas réalisé que nous avions été rejoints par un autre couple, mais lorsque je leur donnai un Chablis que j'appréciais et qu'ils me remercièrent, un autre homme s'approcha et me demanda de lui conseiller un vin rouge pour aller avec les steaks qu'il comptait préparer à ses amis. Je lui dis que je ne travaillais pas pour le magasin, mais il me demanda de lui faire cette faveur, et sa femme, qui se trouvait derrière lui, avait les yeux écarquillés comme pour me dire « je vous en supplie ».

— C'est moi qui ai choisi le vin la dernière fois, et ma femme l'a trouvé trop acide. C'était un cabernet ou un mélange de cabernet et de merlot, je ne me souviens plus, mais personne ne l'a aimé.

Je hochai la tête, et sa femme battit des paupières.

— C'était horrible, dit-elle.

L'homme gémit, je ris, et sa femme lança les mains en l'air.

— Aurais-je dû mentir, Ed ?

Il me regarda, me suppliant de l'aider.

— Eh bien, vous ne pouvez pas faire fausse route avec un Côtes du Rhône, lui suggérai-je, avançant dans le rayon. Ça se boit tout seul.

— Merci.

Il sourit et prit la bouteille que je lui tendais. Sa femme serra mon coude et ils s'éloignèrent.

— Nate ?

Je me retournai et Sean Cooper, accompagné d'un homme que je n'avais jamais vu auparavant, se trouvait devant moi. Il me fallut une minute pour comprendre ce qui se passait.

— Qui est-ce, Seanie ?

Seanie ? Pourquoi ne pas plutôt raccourcir son nom de famille ? Il était plus agréable de se faire appeler Coop que Seanie.

— Mon ancien professeur d'anglais, à l'université, le Docteur Nathan Qells.

Ancien ? Avait-il vraiment besoin de le préciser ?

— Bonjour, monsieur le professeur d'anglais, me salua l'homme très attirant en souriant, se penchant en avant pour m'offrir une poignée de main. C'est un plaisir de vous rencontrer. Je suis Bryce, Bryce Easter.

— C'est un plaisir, Bryce, lui assurai-je, serrant sa main.

— Alors vous êtes professeur d'anglais ? dit-il en adressant un sourire à Sean avant de se tourner à nouveau vers moi. Alors, dites-moi, ce gars a assisté à combien de vos cours ? demanda-t-il, drapant ses bras autour du cou de Sean.

— Juste le cours d'introduction à la littérature.

Je souris en les observant. Ils formaient un très beau couple et je me demandai s'il s'agissait du même homme que celui du restaurant, quelques nuits auparavant. S'il ne l'était pas, alors ce cher docteur était vraiment frivole. Cela signifierait que Sean avait eu plus de rendez-vous en une semaine que je n'en avais eu en trois. Mais en toute sincérité, que ce soit le même homme ou non n'avait aucune importante. Comme je l'avais dit à Michael et Danielle le soir où nous l'avions vu au restaurant, il fallait faire beaucoup de rencontres pour prendre la bonne décision quant à la personne avec laquelle vous vouliez partager votre vie.

— Puis-je te parler un instant ? demanda Sean, me prenant par le bras et me menant un peu plus loin dans l'allée, de sorte que Bryce ne nous entende pas.

Je me retournai et le regardai.

— Je me suis dit qu'il valait mieux que je te laisse quelques jours pour te calmer. Tu semblais très en colère la dernière fois que nous avons parlé.

Je réalisai que je n'avais rien à lui dire. Ce n'était pas nécessaire. Nous n'allions pas continuer à nous voir – c'était terminé et nous le savions tous les deux. Nos emplois du temps et nos styles de vie n'étaient pas compatibles ; l'âge n'avait rien à voir dans cette histoire, c'étaient nos

143

priorités qui divergeaient. Michael, et désormais Dreo, passaient avant mes rendez-vous romantiques, et la médecine était plus importante pour Sean que je ne l'étais. Je le comprenais parfaitement.

— Je pense que notre timing est mauvais, dis-je en souriant. Pas toi ?

Il me regarda et je sus qu'il appréciait mon honnêteté.

— Je suis d'accord, dit-il dans un soupir. J'ai l'impression de forcer quelque chose qui ne veut pas arriver.

— Moi aussi, acquiesçai-je. Mais merci, c'était très flatteur.

Il secoua rapidement la tête.

— Tu ne le vois donc vraiment pas, dit-il.

Je ne me souciais pas assez de ce qu'il pouvait vouloir dire pour lui demander d'être plus clair. Je me contentai de lui tapoter l'épaule et de m'éloigner.

— As-tu fini de jouer au connaisseur de vins ? me taquina Dreo, sa voix portant dans l'allée.

Alors qu'il avançait vers moi, j'admirai sa foulée, son assurance, sa largeur d'épaules et la courbe de son sourire sur ses lèvres. C'était drôle que je ne l'aie jamais réellement vu jusqu'à la semaine dernière. J'étais complètement passé à côté de cet homme.

— Qu'est-ce que tu…

— Nous sommes prêts à y aller, déclara Dreo d'un ton bourru, s'emparant de mon bras. Viens, rentrons à la maison.

Il avait pris un ton très possessif, très dominant, et alors que j'avais passé ma vie à me dire que je détesterais qu'on me parle ainsi, je me rendis compte que j'adorais ça. Dans toutes mes relations passées, les hommes que j'avais fréquentés avaient soutenu les idées du partenariat, de l'équilibre et de l'égalité dans le couple. Personne n'avait appartenu à personne, l'un n'avait pas dominé l'autre, et même si j'avais apprécié cette équité, être pour une fois malmené par un homme était plutôt agréable. Même Duncan Stiel, ce grand mâle alpha, ne m'avait jamais expliqué comment les choses allaient se dérouler en dehors de son lit. Il n'avait jamais été démonstratif en public, et je ne m'étais pas rendu compte que ce genre de choses m'avait manqué jusque-là. Dreo Fiore, qui était plus jeune que moi, me faisait comprendre à travers le timbre de sa voix, l'expression dans ses yeux, et son emprise sur mon bras, que si je ne bougeais pas, il m'obligerait à le faire.

Lorsqu'il se trouvait si près de moi, j'avais du mal à me concentrer. Je me sentais presque nauséeux.

— Nate ? entendis-je Sean m'appeler.

— Qui est-ce ? demanda Bryce en nous rejoignant.

— Salut, dit joyeusement Dreo, se tournant vers les deux hommes tout en libérant mon bras, seulement pour passer le sien autour de mes épaules afin de m'attirer contre lui. Nous nous sommes rencontrés à l'hôpital la nuit où Nate a dû s'y rendre, dit-il à Sean.

— Oui, dit Sean avec hésitation. Je... n'étais pas...

— Ravi de vous rencontrer, dit-il à Bryce.

J'essayai de sourire, malgré la délicieuse chaleur du corps de Dreo qui inondait mes sens.

— De même, déclara Bryce avec une admiration claire dans la voix, ayant du mal à garder la bouche fermée en regardant Dreo.

Je ne le comprenais que trop bien : l'homme était éblouissant. Sean était superbe, Bryce était lui-même très séduisant, mais Dreo était à couper le souffle parce qu'il était non seulement beau, mais aussi dangereux et sexy.

— Vous êtes ensemble ? demanda Sean, me lançant un drôle de regard.

— Bien sûr, dit Dreo en souriant de manière nonchalante, resserrant son emprise sur mes épaules.

— Êtes-vous exclusifs ? demanda Bryce, en nous regardant tous les deux.

Dreo se mit à rire, embrassa mon oreille, puis me libéra.

— *Sì, lui è mio*, répondit-il avant de s'éloigner pour aller chercher quelque chose.

— Qu'est-ce qu'il a dit ? demanda vivement Bryce.

— Quelque chose comme « il est à moi », dis-je, parce que même si je n'étais pas vraiment sûr de la traduction, j'avais reconnu la possessivité dans son ton.

— Depuis combien de temps sors-tu avec la mafia ? demanda Sean avec mépris.

— Ce n'est pas important, lui assurai-je, offrant ma main à Bryce. J'ai été ravi de vous rencontrer et de prendre des nouvelles d'un ancien étudiant.

— C'était une joie de vous rencontrer aussi, Nate. J'aurais aimé que mon professeur d'anglais vous ressemble.

C'était gentil de sa part de dire cela, mais je n'avais pas le temps de m'attarder sur son compliment. Je devais retrouver Dreo.

Il était à la recherche de quelque chose dans le rayon du café, et lorsqu'il se tourna vers moi, il m'adressa un sourire très malicieux

— Quoi ? demanda-t-il tout en jetant une boîte de chicorée dans le panier que je tenais.

— Tu aimes la chicorée ?

— Depuis la fois où tu m'en as préparé, oui, j'aime la chicorée. Quel est le problème ?

— Aucun problème, dis-je, en me frottant les yeux. Tu étais tout à fait charmant devant ces messieurs.

— Je peux l'être.

Il m'adressa un sourire en coin et s'empara du revers de mon caban pour me tirer après lui.

Nous parcourûmes un autre rayon dans lequel je pris de la soupe aux champignons portobello. Il rit et se rapprocha de moi, me donnant un léger coup d'épaule.

— Quoi ?

— Rien. Tu n'as pas changé d'avis, n'est-ce pas ?

— Non.

Il hocha la tête et prit une vive inspiration.

— Très bien.

— Quel est le problème ?

— Contrairement à cet homme, je n'accumule pas les conquêtes, je ne sors qu'avec une seule personne à la fois. Alors si tu me mets dans ton lit, je serai le seul à l'occuper et tu seras le seul à occuper le mien. Me suis-je bien fait comprendre ?

— Parfaitement. Mais pour ton information, Sean Cooper et moi n'avons jamais couché ensemble et...

— Je me fiche du passé, m'interrompit-il. Je ne me soucie que du présent. Allons-nous donner une chance à cette relation ?

Je le regardai. Il avait posé la question sur un ton neutre, mais l'expression de son visage, l'impassibilité de son regard, trahissaient autre chose. Je répondis honnêtement :

— J'aimerais bien, oui. Et toi ?

— Je suis d'accord, dit-il avec un hochement de tête.

— Mais nous devrions coucher ensemble avant d'emménager dans le même appartement, tu ne crois pas ? le taquinai-je. Imagine, que ferions-nous si tu détestes ça ?

Ses yeux se posèrent sur les miens, et je compris que je jouais avec le feu avant même qu'il s'approche de moi et que je doive pencher la tête en arrière afin de voir son visage.

— Cela fait plus de quatre ans que je ne pense à rien d'autre qu'à passer tes jambes au-dessus de mes épaules et m'enfouir au plus profond de toi, dit-il d'une voix rauque et grave, envoyant des éclairs de chaleur à travers mon corps. S'il y a un problème, je ne pense pas qu'il sera dû à mon manque d'entrain.

Il fallait que je respire. Et lorsqu'il sourit... le nouveau cadeau dont il me gratifiait, passant de l'homme froid et distant à l'amant espiègle et enthousiaste, c'était étourdissant.

— Viens, dit-il en m'attrapant, passant un bras autour de mon cou pour m'attirer près de lui. Je veux rentrer à la maison et aller au lit.

Mon cœur s'arrêta.

— Je suis impatient de découvrir quel goût tu as.

— Tu ne devrais pas dire des choses comme...

— Bien sûr que si, murmura-t-il à mon oreille.

Son souffle était chaud et humide, puis il prit mon lobe dans sa bouche avant de le mordiller légèrement. Ses lèvres se posèrent ensuite derrière mon oreille, furtivement, avant que nous n'arrivions au bout du rayon où nous retrouvâmes Michael.

— Tu es encore tout rouge, dit le jeune Fiore en inclinant la tête sur le côté. Tu es sûr que tu vas bien ?

J'étais couvert de frissons, de la tête aux pieds.

— Il va bien, lui dit Dreo, une main sur ma chute de reins, me poussant vers l'avant. Allons-y.

Tout tournait autour de moi, alors quand je sortais du magasin et prenais à gauche, je rentrai dans un homme qui se tenait là parce que je n'avais pas regardé où j'allais. Il n'y avait que Dreo dans ma tête.

— Oh, désolé, m'excusai-je en le contournant.

— Vous ne pouvez pas regarder où vous allez ? s'énerva-t-il, me poussant brusquement en arrière.

Il y avait trois en fait trois hommes, et ils étaient soudain bien trop près de moi, hurlant, me menaçant, et alors que je me demandais ce qui leur prenait, je fus subitement tiré en arrière et Dreo se tenait entre eux et moi.

— Laissez tomber, leur dit-il.

— Va te faire foutre !

147

Dreo ne dit rien. Depuis que j'avais dix ans, j'avais dû apprendre à me défendre moi-même, à faire face à mes persécuteurs, alors je décidai de ne pas le laisser s'en charger à ma place. Mais lorsque je le contournai, le premier inconnu se jeta sur Dreo. Cependant, mon champion était vif, et avant même que son attaquant puisse lui asséner un coup, Dreo lui avait donné deux coups de pied au genou. L'homme tomba en avant sur le trottoir et dès qu'il fut à terre, Dreo lui donna quelques coups de pied dans les côtes pour s'assurer qu'il y resterait. Vu le son qui s'échappa de l'homme, je me dis qu'il n'était pas prêt de se relever.

Les deux autres hommes se jetèrent sur Dreo, mais avant même que je puisse l'aider, il avait frappé violemment l'un d'eux aux côtes et avait poursuivi avec un uppercut, puis un coup de poing au visage. J'entendis un craquement, puis un rugissement de douleur, alors que Dreo se tournait déjà vers le troisième homme. Ce dernier tenta d'effectuer un coup de pied circulaire, mais Dreo saisit son bras et le plaqua sur le dos, faisant claquer sa chair contre le ciment.

— Merde alors ! s'exclama Michael dans un souffle, regardant Dreo enjamber le gars étendu au sol pour nous rejoindre.

— Allez, rentrons à la maison, dit-il, nous attrapant tous les deux pour nous tirer derrière lui.

Dans la voiture, Michael, maintenant à l'arrière, fixait son oncle.

— Dreo, c'était incroyable, dit-il avec admiration. Sérieusement.

— C'était regrettable, répondit-il. Mais écoute, si un jour tu te retrouves face à trois types agressifs, comme l'a été Nate, tu dois d'abord frapper le premier gars sur le côté du genou, aussi fort que possible, d'accord ?

— Sur le côté du genou ?

— Oui, lui assura Dreo. Si tu le frappes à cet endroit, il ne pourra pas se relever. Si tu lui donnes un coup de pied à l'entrejambe, il peut s'en relever si son taux d'adrénaline est assez élevé.

Michael hocha la tête, comme s'il comprenait, et sourit. Je pouvais voir une petite lueur d'adulation dans ses yeux. Ce n'était pas tous les jours que quelqu'un vous sauvait de types effrayants.

— Tu dois être conscient de ton environnement. La plupart des combats peuvent être évités et si tu le peux, fais-le. Si Nate avait regardé où il allait au lieu de penser à autre chose, il ne serait jamais rentré dans ce type.

— Dreo, commençai-je. Je…

— Tu dois faire plus attention, me dit-il, posant sa main sur ma nuque.

Je voulais rester immobile, ne voulant pas qu'il retire sa main qui me caressait désormais, apaisant la tension qui m'habitait encore.

— Tu ne saignes même pas, dit Michael à Dreo.

— Pourquoi devrais-je saigner ? répliqua-t-il, comme si son neveu était fou de penser qu'il puisse saigner.

— C'était trop cool.

Les doigts de Dreo glissèrent dans mes cheveux, et je dus résister de tout mon être à l'envie de laisser retomber ma tête contre ses caresses sensuelles.

— Voyons, dit Michael après une minute, s'éclaircissant la voix. Tu es en train de toucher Nate.

Je me raidis, mais Dreo ne retira pas sa main.

— En effet, dit-il à son neveu.

— Alors, euh, ce soir, je vais dormir dans la chambre d'amis de Nate, c'est bien ça ?

— Exact.

— Où vas-tu dormir ?

Dreo regarda Michael, par-dessus son épaule.

— Avec Nate, si tu es d'accord. Est-ce que ça te dérange ?

Il y eut un silence, et je retins mon souffle, parce que m'aimer était une chose. M'aimer alors que j'étais avec son oncle en était une autre.

— Et si Nate et toi vous disputez ? Que se passera-t-il ?

— Rien ne changera entre toi et Nate, *ragazzo*.

Je sentis une main sur mon épaule gauche.

— Nate ?

— C'est promis, dis-je en tapotant sa main. Rien ne changera entre toi et moi, peu importe ce qui se passe.

Il prit une grande inspiration ; je l'entendis la retenir.

— D'accord, dit-il finalement.

— Très bien, dit Dreo dans un souffle, retirant sa main de ma nuque pour la poser sur ma cuisse. Très bien.

Lorsque nous arrivâmes à la maison, nous sortîmes de la voiture et prîmes l'ascenseur en silence. Ils retournèrent à leur appartement et j'entrai dans le mien. Une fois à l'intérieur, toutes les émotions de la journée me tombèrent dessus.

Un homme de quarante-cinq ans n'entamait pas une relation avec un homme de vingt-huit ans, surtout pas avec un homme de vingt-huit ans qui faisait probablement toujours partie de la mafia, peu importe ce qu'il disait, et certainement pas avec un homme de vingt-huit ans qui avait un neveu de seize ans qui vivait avec lui et comptait sur lui pour faire preuve de raison. Seigneur, voulais-je vraiment avoir le cœur brisé ?

Mon téléphone sonna, me faisant sursauter.

— Allô ?

— Nous sommes toujours prêts à regarder Kung Fu Theater, n'est-ce pas ? demanda Dreo, sa voix n'étant qu'un murmure rauque.

Je hochai la tête, sans penser qu'il ne pouvait pas me voir.

— *Caro* ?

— Oui, répondis-je en me raclant la gorge. Qu'est-ce que... euh...

— C'est comme « chéri ». *Caro* veut dire « chéri ».

J'étais vraiment pathétique... La profondeur de sa voix, la manière dont il me parlait, comme s'il était à bout de souffle, et le terme affectueux qu'il avait utilisé pour me désigner... J'étais simplement... C'était ridicule. Depuis quand étais-je devenu si émotif ?

— *Voglio fare l'amore con te.*

— Tu me l'as déjà dit. Qu'est-ce que...

— Je veux... Tu sais ce que je veux.

Je n'avais pas été aussi nerveux et troublé, au point d'en avoir des nœuds à l'estomac, depuis l'âge de quinze ans. Seigneur ! C'était comme s'il me dépouillait de toutes mes années d'amant compétent, doux et suave. J'avais été complimenté plusieurs fois sur mon habileté à séduire. Il y avait un modèle, comme une démarche à suivre, et lorsque je voulais quelqu'un, je suivais les étapes – dîner, baisers, plaisanteries pleines d'allusions. C'était ainsi que je fonctionnais, mais avec Dreo... avec Dreo, j'avais perdu toute maîtrise. En général, j'étais celui qui tenait l'agenda. Je choisissais l'endroit et le moment, et parfois les hommes ne s'en rendaient même pas compte, pensant qu'ils étaient aux commandes de la relation parce que j'étais celui qui se soumettait une fois au lit.

— Nous serons bientôt chez toi. Ça ne te pose pas de problème ?

— Non. La porte sera ouverte. Je dois prendre une douche.

— D'accord.

Je raccrochai et me dirigeai vers la porte d'entrée, la déverrouillai, puis allai dans ma chambre. Je me déshabillai puis entrai nu dans la salle de bain attenante. Sous l'eau chaude, après m'être savonné et lavé les cheveux, je laissai ma tête tomber en arrière, essayant d'évacuer toute la tension qui s'était accumulée dans mon corps. Je fermai les yeux et me contentai de respirer. Je n'avais aucune idée du temps qui s'était écoulé depuis que j'avais fermé les yeux.

— Vas-tu un jour sortir de là ?

J'arrêtai l'eau et ouvris la porte de douche. À travers la vapeur, je vis Dreo qui se tenait debout, la main sur la poignée. Sortant, je tendis la main pour prendre ma serviette, mais elle avait disparu.

— C'est moi qui l'ai, murmura-t-il, fermant la porte derrière lui.

Je le regardai approcher, vis une bosse sur le devant de son pantalon de survêtement, regardai ses yeux se balader tout le long de mon corps, et lorsque je levai la main, lui faisant signe d'approcher, j'entendis le grondement provenant du fond de sa gorge.

Rien n'était plus excitant que de savoir, sans l'ombre d'un doute, que la personne que vous désiriez vous désirait tout aussi fort. Lorsque ses mains se refermèrent sur mon cou, inclinant ma tête vers le haut alors qu'il descendait lentement pour m'embrasser, le gémissement rauque qui m'échappa le fit sourire contre mes lèvres.

— *Dammi un bacio*, murmura-t-il contre mon visage avant que sa bouche s'empare de la mienne et qu'il m'embrasse.

Ce baiser me fit le même effet que le premier, sauf que j'étais nu cette fois-ci et qu'il n'y avait donc aucun moyen qu'il ne voie pas l'effet qu'il me faisait. Je tremblai sous ses caresses alors que sa langue renouait avec la mienne, la caressant, l'attaquant, la dégustant. Il m'embrassait fougueusement et lorsque je n'arrivai plus à respirer, je rompis le baiser, laissant tomber ma tête en arrière, permettant à ses lèvres de dévorer l'endroit où mon cou rejoignait mon épaule. Lorsqu'il me mordit, je posai mes mains sur lui, dans ses cheveux, le tenant tandis qu'il me penchait en arrière pour pouvoir incliner la tête au-dessus de ma poitrine. Puis sa bouche se referma sur mes mamelons dressés. Il les suça, les mordilla, et quand ses doigts s'enroulèrent autour de mon membre, cela provoqua un tressaillement involontaire dans tout mon corps. Cela aurait pu me faire tomber, mais il me tenait. Il était plus grand que moi, plus fort, et il m'allongea sur le sol, m'épinglant sous son poids.

— *Guardami.*

Je pouvais à peine respirer.

— Je t'ai dit de me regarder.

J'eus du mal à ouvrir les yeux – j'étais submergé par les sensations – mais ils finirent par s'ouvrir, juste à temps pour le voir prendre le bout de mon sexe dans sa bouche chaude et humide.

Chaque terminaison nerveuse de mon corps voulait que je donne un coup de reins, mais je restai immobile alors qu'il faisait glisser ses lèvres plus bas, sans pour autant s'étouffer, sa main empoignant toujours la base de mon membre, continuant de le caresser, et l'autre main jouant avec mes testicules.

J'avais tellement de questions... Dreo semblait vraiment savoir ce qu'il faisait, et plus tôt... Il n'avait fait que penser à moi depuis qu'il m'avait rencontré ? J'avais besoin de réponses à certaines...

— Je voulais que ce soit parfait, gronda-t-il, avant de glisser un doigt lubrifié en moi.

Je n'oublierai jamais l'expression de son regard lorsque je m'étais cambré sous lui. Cela lui plaisait d'avoir pu provoquer cette réaction chez moi : ses yeux, la façon dont ils brillèrent me le dirent, tout comme la courbe de ses lèvres délicieuses. Mon tube de lubrifiant, ouvert sur le sol de la salle de bain à côté de lui, fut une grande surprise. Il avait dû fouiller dans ma table de nuit et rien que l'idée qu'il ait voulu le trouver, qu'il l'ait cherché, qu'il ait eu envie de moi, me fit frissonner.

— Je n'aurais jamais pensé... commença-t-il, retenant son souffle. Que tu puisses vouloir de moi.

— Tu es si beau. N'importe qui voudrait de toi.

— Non, dit-il, sa voix retentissant comme un grondement sourd dans sa poitrine. Quand je suis avec toi, juste près de toi, je suis différent, plus léger, plus doux... C'est ton influence, tu m'as changé.

— Est-ce que... balbutiai-je, frissonnant, mon corps parcouru par des vagues de chaleur. C'est une bonne chose ?

— Oh, oui, dit-il, caressant mon sexe humide.

Quand il ajouta un deuxième doigt dans mon canal, je poussai un gémissement rauque et fort. Ses yeux perçants et sombres, plissés et brûlants, firent s'arrêter mon cœur.

— Je suis désolé, dit-il, la pression de son poing quittant mon sexe douloureux alors qu'il attrapait un préservatif posé près du lubrifiant et le portait à ses lèvres. Le lit devra attendre.

— Je m'en moque, répliquai-je.

Je me cambrai sous lui lorsqu'il écarta ses doigts à l'intérieur de moi pour me détendre, les faisant tourner, frottant et relaxant mes muscles, ce qui me calmait et m'excitait à la fois.

L'entendre ouvrir le préservatif tout en continuant à effectuer un mouvement de va-et-vient en moi avec ses doigts lubrifiés, glissant facilement, les recourbant, frottant ma prostate... tout cela me fit frémir.

— Soulève tes jambes.

Quoi ?

— Tu ne veux pas que je me mette sur les genoux ?

— Absolument pas ! dit-il d'une voix grondante, résonnant dans sa poitrine, alors qu'il me tirait pour me positionner sur le tapis de bain rugueux.

Lorsqu'il souleva mes jambes, je sentis le bout de son membre à mon entrée. Je ne l'avais même pas regardé. Ses yeux étaient bien trop magnifiques pour que j'en détourne mon regard, mais quand il poussa contre mon orifice... Je devais voir ce qu'il en était.

Il était énorme. Long, épais et superbe. Le simple fait de le voir m'arracha un nouveau gémissement.

— Oh, Seigneur, s'il te plaît...

— Nate... *ho bisogno di essere dentro di te...* Je dois te faire mien.

— Oui, s'il te plaît, oui...

Il tint son membre et l'aligna avec mon ouverture frémissante.

— Je vais y aller doucement.

Non, il n'irait pas doucement – je ne lui en laisserais pas la chance. Je n'étais pas une innocente jeune femme qu'il s'apprêtait à baiser. J'étais un homme et je connaissais parfaitement mon corps. Cela faisait longtemps que je vivais dans ma peau.

Je poussai contre lui au moment où il me pénétrait.

— Nate ! hurla-t-il, surpris et dépassé, son souffle haletant alors qu'il me donnait un coup de reins.

Instantanément, je me retrouvai empalé sur sa verge dure et douce comme du velours. Lorsqu'il plongea à nouveau en moi, cela me coupa le souffle.

Cela me rappela pourquoi j'aimais tant être pris. Le sentiment de plénitude, le délicieux frottement sur ma prostate, la pénétration qui me procurait à la fois de la douleur et du plaisir, l'excitation naissante suivie de la chaleur envahissante... Tout cela m'avait tellement manqué. Non pas que je n'avais pas éprouvé de plaisir avec les hommes que j'avais mis dans mon lit depuis Duncan. Ce n'était pas le cas, mais Seigneur... être ainsi tenu et rempli était fantastique.

Comme il me martelait, ardemment et profondément, je gémis son nom.

— *Sei così bello…* Tu es tellement magnifique comme ça.

On m'avait dit que j'étais beau lorsque j'avais porté un costume ou un smoking – je savais me mettre sur mon trente et un – mais on ne m'avait jamais dit que j'étais magnifique. Jamais, Dreo Fiore était le seul à m'avoir désigné ainsi. Ces mots, le son rauque de sa voix sensuelle, son martèlement, l'angle avec lequel il me pénétrait, tout cela provoqua une chaleur à la naissance de ma colonne vertébrale. La façon dont sa main restait enroulée autour de mon sexe, tirant, caressant, pendant qu'il regardait le sien glisser en moi… c'était plus que je pouvais en supporter. Toute ma restreinte, chacun de mes murs tombèrent et je capitulai.

— Dreo, je ne peux plus…

— Seigneur, tu es si étroit, si brûlant et… Vas-y, jouis !

Son ordre, ainsi que les besoins de mon corps, me poussèrent à la jouissance. Je n'avais aucune chance de retenir cet orgasme incroyable.

Mes bourses se contractèrent, mes muscles se crispèrent, et je jouis sur sa main et mon abdomen, des spasmes violents parcourant mon corps, l'orgasme me dévorant.

Il s'enfonça plus profondément en moi, me martelant pendant que je tremblais sous la force des répliques, me soulevant, saisissant l'arrière de mes genoux, me pilonnant rapidement.

Je sentis mes muscles onduler autour de son sexe, puis se resserrer, et il jouit dans un rugissement, m'utilisant de manière brutale, féroce et affamée. Les sons qui m'échappaient – gémissements, supplications, grognements – s'entremêlaient au bruit qu'il faisait en reprenant son souffle, laissant sa tête retomber et s'immobilisant au-dessus de moi.

On aurait dit qu'il avait été sculpté dans le marbre : la peau lisse et bronzée, les traits ciselés, la poitrine et l'abdomen bien définis, de longues jambes musclées, repliées sous lui. Pas une seule fois en quatre ans je n'avais remarqué les longs cils épais, le nez aquilin, les lèvres pleines. Je m'interrogeai sur les raisons de mon aveuglement, sur ma faculté à ne pas avoir perdu l'usage de la parole dès que je m'étais trouvé en sa présence.

— *Amo guardarti.*

Je souris, le regardant dans les yeux alors qu'il reposait doucement mes jambes sur le sol, plaçant mes pieds sur le tapis tandis qu'il glissait lentement hors de mon corps.

— Qu'as-tu dit ?

Son regard était si doux, si sombre, et laissait transparaître une réelle possessivité. Je réalisai que personne ne m'avait jamais regardé de la sorte. Je pourrais devenir accro à ce regard très rapidement.

— J'ai dit que j'aimais te regarder, dit-il.

Il noua le préservatif, puis se redressa, remettant son pantalon de survêtement pour traverser la pièce afin de le jeter dans la poubelle, près du lavabo.

Je n'étais pas prêt à bouger, et lorsqu'il revint, se tenant debout au-dessus de moi, je lui dis de sortir pour que je puisse me laver.

— C'est tout ? Je suis congédié ?

— Que veux-tu que je fasse ?

— Non, c'est à ton tour de prendre l'initiative.

Je m'assis et attrapai sa main, le tirant vers moi jusqu'à ce qu'il soit à son tour assis par terre. Il me regarda, les yeux plissés, alors que je m'installai à califourchon sur lui et enroulai mes bras autour de son cou. Je me penchai en avant, appuyant mon torse contre le sien, savourant la sensation.

— Comment dit-on… commençai-je avec le sourire, me léchant les lèvres, satisfait de l'entendre arrêter de respirer. « Je suis fait pour toi » en italien ?

— *Ero fatto per te*, répondit-il, ses yeux fixés sur ma bouche.

— Tu vas devoir m'apprendre à le prononcer, dis-je dans un souffle, inclinant la tête pour faire courir ma langue sur sa lèvre inférieure. J'aimerais apprendre.

Il frissonna sous moi et captura ma langue, avalant mon rire comme il m'embrassait, me tenant fermement, ses bras autour de moi alors que sa bouche s'emparait de la mienne de manière possessive. Je poussai contre lui, ondulant dans ses bras, resserrant mes cuisses autour de ses hanches.

Qui aurait cru que je pourrais captiver à ce point un homme de dix-sept ans mon cadet ?

Nos langues s'entremêlèrent et ses mains se baladèrent sur tout mon corps, s'immobilisant enfin sur mon fessier. Il rompit le baiser pour reprendre son souffle.

— *Sei fatto apposta per le mie mani*, murmura-t-il contre ma peau, sa bouche brûlante sur mon cou provoquant de nouvelles vagues de chaleur dans mon corps. Tu as été fait pour mes mains.

Seigneur, je l'espérais. Je voulais d'elles sur moi, tout le temps.

— Nate ?

— J'en ai envie, dis-je, parce je ressentais un désir si profond qu'il me faisait claquer des dents comme si je mourrais de froid, l'émotion me dépassant, me submergeant. J'ai envie de nous donner une chance... Es-tu prêt à le faire ? Peux-tu le faire ?

— Pourquoi me demandes-tu si je « peux » le faire ? dit-il, ses yeux me dévisageant.

Il tendit une main pour tracer l'un de mes sourcils blonds, avant de toucher mes cils, ma moustache et ma barbe.

— Ta famille et...

— Ma famille, c'est Michael, et il est déjà ravi que l'on se mette ensemble. Tu sais, je n'en ai pas simplement la garde, il est à moi. Ma sœur voulait que je m'en occupe s'il lui arrivait quelque chose, pas que je sois simplement son tuteur. Elle était très intelligente et elle savait... Elle ne voulait pas que j'aie de problème.

— Que savait-elle ?

Ses bras s'enroulèrent autour de moi. Il s'assurait que je ne puisse pas quitter ses genoux.

— Elle savait que j'étais gay, je le lui avais dit.

Je repoussai des mèches soyeuses de son visage. Ses cheveux épais et brillants étaient ondulés, voire même bouclés par endroits, et mes doigts ne pouvaient s'empêcher de les toucher.

— Je vous ai toujours vu avec des femmes, Monsieur Fiore.

— Il est impossible d'être à la fois gay et garde du corps d'un mafieux, Docteur Qells, dit-il, ses mains glissant sur mes cuisses. Michael a parlé de moi à ses amis, ses amis ont parlé de moi à leurs amis, et c'est ainsi que la rumeur disant que j'étais un coureur de jupons fut lancée, ce qui était exactement ce que M. Romelli voulait entendre.

— Laisser espérer les femmes est une chose terrible à faire.

— Je les invitais à sortir. Je les traitais comme des reines. Je te promets qu'elles passaient un bon moment. De toute manière, ne pas coucher avec moi n'était pas une grande perte.

Je frissonnai légèrement.

— Permets-moi de te dire que je ne suis pas d'accord.

Le grondement qu'il laissa échapper était très viril, satisfait, et tenait plus du grognement qu'autre chose. Je devais faire attention où j'allais créer un monstre.

— Je voulais simplement dire...

— Que tu as aimé ce que nous venons juste de faire, ici, sur le sol de ta salle de bain.

— Oui.

— Moi aussi, dit-il, prenant mes jambes pour les enrouler autour de sa taille, me tenant encore plus serré contre lui. C'est pourquoi je ne couche pas avec les femmes.

Je hochai la tête.

— Et c'est aussi pourquoi... commença-t-il dans un soupir, faisant courir ses doigts le long de ma colonne vertébrale. C'est aussi pourquoi tu seras le seul avec qui je ferai ça jusqu'à ce que tu me dises de partir.

Je n'étais pas sûr de savoir quoi répondre à cela.

— Je ne peux pas te demander cela.

— Tu devrais.

— Je n'ai aucun droit de...

— Si, tu l'as. Tout comme j'ai le droit d'attendre de toi... que tu ne le fasses qu'avec moi.

Un million de pensées me traversèrent l'esprit, comme celle de me dire que tout allait trop vite, beaucoup trop vite, mais je pris une grande inspiration et mon cerveau se remit en marche.

Il n'était pas en train de m'avouer son amour éternel ; il voulait simplement voir si cela pouvait fonctionner entre nous. Je le voulais également. Et nous n'étions pas des étrangers, je connaissais cet homme depuis quatre ans.

— *Sono pazzo di te*, murmura-t-il.

Il se pencha en avant, sa bouche effleurant le creux de mon cou, sa langue le léchant, avant qu'il me morde et aspire ma peau.

Une chaleur cuisante remonta le long de ma colonne vertébrale, tel un coup de fouet, et je me cambrai dans ses bras.

— Dis-moi que, toi aussi, tu es fou de moi... *tesoro... caro...*

Sa bouche, ses mains, ses cuisses musclées sous mes jambes, la douce sensation de sa peau glissant contre la mienne, ses muscles se contractant pour me tenir contre lui... Tout cela était si nouveau pour moi, et pourtant j'en avais tellement besoin. Généralement, comme j'étais plus âgé, mes amants comptaient sur moi pour définir les règles, mais pas cette fois. C'était différent. J'avais déjà la sensation que cette nouvelle relation prenait une direction tout à fait inédite. J'étais à la fois terrifié, excité, et investi dans la destinée de cette relation. Ce n'était pas comme si je prenais simplement un nouvel amant ; j'allai approfondir une relation amicale déjà existante, et devenir responsable d'un enfant. Un garçon de seize ans, qui comptait déjà sur moi et me faisait confiance, faisait aussi partie de cette aventure.

— Nate.

Mes pensées vagabondes se focalisèrent à nouveau sur l'homme qui me tenait dans ses bras.

— Après aujourd'hui, je n'aurais plus besoin de t'entendre mettre des mots sur ce que tu ressens, mais pourrais-tu, juste cette fois...

— Je me fiche de ce dont tu as besoin, l'interrompis-je.

Je gesticulai, me soulevai, et décroisai mes jambes. Une fois mes genoux posés sur le tapis, de chaque côté de ses hanches, je pressai ma poitrine nue contre la sienne, mes mains posées sur son visage, traçant la courbe de sa mâchoire, captivé par sa lèvre supérieure et l'arête de son nez.

— Je te dirai les choses comme je les ressens, poursuivis-je. Ce que nous venons de faire, toi et moi... c'était incroyable, et j'ai hâte que nous recommencions. J'espère que tu accepteras de partager mon lit parce qu'être allongé auprès de mon amant est l'une des choses que je préfère au monde. Et pour finir, ce que je souhaite par-dessus tout, c'est de voir où cette histoire va nous mener. Je le souhaite sincèrement.

— C'est vrai ?

Il semblait si heureux de ma réponse. Ses yeux étaient humides, sombres et reflétaient son bonheur.

— Oui.

Son sourire transformait de manière incroyable son visage, au point qu'on aurait dit qu'il s'agissait d'un autre homme.

— Je suis heureux que tu ne travailles plus pour les Romelli.

— Moi aussi. Ainsi que Sal, dit-il avant de cligner brièvement des yeux. Sal est au courant pour moi, et il sait ce que j'attends de ma relation avec toi, alors il n'y aura pas de problème de ce côté-là.

— Je suis perdu.

Il me regarda droit dans les yeux, son regard ferme.

— Je n'aime pas les secrets, alors j'ai dû dire la vérité à Sal. Je lui ai dit que je voulais être avec toi.

— Mais tu ne m'as jamais dit ce que tu voulais.

— Maintenant tu le sais.

Je souris lorsque je sentis ses mains pétrir mes fesses.

— Tu sais ce que j'aimerais ?

— Non.

158

— J'aimerais jouir en toi et voir mon sperme s'écouler entre tes fesses, me dit-il dans un doux gémissement, le son de sa respiration et l'expression de son visage confirmant qu'il en avait extrêmement envie. J'ai fait le test de dépistage ; dès que je recevrai les résultats, et que tu sauras que je suis sain, pourrais-je le faire ? Me laisseras-tu le faire ?

— Peut-être que je veux te prendre, dis-je, alors même que ses doigts glissaient entre mes fesses et que je poussais contre sa main.

Il laissa échapper un rire profond, charmant et sexy.

— Je pense que tu es terriblement impatient que je te prenne à nouveau.

Pas de mensonges, je détestais cela.

— Oui, confessai-je.

Je laissai tomber ma tête en avant, contre son épaule, enivré par son odeur, celle de sa peau lisse et bronzée, celle de sa sueur et sa salinité.

Il poussa un soupir long et profond, et me serra simplement contre lui, heureux, semblait-il, de ne pas bouger.

— Nous devrions nous lever, dis-je après un moment. Nous avons probablement dû traumatiser Michael à vie. Je suis désolé d'avoir crié... Je n'ai pas pu me retenir.

— J'aime le fait que tu aies perdu le contrôle, dit-il avec un sourire, ses mains sur mon visage. Et Michael est toujours à la maison. Je lui ai dit que je devais te parler seul à seul pendant quelques minutes et que je l'appellerai lorsque nous aurions terminé.

Je le fixai du regard.

— Était-ce ce que tu avais à l'esprit ?

— Pour être honnête, non, dit-il en se levant, m'aidant ensuite à me relever. J'avais des choses à te dire.

— Comme ? demandai-je, le regardant alors qu'il se penchait dans la douche pour faire couler l'eau.

— Comme : serais-tu prêt à nous donner une chance ?

— Mais j'ai déjà répondu positivement à cette question.

— Oui, je sais. C'est beaucoup plus facile de trouver le courage de poser cette question après le sexe.

J'avais un énorme sourire sur le visage, et il laissa échapper un son grave et guttural avant de se pencher pour m'embrasser. Qu'il me saisisse, m'écrasant contre lui pour capturer ma bouche, était plus sexy que j'aurais pu l'imaginer. J'allais devoir m'habituer aux marques et aux contusions, mais je trouvais la perspective excitante. Les hommes étaient normalement prudents avec moi ; Dreo était trop affamé pour s'en préoccuper. J'adorais cela.

— Bon sang ! s'énerva-t-il, me poussant sous la douche tout en refermant la porte derrière moi. Nous n'allons jamais sortir de cette foutue salle de bain si je ne te laisse pas tranquille.

— Ça ne me dérange pas.

Je me mis à rire en entendant son grognement, puis je me glissai sous le jet d'eau pour me savonner rapidement.

— Ça te dérangera quand tu auras si mal que tu ne pourras plus bouger.

— Je suis prêt à prendre le risque.

Je laissai échapper un soupir, me rinçai, sortis de la douche, et je secouai la tête, l'aspergeant de gouttes d'eau.

Il tendit instantanément le bras vers moi, empoignant mes cheveux mouillés, et m'attirant à lui pour un autre baiser. Le son que je fis lui plut, à en croire la manière dont sa bouche s'empara ensuite de la mienne.

Sortir de la salle de bain n'allait pas être chose aisée.

MICHAEL EN eut eu assez d'attendre, vint à mon appartement et nous ordonna de le rejoindre dans le salon pour regarder la télé avec lui. Il était exigeant et parlait d'une voix forte. J'étais complètement sous le charme.

Il s'assit entre nous deux, au grand dam de Dreo, ce dernier trouvant que le pantalon de flanelle et le tee-shirt à manches longues que je portais étaient la chose la plus sexy qu'il avait jamais vue de sa vie.

— Tu as besoin de sortir plus souvent, murmurai-je avant de me lever pour préparer du chocolat chaud.

Il me suivit dans la cuisine, s'appuya contre le comptoir, et me regarda sortir une petite casserole pour faire chauffer le lait.

— Tu ne mets pas simplement un peu d'eau à réchauffer au micro-ondes ?

Je le regardai par-dessus mon épaule.

— Le vrai chocolat chaud ne se fait pas comme ça.

— Comme ça ?

— Avec de l'eau.

Il hocha la tête, ses yeux me détaillant de la tête aux pieds.

— Sérieusement ? le taquinai-je. Les pyjamas en flanelle ne sont pas sexy.

160

— Que tu dis !

Je déglutis difficilement, me concentrant sur la tâche à accomplir au lieu de penser au sang qui se précipitait dans mon aine. Comment se faisait-il que je n'avais jamais remarqué que cet homme était à tomber ? Je voulais lui lécher tout le corps.

— Tu es tout rouge.

Parce que j'étais sur le point de m'enflammer.

— C'est adorable.

— Je préférais que ce soit sexy.

— Oh, ça l'est aussi.

Seigneur...

Une fois que j'eus terminé et saupoudré de la cannelle au-dessus de la crème fouettée, parce que je savais que Michael adorait ça, je dis à Dreo d'emporter la tasse au salon.

— Je préférerais discuter des vêtements que tu trouves excitants, murmura-t-il, son souffle sur ma nuque me faisant frissonner.

— Eh bien... J'aime les jambières en cuir, les strings, et tout plein d'autres choses, Monsieur Fiore.

Sa main caressa mon derrière, si bien que je me penchai en avant et fermai les yeux. Cela ne faisait que trois semaines que j'avais couché avec un inconnu rencontré à la fête d'un ami, mais j'avais été l'actif comme c'était ce que cet homme avait attendu de moi, et c'était aussi le rôle que je prenais puisque je n'aimais pas être dominé par un étranger. Comme je n'avais pas été celui qui s'était soumis, celui qui s'en était remis à l'autre, cela avait été agréable, mais pas fantastique. Je ne m'étais pas soumis depuis Duncan.

Je devais connaître un homme, me sentir à l'aise et avoir confiance en lui, avant de le laisser me prendre. Même si j'adorais être rempli et m'abandonner, même si j'en mourrais d'envie, je n'avais pas la même foi que mes amis qui pouvaient offrir ce cadeau à un étranger. Toutes mes relations avaient commencé de la même manière : j'étais aux commandes, et je dominais mon partenaire. Même avec Duncan, nous avions commencé avec lui, le visage enfoui dans l'oreiller. Mais cette nouvelle relation... c'était déjà différent. Nous étions déjà proches en raison de l'amitié qui existait depuis longtemps entre nous. Et Dreo avait tant d'assurance, il était si passionné, si fiable, que cela ne m'avait même pas traversé l'esprit de me refuser à lui. Il ne me ferait pas de mal. Que ce soit physiquement, mentalement, ou émotionnellement. Il me voyait, aussi étonnant que cela puisse paraître, comme un trésor, et il avait du mal à croire que sa bonne fortune lui ait donné la chance de m'avoir près de lui. L'expression dans ses yeux était pleine d'une chaleur lubrique et d'une certaine crainte. Je n'avais aucun doute quant au fait que cet homme me désirait et plus encore. Il mourrait d'envie de voir jusqu'où notre histoire pouvait aller.

Alors, je perdis un peu l'esprit, parce qu'en glissant sa main sur mon postérieur, il me fit ressentir la domination dont j'avais envie, cette domination qui me plaisait tant une fois au lit.

Je laissai échapper un petit sifflement et me cambrai contre lui.

— Viens au lit avec moi, me supplia-t-il, glissant son membre dur contre la raie de mes fesses.

— Nous devons nous occuper de Michael.

— Michael se débrouillera très bien seul, sur le canapé.

Cet homme me faisait perdre toute raison.

— *Mi piaci da morire*, murmura-t-il contre mon oreille.

Son souffle était chaud et ses lèvres, douces, lorsqu'ils effleurèrent ma peau.

— Qu'as-tu dit ? demandai-je.

Lorsque Dreo posait ses mains sur moi, je n'avais pas l'impression d'avoir quarante-cinq ans mais plutôt vingt-cinq.

— J'ai dit que je t'aimais assez bien, dit-il dans un doux rire, sa voix grave et rauque.

— Tu mens, l'accusai-je, mon corps se calmant.

Je me libérai de ses mains et marchai à reculons jusqu'à ce que j'atteigne le réfrigérateur. Heureusement que ce dernier était solide et grand, car lorsque Dreo me plaqua contre lui quelques secondes plus tard, il bougea à peine.

— Tu as dit que tu étais fou de moi.

Il ne me contredit pas. Il s'approcha plus près de moi, posa sa main à plat sur la surface en acier inoxydable, faisant en sorte que je ne puisse plus bouger.

— Que fais-tu ? demandai-je.

— Je n'en sais strictement rien, dit-il, ses yeux fixés sur les miens. C'est juste que… J'adore mon neveu, mais j'aimerais vraiment qu'il aille se coucher. J'ai besoin de te parler.

— Tu ne veux pas me parler.

Je me mis à rire en voyant la manière dont il détaillait mon corps avant de relever la tête, se penchant en avant et coinçant sa cuisse entre mes jambes.

— Non, grogna-t-il, la voix rauque. Pas vraiment.

— Hé, dis-je, reportant son attention sur mon visage. Nous allons donner une chance à cette relation, non ? N'est-ce pas ce que nous avons décidé ?

Il hocha la tête.

— Alors nous n'avons pas besoin d'en parler, lui assurai-je. Nous devons simplement commencer notre histoire et espérer que tout se passe pour le mieux.

— Nous n'allons pas espérer. Nous allons tout faire pour que ça fonctionne.

Je posai une main sur sa poitrine et il la recouvrit de la sienne.

— Oui. Maintenant, apporte cette tasse à Michael.

Nous rejoignîmes l'adolescent sur le canapé alors qu'un vieux classique, *La 36e Chambre de Shaolin*, commençait.

— C'est un bon film ? demanda Dreo.

Michael et moi nous retournâmes doucement vers lui comme s'il était fou.

— Seigneur, dit-il en nous regardant avec de grands yeux. Qu'est-ce que j'ai dit ?

— Tu n'as jamais vu ce film ? demanda Michael, sidéré.

— Sérieusement ? ajoutai-je.

— Mis à part *Opération Dragon*, il y a d'autres films de kung-fu qui valent la peine d'être vus ?

— Pour commencer, dit Michael, indigné, *Opération Dragon* n'est *pas* un film de kung-fu. Il transcende complètement cette étiquette. Tu dois comprendre que sans *Opération Dragon*, il n'y aurait jamais eu de *Mortal Kombat* ou de *Tekken* ou...

— Oui, c'est bon, j'ai compris, grogna Dreo. Mais nous ne parlons pas de ça, continua-t-il en désignant la télévision. Qu'est-ce que c'est ?

— Tu étais vraiment sérieux, dis-je, faussement scandalisé. Tu n'as jamais vu *La 36e Chambre de Shaolin* ?

— Je pense que je survivrai, remarqua-t-il avec ironie.

Je grognai.

Il émit un petit grondement alors que nous nous installions tous les trois pour regarder un des plus grands films de kung-fu jamais réalisé.

163

— Vous savez que tous les deux, vous êtes complètement…

— Chut ! fîmes-nous pour le faire taire.

Il devait certainement se dire que nous nous comportions de manière ridicule.

Je dus m'endormir à un moment donné, parce que lorsque je me réveillai, j'avais la tête posée sur la poitrine de Dreo et sa main était dans mes cheveux, massant mon cuir chevelu.

— Salut, dit-il doucement, avec un profond soupir.

— Où est Michael ? demandai-je, groggy, me soulevant seulement pour réaliser que j'étais pratiquement sur ses genoux, drapé contre lui.

Il me fit un signe de tête et je vis que son neveu dormait à l'autre bout du canapé. Dreo et moi étions blottis ensemble sur la droite.

Je m'éloignai de lui, me frottant les yeux alors qu'il souriait.

— Je suis désolé. Nous nous sommes tous les deux endormis après t'avoir vanté toutes les qualités de ce film.

— Ce n'est pas grave. Le film n'était pas le plus important.

Je le regardai, encore à moitié endormi.

— Ce que j'ai aimé par-dessus tout, c'est me trouver ici avec vous deux, me dit-il.

Il glissa sa main autour de ma nuque et m'attira de nouveau contre lui. Il releva mon menton à l'aide de son autre main.

— Ça, c'est agréable. Comme si nous étions faits pour être ainsi.

Il parlait de manière incompréhensible, mais lorsqu'il me tira vers lui, ses lèvres se glissant sur les miennes, nos bouches se mariant si parfaitement, j'oubliai ce que je voulais dire.

— Reste…

Il m'embrassa.

—… ici. Arrête de vouloir t'éloigner.

— Devrais-je monter sur tes genoux ? le taquinai-je, encore groggy.

— Oh, oui.

Sa voix, qu'il utilisa dans un grondement, puis la cassure, rauque et pleine de désir, étaient si sexy que je ne pus retenir un gémissement.

Ses mains glissant sur ma peau, sous mon tee-shirt, descendant sur mon abdomen, mes hanches, à l'intérieur de mon pyjama, sur mes fesses, me firent geindre contre sa bouche. Le baiser était humide, brutal, profond, et nos lèvres se rencontraient, ravagées et malmenées, sucées et mordillées, nos respirations n'étant plus que des halètements précipités. Le geignement qui s'échappa du plus profond de ma poitrine lui coupa le souffle. Ce n'est que lorsque Michael s'agita que nous nous séparâmes, tous les deux haletants, nous regardant l'un l'autre.

Je me levai et allai me tenir près de la cheminée pendant que Dreo réveillait son neveu, suffisamment pour le guider jusqu'à la chambre d'amis. Regarder Michael vaciller vers la chambre, les mains de Dreo sur ses épaules, était vraiment adorable. J'essayai de me concentrer sur cette image pour calmer les battements de mon cœur.

Il revint quelques minutes plus tard, enroulant ses bras autour de moi, l'un drapé avec douceur autour de mon cou, et l'autre en travers de ma poitrine.

— Laisse-moi t'emmener au lit, dit-il après m'avoir serré bien fort dans ses bras.

La manière dont il s'écarta pour prendre ma main et me tirer doucement après lui était charmante. Il me laissa éteindre les lumières, et dit que pendant ce temps, il allait faire un tour de l'appartement, comme il le faisait chez lui, et me rejoindrait rapidement au lit.

J'étais couché sur le ventre lorsqu'il entra dans la chambre. Je l'entendis fermer la porte derrière lui, puis je sentis sa main sur mes fesses, tirant mon bas de pyjama et mon sous-vêtement en même temps.

— Dreo, murmurai-je, lorsque je sentis sa bouche sur ma fesse droite.

— Désolé, dit-il rapidement.

J'eus un moment de panique, pensant qu'il allait me laisser seul ici parce qu'il croyait que j'avais prononcé son nom comme une réprimande alors qu'il s'agissait en fait d'une invitation.

Je me relevai, tournai la tête, et trouvai mon amant en train de descendre son bas de pyjama jusqu'aux genoux et d'ouvrir la bouteille de lubrifiant, un préservatif entre ses dents.

— Tu ne peux pas t'endormir pour l'instant.

Je frissonnai, me rallongeant sur le ventre, ma main glissant sous ma hanche, mes doigts s'enroulant autour de mon sexe, alors qu'il s'installait sur moi.

— Dis-moi que tu en as envie, Nate, ordonna-t-il.

J'entendis le bruit de l'aluminium en train d'être déchiré.

— Oh, putain, oui !

Le son qui lui échappa, entre le grognement et le grondement, très sexuel et approbateur, me coupa le souffle.

Je relevai les fesses pour l'accueillir en moi le plus rapidement possible, puis je sentis son long membre épais et dur glisser entre mes fesses, les écartant, appuyant contre mon entrée.

Cela m'avait tellement manqué, d'être possédé, d'être désiré, et maintenant se rajoutait à cela l'envie de porter les marques physiques qui prouvaient que j'avais été pris. C'était un besoin primal dont je ne parlais à personne en dehors de ma chambre : mon besoin d'être dominé. J'avais supplié Duncan d'utiliser ses menottes sur moi, mais il ne m'avait jamais cru lorsque je lui avais dit vouloir abandonner tout contrôle, alors que j'en rêvais. Il ne m'avait jamais assez fait confiance pour me prendre au mot.

Je sentis la sensation de brûlure, de pénétration, puis son poids sur moi, me clouant au matelas alors qu'il poussait et s'enfonçait en moi. Mes larmes étaient involontaires, mon plaisir, immense, et je frémissais sous lui en criant.

— Je veux t'attacher, murmura Dreo, recouvrant ma bouche de sa main, étouffant mon hurlement de jouissance. Et je veux te bâillonner. Me laisseras-tu faire ?

Je hochai la tête, étant quasiment incapable de lui répondre, de respirer, continuant à me tortiller sous lui, le voulant profondément en moi, adorant le rythme qu'il adoptait, ses ondulations lentes et sensuelles alors qu'il léchait et mordait mon épaule.

— Tu veux tellement m'appartenir, gémit-il, attrapant fermement ma mâchoire, glissant son majeur entre mes lèvres.

Je suçai son doigt tandis qu'il me prenait, poussant brusquement et se retirant, encore et encore. L'homme était immense et je sentais chaque centimètre de son membre à l'intérieur de moi.

— Nate. Dis que tu en as envie… Dis que tu veux m'appartenir.

— Je t'appartiens. Oui… murmurai-je.

C'était complètement dingue. Je n'étais pas amoureux ; lui et moi nous étions à peine adresser la parole durant ces quatre dernières années. Je ne savais rien de ses motivations dans la vie, de ses pensées, mais ce que je savais de lui, de son cœur, me rendait fou de lui. Il avait toujours été là, si proche, et j'avais considéré cela comme normal sans me rendre compte qu'il m'était devenu complètement nécessaire.

— Relève-toi, ordonna-t-il tout en se retirant.

Je retins mon souffle face à cette sensation de vide physiquement douloureuse alors j'avais été si proche de l'orgasme.

Ses mains rugueuses se posèrent sur mes hanches et il me tira vers le bas du lit, tout en restant derrière moi. Mes pieds se retrouvèrent dans le vide alors que ma tête était poussée contre les couvertures, entre mes genoux pliés sous moi. J'avais l'impression d'être un accordéon, puis je sentis son sexe contre mon entrée, et il me pénétra, s'enfonçant jusqu'à la garde en une seule et puissante poussée.

— Dreo !

Il me mit une fessée, et je sentis la chaleur et les picotements sur ma fesse alors que son autre main empoignait mes cheveux, tirant ma tête en arrière pour pouvoir capturer ma bouche tout en me martelant.

— Je ne peux pas... Je... Dreo...

Je gémis son nom alors que mes testicules se contractaient, que mes muscles se refermaient autour de son membre, se resserrant sous la force de mon orgasme.

Il me martela à travers mon apogée tremblante et ses répliques successives. Je le sentis gonfler à l'intérieur de moi, mais il n'y eut pas de libération, de jets chauds et soyeux me remplissant, m'inondant ; je voulais ressentir cela, ça me manquait.

— Tu dois obtenir les résultats du test au plus vite, dis-je lorsque mes dents cessèrent de claquer.

— Pourquoi ?

Il me mordilla l'oreille, l'arrière de l'oreille et le côté de mon cou. Ses lèvres douces, son souffle chaud et sa voix rocailleuse me firent de nouveau frissonner.

— Parce que je veux la même chose que toi : que tu te déverses en moi, murmurai-je.

Il tressaillit derrière moi, et je sus que l'idée de se déverser en moi était bien plus qu'une simple envie. C'était un besoin lancinant, profond.

— Je les aurai la semaine prochaine. Je te les donnerai dès que possible.

Je souris et il s'effondra sur moi, les bras enroulés autour de mon torse, me serrant, me pressant, me tenant contre lui.

Il était encore enfoui profondément en moi, ce qui, combiné à sa peau en sueur collée contre la mienne, sa bouche ouverte sur mon épaule, et son cœur battant contre mon dos, me permit de m'abandonner à lui. Je me débarrassai enfin de mon armure et pris une grande inspiration.

— C'est ça, fais-moi confiance, gronda-t-il, enfouissant son nez dans mes cheveux.

J'avais oublié combien j'aimais être tenu ainsi, simplement.

— *Tesoro.*

Je fermai les yeux.

X

LE SOUPIR que Dreo laissa échapper en nous regardant tous les deux me fit sourire.

— Quoi ? lui demanda Michael en jouant avec son iPod.

— Vous êtes vraiment très élégants tous les deux.

Il haussa les épaules, faisant comme si ce compliment ne le touchait pas, même si la légère courbure de sa bouche disait tout autre chose.

La main de Dreo se glissa sur mon cou, et il traça la ligne de ma mâchoire fraîchement rasée du pouce.

— Surtout toi, *piccolo*.

M'étant levé de bonne heure, je m'étais attaqué à ma barbe, d'abord avec mon rasoir électrique, puis avec le rasoir que mon père m'avait donné des années plus tôt. J'avais pris mon temps, fait cela méticuleusement, et après avoir pris ma douche, j'étais sorti de la salle de bain juste au moment où Dreo se réveillait.

— Bon sang, qui êtes-vous ? avait-il demandé en me désignant d'un signe de tête.

J'avais souri, et son hoquet de surprise avait valu tous ces efforts.

— Des fossettes ? avait-il dit, la main sur le cœur. Je ne savais pas que tu étais si joli.

J'avais levé un sourcil, et il m'avait fait signe de le rejoindre au lit.

— Sors de ce lit, va chez toi, prends une douche et enfile ton costume.

— *Un bacio, per favore*, avait-il grondé.

Je m'étais approché de mon lit, dans lequel il était terriblement beau, et m'étais penché pour l'embrasser.

— Tu apprends l'italien, avait-il murmuré.

— Non, avais-je répondu d'une voix rauque. Je sais juste ce dont j'ai envie.

Ses mains s'étaient posées sur mon visage tandis qu'il avait ouvert ses lèvres pour moi. J'avais pris une seconde pour admirer ses longs cils épais qui ombraient sa joue, son long nez droit, et la courbe sexy de sa bouche, avant de prendre ce que j'étais venu chercher : je l'avais embrassé jusqu'à ce qu'il soit à bout de souffle.

168

— Seigneur, Nate, avait-il haleté en me fixant de ses yeux sombres lorsque je m'étais éloigné.

J'avais remué les sourcils.

— Sans la barbe, je ne fais plus si vieux, hein ?

— Tu n'as jamais fait vieux, m'avait-il dit, essayant de m'attraper mais échouant lorsque j'avais reculé hors de sa portée. Et j'aime ta barbe, je l'ai toujours aimée.

— Oui, mais sans elle, je ne fais plus vieux.

J'avais souri malicieusement, admirant la rougeur de sa peau, sa respiration inconstante et ses lèvres gonflées.

— Viens ici, avait-il raillé.

J'avais alors vu la manière dont le drap formait une bosse au niveau de son aine. J'avais secoué la tête.

— Lève-toi. Nous allons devoir nous arrêter en chemin pour prendre un café et un beignet ou quelque chose d'autre.

Alors que je m'étais dirigé vers mon placard, j'avais été surpris d'être attrapé par derrière, et poussé face contre le mur. J'avais compris que cela était bien plus complexe qu'il le paraissait. Cette chose entre nous était toute fraîche. Il me désirait, je le désirais, et nous étions tous les deux comme des détonateurs, nous déclenchant aux moments les plus inopportuns parce que nous avions faim l'un de l'autre. Mais ce n'était pas que ça ; il avait besoin de ce lien, comme s'il revêtait une armure, avant de faire face au monde extérieur. Les mains puissantes posées sur mes hanches traduisaient bien plus qu'une simple envie de me prendre.

— Dis-moi ce que tu veux, lui avais-je ordonné d'une voix rauque.

Il avait fait glisser son érection, dressée et dure, contre la raie de mes fesses et j'avais doucement gémi.

— Tu m'as utilisé un peu brutalement la nuit dernière, avais-je dit, me retournant dans ses bras pour lui faire face. Mais je peux te sucer.

Le voir se mettre instantanément à genoux avait été une surprise. Ses yeux, alors qu'il m'avait regardé tout en faisant descendre mon boxer pour libérer mon sexe dur, étaient tellement brillants que je ne pus retenir un gémissement. Cet homme était tout simplement la chose la plus sexy que j'avais jamais vue.

— Je vais jouir rien qu'en prenant ta queue dans ma bouche.

J'avais vu qu'il se caressait déjà alors qu'il entrouvrait ses lèvres pour les glisser autour de mon sexe humide.

169

Le gémissement qui m'avait échappé avait été involontaire alors qu'il prenait mon membre jusqu'au fond de sa gorge et m'avalait. Ma tête était retombée en arrière, tapant contre le mur, et son rire, plus que tout autre chose, m'avait fait frissonner.

Nous pouvions prendre du plaisir, nous pouvions rire et plaisanter, et le sexe n'était pas une affaire sérieuse à chaque fois. C'était un vrai cadeau. J'en tremblais de bonheur.

Il ne m'avait laissé aucune chance de faire durer le plaisir avec sa succion, son lèchement, sa langue talentueuse, le son qu'il avait laissé échapper lorsque je lui avais agrippé les cheveux, et son insistance à ce que je baise sa bouche.

— Je ne peux pas... nous devons attendre les résultats, et...

— Seulement moi, pas toi... Je suis sûr que tu as un papier qui pourrait me prouver que tu es sain dans la minute.

Il avait raison.

— Oui.

— Nate, avait-il gémi. S'il te plaît...

J'avais été trop près de la jouissance. La succion, la chaleur, le mouvement de va-et-vient... C'était beaucoup trop. Je l'avais averti, essayant de ressortir, mais sa main s'était agrippée à mes fesses et m'avait tenu en place. Je m'étais alors laissé aller.

Alors qu'il avait avalé ma semence, je l'avais regardé : les muscles de sa gorge, ses yeux qu'il avait fermés sous l'effet du plaisir, et la manière dont il s'était masturbé tout en jouissant. Alors qu'il avait été en train de me lécher pour me nettoyer, j'avais tiré sur ses cheveux pour qu'il se relève.

Ses yeux n'étaient plus que des fentes brûlantes lorsqu'il s'était penché au-dessus de moi et m'avait regardé.

— Embrasse-moi, avais-je ordonné en me mettant sur la pointe des pieds.

Il s'était penché mais ne m'avait pas donné ce que j'attendais.

— Je veux me goûter sur ta langue.

Ses lèvres s'étaient alors pressées contre les miennes dans un baiser fougueux, si bien que ma langue avait pu se glisser entre ses lèvres, s'enrouler autour de sa langue et la sucer. Mes bras autour de son cou l'avaient étreint fermement, et lorsque j'avais senti sa main à l'arrière de mon crâne, sur mon cuir chevelu, me tenant avec un mélange de tendresse et de passion, j'avais rendu les armes. Seigneur, peu importe ce qu'il aurait voulu, il lui aurait suffi de me le demander et je l'aurai fait. Mais il avait semblé ne vouloir que m'embrasser jusqu'à ce que mon esprit se vide, et me caresser les fesses, encore et encore.

Et maintenant, une heure plus tard, devant la porte d'entrée, il me regardait comme si je lui offrais le plus beau cadeau du monde en me tenant à son côté, prêt à l'accompagner aux funérailles.

— Tu es bizarre sans ta barbe, dit Michael. Ce n'est que mon avis.

Je levai les yeux au ciel et ouvris la porte afin nous sortions.

Dreo voulait conduire, donc nous prîmes sa Mercedes aux vitres teintées noires, et partîmes en direction du centre-ville. Il pleuvait et faisait sombre, et plus nous nous approchions de notre destination, plus l'atmosphère dans la voiture devenait lourde.

L'église était remplie d'énormes arrangements floraux élaborés. Dreo nous quitta pour aller s'installer à l'avant, auprès de Sal et de la famille Romelli, pendant que Michael et moi nous installions au fond de l'église. N'étant pas catholique, mais méthodiste, je laissai Michael m'expliquer le déroulement de la cérémonie et me dire ce que je devais faire. Il était impossible de ne pas être impressionné par la taille et la grandeur de la cathédrale, le faste de la procession, et l'allure distinguée du prêtre. La cérémonie était magnifique.

La messe fut belle, puis le père Ross invita quelques personnes à monter sur l'estrade pour parler de M. Romelli. Sa femme et ses filles firent un discours, suivies de quelques amis, de certaines personnes de la communauté et enfin, de son fils, Joseph. Michael s'appuya alors contre moi et je compris que tout cela lui était pesant. Il n'avait pas assisté à des funérailles depuis celles de sa mère, et il commençait à ressentir de la douleur. Je levai mon bras, le drapant sur le dossier du banc, et il appuya son genou contre le mien. C'était une bonne chose qu'il s'autorise à trouver du réconfort auprès de moi.

Le prêtre monta à nouveau sur l'estrade et discourut un moment du genre d'homme qu'était M. Romelli, de ses activités caritatives et de ses dons à l'église. La fin de la cérémonie fut agréable : il y eut des chants, puis le prêtre invita tout le monde à rester pour une collation offerte par la famille avant que tout le monde ne doive se rendre au cimetière. Un déjeuner était prévu après l'enterrement, à la maison des Romelli, pour les amis et la famille ; je me demandai si Dreo avait été invité.

Comme il devait emprunter l'une des limousines pour se rendre au cimetière, Dreo s'avança vers nous lorsque tout le monde s'éparpilla pour prendre une collation avant de se rendre à l'enterrement.

— Tiens, dit-il en me passant ses clés avant de poser une main sur ma nuque et de draper son autre bras autour des épaules de Michael. Vous tenez le coup, tous les deux ?

— Nous allons bien, dit Michael en lui souriant, s'appuyant contre lui. Est-ce que tu vas bien ?

— Ça ira, répondit-il en hochant la tête, le sourire aux lèvres. Venez avec moi.

Il nous fit signe d'avancer et avant même que je comprenne où nous allions, il commença à nous guider vers Tony Strada, qui se tenait debout auprès du prêtre.

— Dreo ! Viens ici !

Nous dûmes faire un détour parce que Joseph Romelli, le fils de Vincent Romelli, l'appelait. Dreo nous avait expliqué que Joseph pensait qu'il allait reprendre les affaires de son père maintenant que celui-ci était décédé. Mais en réalité, c'était Tony Strada, le bras droit respecté de Vincent Romelli, qui allait hériter de ce pouvoir.

— Joey, le salua Dreo en souriant, même s'il y avait une nuance tranchante dans sa voix. Voici le Docteur Nathan Qells et mon neveu, Michael.

— Je t'ai dit que je ne voulais pas te voir ici, lança-t-il d'une voix rageuse à Dreo. Comment oses-tu montrer ton…

— J'ai tous les droits d'être ici, rétorqua Dreo. Ne fais pas de scène.

L'homme me dévisagea, puis regarda Dreo prendre ma main dans la sienne et tirer Michael près de lui. Ses yeux se plissèrent sous la colère.

— Je refuse de te regarder te pavaner devant moi. Ça ne te suffit pas de l'avoir dit à mon père ? dit-il d'une voix glaciale et dure. Ça ne t'a pas suffi de lui montrer combien tu étais malade, dépravé et…

— Je suis simplement venu pour honorer la mémoire de ton père, l'interrompit sèchement Dreo. Et pour présenter mes condoléances à ta mère et tes sœurs.

— Si tu avais vraiment respecté mon père, tu ne lui aurais jamais dit que tu étais une sale folle ! répliqua Joseph entre ses dents.

Sal apparut soudain à ma droite, immobile mais proche, son épaule effleurant la mienne. Joseph le regarda, clairement abasourdi par cet acte manifeste de solidarité.

— Ça ne te dérange pas ? demanda Joseph. Tu te fous totalement de ce qu'il est ?

Sal fit non de la tête.

— C'est un péché, siffla Joseph.

— Ça ne l'est pas, répondit Dreo à Joseph, attirant l'attention de l'autre homme loin de Sal. Tu es trop ignorant pour le comprendre.

— Cet homme… commença Joseph en me désignant d'un signe de la tête. Qui est-il pour toi ?

— *Lui è il mio fidanzato*, répondit-il doucement.

Son murmure était rauque.

Joseph pâlit, tout comme l'un des hommes qui l'accompagnaient. Ce dernier avait l'air stupéfait, au point d'en oublier de respirer.

Je n'eus pas le temps de me demander ce que *fidanzato* signifiait comme Sal se penchait vers moi en me disant « petit ami » à l'oreille. Je ne pus m'empêcher de serrer encore plus fort la main de Dreo tout en observant son profil.

J'avais passé deux ans avec Duncan Stiel et je n'avais été qu'un gars avec lequel il traînait aux yeux des autres. Après un jour avec Dreo Fiore, j'étais présenté comme celui avec lequel il couchait, passait du temps et voulait à son côté. C'était bouleversant.

Et il y aurait eu des conséquences si Duncan avait révélé son homosexualité, mais celles-ci n'incluaient pas la mort. Je n'étais pas stupide ; je savais ce que les hommes pensaient de l'homosexualité dans le monde de Dreo. Le fait qu'il tienne malgré tout à dire la vérité à propos de moi, de ce que je représentais pour lui, alors qu'il risquait d'être confronté à des sanctions réelles, était hallucinant. Son honnêteté me sidéra.

— Je… balbutia Joseph, son regard allant tour à tour de mon amant à moi, se faisant glacial lorsqu'il se fixa sur le visage de Dreo. Je ne peux pas supporter de te regarder ! Il aurait mieux valu que tu meure plutôt que d'apporter une telle honte sur moi, sur ma famille ou sur la tienne.

Dreo prit une profonde inspiration.

— Ton propre père a accepté de nous laisser partir. Tony en a également décidé ainsi. Je voulais juste être direct avec toi et te présenter les personnes les plus importantes de ma vie.

— Ce n'est pas Tony qui décide, Fiore, c'est moi !

— Baisse d'un ton, intervint quelqu'un dans un murmure féroce.

Nous nous retournâmes tous alors que Tony Strada s'approchait de notre cercle, deux hommes se tenant derrière lui, tous les deux grands, énormes et silencieux.

— Que se passe-t-il ?

Joseph se tourna vers lui.

173

— Tu n'as aucun droit de laisser Fiore ou Polo quitter le...

— J'ai tous les droits ! interrompit-il Joseph, tendant la main et la posant sur l'épaule du jeune homme. Écoute-moi bien : tu travailles pour moi, pas l'inverse.

— Tu as complètement perdu l'esprit !

— Baisse... d'un putain de ton, ordonna Tony d'une voix glaciale, serrant très fort l'épaule de Joseph.

C'était tendu et j'étais surpris que les gars que je pensais être les gardes du corps de Joseph ne fassent rien.

— Je le sais, mes hommes le savent, et même tes hommes le savent. Je suis aux commandes. Enfonce-toi bien ça dans le crâne, et si ça ne rentre pas, pose la question à ta mère.

— Laisse ma...

— Nous avons discuté... l'interrompit-il doucement, s'approchant plus près de lui, sa voix se faisant plus basse. Elle et moi. Elle a compris le message que les Frazzi lui ont fait passer. Tout le monde sait ce qui se passe, excepté toi, *figliolo*.

— Je ne suis pas ton fils ! gronda-t-il à Tony. Je...

Tony saisit fermement la nuque du jeune homme.

— Soit tu travailles pour moi, soit tu peux partir. Mais c'est moi qui ai fait la paix avec Frazzi ; je suis celui qui a négocié la nouvelle entente entre les familles. Ne me cherche pas, et ne cherche pas Frazzi, termina-t-il, faisant un signe de tête aux deux hommes qui se tenaient derrière Joseph. Emmenez-le à sa mère et revenez me voir. J'ai une mission à vous confier.

— Oui, M. Strada, dit le premier homme, et le second hocha la tête.

Joseph était humilié et furieux, et ma seule pensée positive était de me dire que toute son attention était passée de Dreo à Tony.

Comme Joseph s'éloignait, Tony s'approcha de nous, tendant la main pour la poser sur la joue de Michael.

— Tu ressembles à ta mère, *ragazzo*, dit-il en souriant.

— Merci, monsieur, soupira Michael.

Tony se tourna alors vers moi.

— Laissez repousser la barbe, Professeur, ce n'est pas vous.

Je souris parce qu'il était soit perspicace, soit autoritaire, et je n'étais pas sûr de savoir lequel de ces traits lui convenait le mieux. Je ne savais même pas pourquoi je m'étais rasé ce matin.

Puis, il se tourna vers Dreo.

— Tu peux rester parmi nous, tu sais. Ça... commença-t-il en nous désignant. Ça ne me dérange pas le moins du monde.

— Mais cette vie ne correspond plus à ce que Sal ou moi voulons, expliqua Dreo, d'une voix assurée, parlant à la fois pour lui-même et pour son ami. J'ai commencé parce que je devais prendre soin de Michael, alors Sal m'a présenté à M. Romelli. Mais après son décès... Soyons honnêtes, personne ne veut d'un garde du corps qui laisse mourir un homme.

Tony attrapa le visage de Dreo.

— Tu m'as sauvé, tu as sauvé Sal, et tu as aussi sauvé cette petite merde qui vient de s'éloigner de nous. Si tu n'avais pas été là, Dreo, nous serions tous morts.

Michael retint son souffle.

— Tu as été incroyable, Andreo Fiore.

Dreo hocha la tête et éloigna les mains de l'autre homme de son visage.

— Je voulais simplement tous vous sortir de là. Et maintenant, je veux simplement quitter tout cela.

Tony acquiesça et tapota gentiment le visage de Dreo, un large sourire aux lèvres.

— Les gens ne vont pas comprendre.

— *Non me ne frega un cazzo*, lui répondit Dreo.

L'autre homme se mit à rire.

— Oh, je sais que tu t'en fous pas mal ! Pas besoin de me le dire.

Dreo haussa les épaules et sourit.

— Eh bien, j'ai fait ma part du boulot en avertissant tout le monde que Sal et toi alliez nous quitter. Vous ne devriez pas rencontrer de problème, mais si c'est le cas, venez me voir.

— *Grazie molto*, répondit Sal.

— *Prego*, soupira Tony. Et si l'un d'entre vous change d'avis et veut revenir, ma porte sera toujours ouverte.

Dreo prit la main de Tony et la porta à ses lèvres, l'embrassant.

— *Mille grazie*, murmura-t-il.

Tony sourit et tapota la joue de Dreo avant de se retourner, ses deux gardes du corps derrière lui, et il s'éloigna.

— Putain, gronda Sal. Est-ce censé être aussi facile ?

Le sourire de Dreo était large alors qu'il passait un bras autour de moi et l'autre autour de Michael.

175

— Je me suis dit la même chose, admit-il. Je m'en veux d'être si heureux lors de funérailles.

Sal secoua la tête, et alors qu'il allait se retourner, Joseph apparut devant nous.

— Écoute-moi bien, aboya-t-il à Dreo, le doigt pointé sur lui. Une fois que tout le monde saura que tu es une putain de tafiole, *finocchio*, tu auras de la chance si...

— *Taci* !

Nous nous retournâmes tous vers Sal, qui venait de crier.

— *Ma sta zitto che è meglio* ! poursuivit Sal, se positionnant rapidement derrière Michael pour lui recouvrir les oreilles. Ne lui adresse plus jamais la parole, sale connard !

— Tu...

— Dégage ! gronda-t-il à Joseph. Si tu ne veux pas que ta mère apprenne que tu baises des putes tout en continuant à baiser ta femme, ferme-la et tire-toi. Laisse-nous aller au cimetière pour honorer la mémoire de ton père, aller chez ta mère pour lui présenter nos condoléances, puis nous partirons et tu ne nous reverras jamais.

— Je...

— Quoi que tu penses de lui, ou de moi, nous avons protégé ton père jusqu'à ce que cela devienne impossible. Et la seule raison pour laquelle tu n'es pas mort, c'est parce que quand les tirs ont commencé et que tu es resté figé comme un gamin, Dreo a sorti ton cul du club et n'a jamais révélé à personne que tu t'y trouvais.

Joseph regarda les deux hommes tour à tour, alors que Sal retirait ses mains des oreilles de Michael, lui permettant d'entendre à nouveau.

— Maintenant... continua Sal, prenant une profonde inspiration. Tony est en train de prévenir tout le monde que nous ne faisons plus partie de ce business. Fais la même chose. Lundi, tu feras ton boulot et nous ferons le nôtre. *Sì* ?

Après une minute, Joseph hocha la tête.

— *Buono* ?

— *Sì, buono*.

Il se retourna alors et s'éloigna, puis il ne resta plus que nous quatre, et Sal commença à sourire.

— Bon Dieu, je veux rentrer à la maison, dit Dreo avant de soupirer profondément.

176

— Moi aussi, convint Sal en souriant. Et commencer à vivre loin de toutes ces conneries.

— Amen ! déclara Dreo, avant de porter ma main à ses lèvres et d'embrasser mes doigts. Qui aurait cru que dire la vérité me permettrait de me sentir libre ?

— Et non pas tous les deux morts, ricana Sal, puis il me donna une claque sur le bras. Il est gay, je suis l'ami d'un gay, d'un *finocchio*.

Il plissa les yeux en regardant Dreo.

— D'ailleurs, qui utilise encore ce mot ?

Dreo haussa les épaules.

— Joey, apparemment, répondit-il.

Sal ricana.

— Quel con ! Qui se préoccupe de que fait un homme dans son lit ? La seule chose qui importe, c'est ce qu'il fait en dehors, pour les gens qu'il aime.

— *Sì*, acquiesça-t-il en hochant la tête.

— *Lascialo perdere.*

— Pas question. Je me fous de savoir ce qu'il pense de moi. Tout comme toi, j'appréciais beaucoup M. Romelli, mais son fils est un connard. S'il ne fait pas attention et continue à parler en mal de Tony, qu'il ne l'écoute pas...

— *Sì*, acquiesça Sal à la prophétie non dite.

— Nous pourrions encore avoir quelques problèmes.

— C'est une certitude. Nous allons juste devoir les surmonter.

— Dreo ? dis-je, une question silencieuse dans la voix.

Son sourire était chaleureux.

— Être gay dans notre business est très mal vu.

— Tu pourrais être blessé, dis-je.

— Oui, mais ça aide que tu sois venu me trouver ce jour-là pour me prévenir concernant le type sur ton escalier de secours. Ça aide aussi que Tony te connaisse, que sa nièce te connaisse, et qu'elle soit lesbienne. Tout cela est positif. Mais il y aura toujours des personnes qui n'accepteront pas mon homosexualité. Mon père. Il ne comprendra pas.

Mon cœur eut mal pour lui.

Il se pencha, appuyant doucement son front contre le mien.

— Michael et moi devrons passer les vacances avec toi, Nate. Nous n'avons nulle part ailleurs où aller.

Je me penchai également vers lui, passant mes bras autour de son cou, le serrant contre moi.

— Où que j'aille, vous êtes les bienvenus. Je veux que vous soyez toujours à mes côtés.

Son visage était enfoui dans mon cou, et ses bras autour de moi me tenaient solidement contre lui. Cet homme devenait de plus en plus important pour moi, avec chaque minute que je passais auprès de lui.

— Mon père est différent, entendis-je Sal dire alors que je tenais encore mon amant dans mes bras. Salvatore Polo Sénior dit qu'une fois que l'on rentre dans la famille, on n'en ressort jamais.

— Ce qui veut dire ? demanda Michael.

Dreo et moi nous séparâmes.

— Vous êtes tous les bienvenus dans notre maison, répondit-il. Mes parents n'ont rien à faire de toutes ces histoires, et quand je leur ai dit que je quittais ce milieu parce que tu le faisais…

Il s'interrompit et se mit à rire.

— … ma mère a dit que tu avais toujours été son favori.

— Quelle menteuse ! dit Dreo en riant doucement.

Il prit ma main, incapable, semblait-il, d'arrêter de me toucher.

— Tu as réussi à faire en sorte que son fils quitte un travail qu'elle haïssait, lui dit Sal. Tu es vénéré chez moi, Dreo Fiore.

Dreo fut heureux de l'entendre, si son sourire était une indication.

NORMALEMENT, LE trajet du centre-ville de Chicago à Hillside prenait moins d'une demi-heure, en fonction de la circulation, mais le cortège de voitures était si long qu'il dura près d'une heure. Le cimetière de Queen of Heaven était immense, il possédait même un mausolée, et c'était une journée très appropriée pour un enterrement avec le froid et l'humidité, le vent cinglant et le ciel gris. J'avais assisté à d'autres funérailles italiennes dans ma vie, et normalement, ils laissaient le cercueil ouvert pour que les personnes puissent voir le défunt et l'embrasser sur le front. Mais Sal m'avait dit qu'il ne restait plus grand-chose de Vincent Romelli à enterrer, encore moins à voir.

Michael et moi nous garâmes et sortîmes de la voiture. Alors que nous marchions, j'entendis qu'on appelait mon nom. Je vis Alla Strada avec sa partenaire, Jennifer Saint James, et me dirigeai vers elles. Jen me fit un

178

gros câlin et m'embrassa, puis elle me demanda immédiatement si j'avais vu Alla fumer récemment.

— Oui, Madame, répondis-je.

Alla me frappa au bras, puis Jen frappa à son tour Alla et lui fit promettre d'arrêter... encore.

Elle leva les yeux au ciel, mais acquiesça.

— C'est une balance, dit Michael aux deux femmes. Mais vous deviez déjà le savoir, dit-il plus particulièrement à Alla. C'est un père, après tout.

Elle haussa les épaules comme si elle avait oublié ce détail, passa un bras autour des épaules de Michael, et marcha avec lui tandis que Jen et moi suivions, bras dessus, bras dessous.

La cérémonie au cimetière dura plus longtemps que la messe à l'église. Michael et moi nous tenions debout, et après un moment, il vint se tenir auprès de moi au lieu de rester entre Alla et Jen. Lorsque sa tête tomba sur mon épaule, je compris que bien qu'il essaie de rester fort, cette cérémonie le tuait lentement. Je passai un bras autour de lui et le serrai contre moi.

Dreo était dans la première rangée qui se tenait debout, derrière la famille qui était assise, et lorsque nous nous étions approchés, j'avais vu que Mme Romelli tenait sa main et la serrait fermement. Peu importe ce que Joseph ressentait, il était évident que Dreo et Sal avaient été très proches de M. et Mme Romelli.

Des personnes firent à nouveau des discours, un quatuor à cordes joua, et le prêtre donna la bénédiction finale avant de conclure. Tout le monde suivit ensuite Mme Romelli, ses filles et son fils, pour déposer des roses sur le cercueil. Je n'avais jamais vu autant de couronnes de fleurs, chacune plus magnifique que la précédente. Tout le monde défila devant les Romelli, et comme je ne pensais pas que ce soit une bonne idée que Michael et moi le fassions, je restai à ma place sans bouger.

— Que faites-vous ? me demanda Alla lorsqu'elle vit que nous ne les suivions pas, elle et Jen.

— Je ne veux pas causer de...

— Oh, pour l'amour du ciel, Nate ! dit-elle vivement, attrapant mon bras et me poussant en avant.

Les filles furent toutes charmantes et me serrèrent la main ainsi que celle de Michael, mais lorsque nous nous tînmes devant Joseph, il refusa nos poignées de main.

— Joe ? dit Mme Romelli en le regardant, ses yeux rougis, gonflés et plein de larmes.

— Je t'ai dit que Dreo s'en allait, ainsi que Sal, et cet homme en est la raison… Je t'ai dit pourquoi.

Les yeux de Mme Romelli se posèrent sur moi, puis sur Michael, et elle me prit dans ses bras, me tenant serré contre elle.

— Je suis tellement heureuse de vous revoir, Nate. S'il vous plaît, prenez soin de Dreo. Aimez-le passionnément. Il a sauvé mon fils, il a failli mourir en essayant de sauver mon mari… C'est un homme bon, le meilleur… *per piacere.*

— Oui, Madame, dis-je en l'étreignant, dessinant des cercles sur son dos. Je vais prendre bien soin de lui.

Elle recula, hocha la tête et soudain, Michael était là, la serrant, lui disant combien il était désolé. Il lui dit qu'il savait ce qu'elle ressentait, comme il avait lui aussi connu la douleur de perdre un être cher. Michael lui dit que ce serait difficile, mais que chaque jour, elle irait un peu mieux. Il le lui promit.

Mme Romelli l'attrapa à son tour et éclata en sanglots, ses filles regardant Michael comme s'il était la plus belle personne sur la planète. Deux d'entre elles prirent mes mains et les serrèrent, tandis que la troisième me disait combien elles aimaient Dreo. Elles me demandèrent de continuer à leur donner des nouvelles, tout comme Dreo et Michael. Elles espéraient nous voir chez leur mère une fois la cérémonie terminée.

Mes yeux se posèrent sur Joseph, et je pus voir sa fureur ainsi que sa résignation. Devant la marée d'acceptation et d'amour que nous dispensaient les femmes de sa famille, il était noyé. Je regardai alors Dreo, et je vis son sourire doux et ses beaux yeux bruns presque noirs. La manière dont il me regardait, fièrement, avec possessivité… je sentis ma poitrine se serrer. Nous avions vraiment besoin de parler.

LE TRAJET jusqu'à leur maison à La Grange prit une éternité, mais nous étions obligés de nous y rendre. Nous étions attendus et notre absence aurait été remarquée. Alla et Jen décidèrent d'effectuer le trajet avec Michael et moi plutôt que de retourner dans la voiture des parents d'Alla, et leur compagnie était agréable. Je rappelai à Alla que mon brunch avec Sanderson avait lieu le lendemain et elle me demanda si j'avais déjà commencé à faire pénitence.

— Cet homme est un porc, me dit-elle.

— Est-ce que c'est l'homme qui t'a draguée lors de cette fameuse soirée à la faculté ? demanda Jen.

Alla hocha vivement la tête.

— Oui, même après que je lui ai dit que j'étais non seulement en couple, mais aussi lesbienne.

Jen se mit à rire.

— Waouh ! C'est le seul mot qui me vient à l'esprit.

— Tu aurais dû voir la crise qu'il a piquée parce qu'il n'appréciait pas que Nate soit en charge de la fête médiévale cette année.

— Mais maintenant, c'est lui qui s'en occupe, intervins-je.

— Ce n'est pas ce que j'ai entendu dire.

— Puis-je me permettre de dire que vous et vos collègues n'êtes qu'une bande de geeks ? ricana Jen.

— Cette fête nous permet de nous habiller comme des personnages de fiction, répliquai-je. C'est génial !

— Je te rassure, ce n'est pas vrai, intervint Alla en riant. Cette fête est déjà assez terrible comme ça, pas la peine d'en rajouter.

— Mais mes invités et moi serons costumés lors de mon bal privé, et vous êtes toutes les deux invitées.

Elles me regardèrent, effrayées à l'idée que je ne plaisante pas. Je hochai la tête pour leur faire comprendre que c'était vrai.

Tout en conduisant, je jetais des coups d'œil dans le rétroviseur pour voir comment allait Michael. Il avait insisté pour qu'Alla s'installe sur le siège passager, et s'était donc assis à l'arrière de la voiture.

— Je vais bien, me dit-il lorsqu'il remarqua mon regard. Je suis juste fatigué. Je ne sais pas pourquoi.

— C'est parce qu'assister à des funérailles est éreintant, lui dit Jen en tapotant son genou. J'ai aussi besoin d'une sieste.

La maison des Romelli était un manoir, devant lequel se trouvait un parterre circulaire qui ne pouvait pas accueillir toutes les voitures. Nous dûmes nous garer à un pâté de maison de là. Je fus surpris de voir les mêmes camionnettes de chaines d'information, la même horde de journalistes, et les mêmes voitures de police qui nous avaient suivi tout au long de la journée. Il aurait été appréciable qu'ils laissent un semblant de vie privée à la famille de M. Romelli, mais cela n'allait apparemment pas arriver.

Une fois que nous entrions sur la propriété des Romelli, aucun reporter ou agent de police ne pouvait passer. L'atmosphère était de plus en plus calme au fur et à mesure que nous marchions le long des pavés, en direction de la porte d'entrée. Il y avait deux servantes qui étaient là pour prendre nos manteaux, puis nous entrions dans un immense hall qui s'ouvrait sur une énorme salle où un buffet était dressé.

— Oh, merde ! s'exclama Michael.

— Quoi ?

— Ce sont mes grands-parents.

Je regardai l'endroit qu'il m'indiquait du doigt et là, avec Dreo, se tenaient un homme plus âgé qui ressemblait comme deux gouttes d'eau à Michael et lui, ainsi qu'une femme superbe qui me rappelait beaucoup Sophia Loren. Ses cheveux lui tombaient jusqu'aux épaules, épais et châtains avec quelques mèches blondes, et elle avait les mêmes yeux foncés que son fils. Dreo avait hérité ses larges épaules et sa taille de son père, qui ne faisait que quelques centimètres de moins que lui. C'était un homme élégant, et cela me donna une idée de ce à quoi ressemblerait Dreo lorsqu'il atteindrait la soixantaine. Instantanément, j'allai me terrer dans un coin de la salle.

— Que fais-tu ? demanda Michael, en me suivant.

— Va voir tes grands-parents.

— Viens avec moi.

Je secouai la tête.

— Pas ici. Ce n'est pas une bonne idée.

— Pourquoi pas ?

— Ce ne serait pas juste pour eux. Nous savons déjà qu'ils vont me détester, Dreo l'a dit. Je ne veux pas provoquer de scène.

— Ils ne vont pas faire de scène. Allez, viens !

— Vas-y. Je ne bouge pas d'ici.

— Nate…

— Va, lui ordonnai-je.

Il me laissa et je restai là, à côté de l'une des grandes fenêtres qui donnaient sur la cour. Lorsque Michael s'approcha d'eux, Mme Fiore prit son petit-fils dans ses bras et le serra contre elle. Je les regardai discuter, ainsi que Dreo et son père. Ils se tenaient côte à côte, se parlant, mais sans se regarder, alors que Mme Fiore discutait avec Michael en le regardant droit dans les yeux, ses deux mains posées sur les épaules du jeune homme. Quoi qu'elle lui dise, cela semblait important.

Mon téléphone sonna alors que je les regardais, et je répondis sans vérifier de qui il s'agissait.

182

— Allô ?

— Salut, papa.

— Salut, Jare.

Je souris, sentant que l'étau qui s'était refermé sur mon cœur se relâchait. Mon enfant, ma vie, tout redevint normal.

— Tu as une seconde ?

— J'ai toujours du temps pour toi.

— D'accord, fut tout ce qu'il dit.

J'attendis une minute. Puis une autre.

— Jare ?

Il se racla la gorge.

— Promets-moi de ne pas te mettre en colère.

Je grognai.

— Ce n'est pas juste de me demander ça. Il se peut que je me mette en colère, tout dépend de ce que tu vas me dire. Il se pourrait même que ça me rende fou. Je ne peux rien te promettre, alors contente-toi de parler.

— Bon sang.

— Jare ?

Il prit une profonde inspiration.

— Gillian et moi allons nous marier.

J'étais troublé.

— Pourquoi devrais-je être en colère ?

— Tu es sérieux ?

Est-ce qu'il plaisantait ?

— Oui, pourquoi ?

— Maman était en colère.

— Tu l'as appelée en premier ?

— Donc, maintenant, tu es en colère ?

— Je ne suis pas en colère, lui assurai-je.

— Oh, je t'en prie, ne sois pas vexé que je l'ai appelée en premier.

— Très bien.

Il se mit à rire.

— Bon Dieu, si tu savais comme je t'aime, papa.

Ce n'était pas comme si ces mots étaient une révélation. Je n'avais jamais douté qu'il m'aimait. J'étais son père, après tout.

— Pourquoi tu dis ça ?

— C'est simplement que… tu dis toujours ce que tu ressens, alors je n'ai pas besoin de chercher ce que tu sous-entends.

— Je déteste les sous-entendus.

— Moi aussi, et comme tu m'as élevé de cette manière, je crois toujours que quand on me parle, on me dit franchement les choses.

— Erreur.

— Oui, ce n'est pas du tout le cas. Jusqu'à présent, la race humaine n'a été qu'une énorme déception à ce niveau. Personne ne dit jamais ce qu'il ressent vraiment, il faut toujours creuser.

— Pas avec ta mère, dis-je dans un rire.

— Non, elle était énervée.

Tout à coup, je compris pourquoi sa mère était en colère.

— Tu te maries pour une certaine raison, n'est-ce pas ? Gillian est enceinte ?

Silence.

— Jare ?

— Oui, dit-il doucement.

Je ne pouvais plus respirer.

— Je vais être grand-père ?

— Oui.

Je pouvais deviner qu'il grimaçait à l'autre bout du fil.

— Vraiment ? Tu ne te fous pas de moi ?

— Non, répondit-il en rigolant.

— Oh. Oh, putain. Oh… Où allez-vous… Quel est ton…

— Nous… euh… balbutia-t-il avant de s'éclaircir la voix. Nous envisageons de revenir à Chicago, si c'est…

— Ce serait fantastique ! Vous pourriez vivre avec moi !

Jared laissa échapper un profond soupir.

— Nous ne voulons pas faire ça. Je t'aime, tu le sais, mais…

— Je suis pratiquement sûr qu'il y a trois appartements inoccupés dans mon immeuble, dis-je rapidement. Je suis certain d'en avoir vu deux, et il y en a même un à mon étage, mais c'est peut-être trop près, alors nous pourrions parler à…

— Au même étage que toi, ce serait parfait, dit-il, la voix pleine d'émotion.

— C'est vrai ?

— Oui, ce serait… J'adorerais habiter tout près de chez toi. Quant à Gillian, elle est tombée follement amoureuse de toi au premier regard, alors je suis certain qu'elle serait ravie d'être ta voisine.

— Tu es sûr, Jare ? Tu veux revenir à la maison ?

— Oui, j'en ai vraiment envie.

J'étais déjà impatient d'y être. Mon fils allait revenir à Chicago, près de moi, et je pourrai le voir quand j'en aurais envie, quand il en aurait envie, et quand il aurait besoin de moi.

— Moi aussi. Seigneur, ce serait génial de t'avoir à la maison, de voir grandir votre bébé pour qu'il ou...

— Elle.

— Elle ? répétai-je d'une voix tremblante. Une petite fille ?

— Oui.

Je sentis les larmes me monter aux yeux tandis que je hochai la tête.

— Tu pleures, hein ?

— Pas encore, réussis-je à dire.

— Seigneur, papa, tu es sérieux ? Tu veux qu'on emménage tout près de chez toi ? À seulement quelques pas ? Tu viens tout juste de te débarrasser de moi !

— Oui, répondis-je avec un sourire si large que je devais sûrement rayonner.

— Oh, mon Dieu, ce serait tellement parfait. Ce serait... génial.

— Très bien, dis-je, tremblant. Je m'en occupe dès lundi matin et je t'appellerai plus tard dans la journée pour te faire un rapport.

Je pouvais l'entendre respirer, mais il ne disait rien.

— Jare ? Tout va bien ?

— Seigneur, tu es tellement... commença-t-il avant de prendre une profonde inspiration. Je peux toujours compter sur toi.

— C'est le rôle d'un père, mon ange. Tu devrais le savoir.

— Tous les pères ne sont pas comme toi.

— Je sais que ta fille pourra compter sur toi. Tu feras un père merveilleux.

— Parce que j'ai un père dont... dont...

— Nate ?

— Gillian ? dis-je, à la fois surpris que mon enfant soit parti, mais heureux de l'entendre. Qu'est-il arrivé à Jare ?

— Il va bien. Il est juste un peu... Nous avons passé une drôle de journée, mais... dit-elle, avant de prendre une inspiration tremblante. Il a juste besoin d'une minute.

— Très bien, dis-je avec le sourire. Comment vas-tu, ma chérie ? Comment te sens-tu ?

— Qu'est-ce que... commença-t-elle à dire en reniflant.

185

C'est alors que je réalisai qu'elle était inquiète.

— Qu'avez-vous dit à Jare ? Il n'arrête pas de sourire et de pleurer et…

— Oh, je lui ai dit qu'il y avait quelques appartements de libres dans mon immeuble. L'un d'eux se trouve au même étage que le mien, et l'autre, deux étages plus bas. Mais je me suis dit que vous seriez peut-être mal à l'aise si vous viviez au même étage que moi, alors…

— Non, j'adorerais habiter près de chez vous.

Incroyable. Ils m'aimaient tous les deux. J'avais dû faire quelque chose de bien, c'était sûr.

— Bien, dis-je en m'éclaircissant la voix. Je lui disais que j'allai appeler mon agent immobilier dès lundi matin afin qu'elle se renseigne sur les propriétaires de ces appartements, et ensuite nous pourrons monter un dossier pour l'acquisition du…

— Oh, mon Dieu ! m'interrompit-elle en poussant un cri. Vous êtes le seul qui… Mes parents m'ont simplement reniée et la mère de Jare était si…

Elle s'interrompit pour reprendre son souffle. Elle pouvait à peine respirer.

— Nate… Vous êtes… Oh, mon Dieu !

— Gillian, essayai-je de l'apaiser. Ma chérie, tes parents vont finir par se faire une raison. Et je connais Mélissa. Elle n'a réagi comme ça que sous l'effet de la surprise. Elle changera d'avis, vous verrez.

— Mais vous… Vous avez été merveilleux dès que Jare vous l'a annoncé, et les premiers mots qui sont sortis de votre bouche étaient tout simplement… parfaits. Vous nous avez immédiatement soutenus, vous nous avez proposé votre aide…

Elle dut s'arrêter un instant pour pleurer, le temps de reprendre le contrôle de ses émotions.

— Vous savez, ce bébé, notre bébé… c'est après lui que tout le monde est en colère, mais vous… Vous êtes sincèrement heureux de devenir grand-père, n'est-ce pas ? Vous êtes totalement ravi ?

— Je suis aux anges, répondis-je honnêtement. Je voudrais crier tellement je suis heureux, mais ce serait de très mauvais goût parce que je suis à un enterrement en ce moment même. Quand pensez-vous revenir à Chicago ?

— Combien de temps vous faut-il pour faire les arrangements ?

186

— Ma chérie, si vous êtes tous les deux pressés de rentrer, vous pouvez venir dès aujourd'hui. Mon appartement est grand. Tu le sais très bien, tu es déjà venue.

— Oui, c'est vrai. Les vacances que j'ai passées avec Jare et vous font partie de mes meilleurs souvenirs.

— Là, tu vois ? Nous pouvons stocker vos affaires dans un garde-meuble pendant deux semaines et aller les rechercher une fois que vous aurez votre appartement. N'attendez plus, revenez à la maison. Tout ira bien. Nous vous trouverons un appartement bien avant Noël.

— Oh, mon Dieu ! cria-t-elle.

J'entendis des bruits, puis mon fils était de retour à l'autre du fil.

— Papa, dit-il, la voix grave et rocailleuse.

— Jare, répondis-je, prenant le même ton grave.

Il rit de bon cœur, bruyamment, et comme j'adorais l'entendre rire, je ne pouvais m'arrêter de sourire.

— Sérieusement, quand pouvons-nous venir ?

— Maintenant, aujourd'hui, avant Thanksgiving. J'étais malade à l'idée de ne pas fêter Thanksgiving avec vous. J'aimerais vraiment que vous soyez là. Je préparerai une énorme dinde.

— Je ne sais pas si nous pouvons nous organiser si vite, mais nous allons faire de notre mieux. Je ne voulais pas fêter Thanksgiving sans toi non plus. Cette journée n'a rien de spécial si je ne la passe pas avec toi.

Mon enfant essayait de me tuer.

— Je ressens exactement la même chose.

Il essayait de contrôler ses émotions.

— Je vais discuter avec mon agent immobilier, comme promis, entamer les démarches pour vous dénicher un bel appartement, et trouver le meilleur obstétricien de la ville pour Gillian. Je lui prendrai un rendez-vous pour votre arrivée ici, si elle est d'accord.

Il y eut de nouveau un son étouffé ; il avait posé sa main sur son téléphone portable.

— Elle est d'accord, dit-il après une seconde. Ça l'apaiserait.

— Bien, c'est parfait.

Il resta silencieux.

— Jare ?

— Je… J'ai ma propre famille, désormais. La manière dont chaque personne a réagi à notre annonce… ils ne peuvent pas revenir en arrière. Je

187

me souviendrai de leurs réactions pour le restant de mes jours. Je peux leur pardonner, mais je n'oublierai jamais. Non, jamais.

— Ta mère n'aime pas trop le changement, lui rappelai-je. Tu le sais très bien. Accorde-lui une seconde chance, mon ange.

— Je ne sais pas si je... Il s'agit de mon bébé.

— S'il te plaît, le suppliai-je. Une autre chance pour maman.

Il prit une autre inspiration.

— Je t'aime.

— Je t'aime aussi, lui dis-je. Appelle-moi.

— Oh, ne t'inquiète pas, je le ferai très bientôt.

— D'accord.

— Très bien.

Il laissa échapper un soupir et raccrocha.

— Qui aimes-tu ?

Je relevai les yeux et Dreo se tenait devant moi, l'air incertain, les sourcils froncés, les yeux brumeux.

— Mon fils.

Son visage s'éclaira et il hocha la tête.

J'attrapai son bras et le tirai à l'arrière, derrière la foule de gens qui parlaient, à côté des rideaux, avant de poser une main sur son visage.

— Mon fils et la femme qu'il aime, la future mère de son enfant, vont avoir besoin d'emménager chez moi pendant un certain temps, mais je ne veux pas que tu penses que je veux que ceci, notre relation, s'arrête à cause de...

— Pourquoi emménagent-ils chez toi ?

— Parce qu'ils ont besoin d'une nouvelle maison jusqu'à ce que je leur en trouve une.

— Pourquoi n'emménageraient-ils pas simplement chez moi ?

Je n'étais pas sûr de bien avoir compris.

— Pardon ?

— Chez moi, répéta-t-il. C'est juste en face de chez toi. Michael et moi pourrions venir vivre chez toi, et ton fils et sa femme pourraient emménager chez moi. Mon appartement est joli. Peut-être pas aussi élégant que le tien, mais je leur ferai un bon prix.

Cela ne pouvait pas être aussi simple. Seigneur, je n'étais pas prêt à emménager avec... Une relation n'était-elle pas censée commencer doucement ? Nous n'en étions qu'au tout début. Aucune personne sensée n'emménagerait avec quelqu'un aussi rapidement. Rien n'était jamais aussi simple, il fallait d'abord surmonter de nombreux obstacles.

— Alors ?

— Dreo, on ne peut pas simplement…

— Je pense qu'on peut.

— Je pense que nous devons en parler plus longuement.

Je pus lire l'inquiétude sur son visage.

— Tu ne veux pas vivre avec moi ?

— Si, je le veux, enfin, je pense le vouloir, je suis juste… Nous allons trop vite, non ?

— Quatre ans, c'est trop vite ?

— Dreo, ça ne fait pas quatre ans que nous entretenons une relation.

— Vraiment ?

Il semblait sincèrement désemparé.

Y avait-il une chance que cette histoire, à laquelle j'avais accordé si peu d'importance par le passé, ait été bien plus qu'une relation de voisinage aux yeux de Dreo ? Avions-nous bâti quelque chose, sans même que je ne m'en rende compte ? Notre attirance mutuelle s'était-elle renforcée chaque jour depuis notre première rencontre ?

Je réfléchis à l'homme qu'il avait été, à mon ancienne vision de Dreo Fiore. Qui avait-il été pour moi ? Quand je ne l'avais observé qu'à une certaine distance, et que j'avais dû expliquer qui il était, qu'avais-je dit de lui ? Qu'avais-je pensé de lui ?

Avait-il été un ami ? Plus qu'un ami ? Qu'avait-il été pour moi ?

Il passa ses doigts dans ses cheveux épais.

— Tu sais quoi ? Laisse tomber, c'était idiot de ma part de faire une telle proposition. Tu as raison… Oublie tout ce que je viens de dire. Michael et moi, nous attendrons que tu sois prêt, peu importe combien de temps ça prendra. Prends ton temps, ne te sens pas obligé de…

— Non, le coupai-je.

Dreo se tenait devant moi, prêt à tout recommencer : nouvelle vie, nouveau travail, nouveaux projets, et une nouvelle relation avec moi. Si je n'étais pas prêt à m'impliquer… Mais pourquoi ne le serais-je pas ? En temps normal, je me pliais aux volontés de mes partenaires, et pourtant ce n'étaient que des hommes avec lesquels je pouvais à peine imaginer l'avenir. Mais Dreo… À cet instant, il était tout ce que je pouvais voir, tout ce que je désirais. Quel genre d'idiot serais-je pour refuser sa proposition ?

— Nate ?

J'attrapai sa main et la serrai fort.

— Emménage avec moi. Je veux que tu le fasses.

Il secoua la tête.

— Non, j'ai voulu aller trop vite, et…

— S'il te plaît.

— Je ne veux pas te forcer.

Je relevai un sourcil.

— Tu crois vraiment que tu pourrais me faire faire quelque chose dont je n'ai pas envie ? Moi ?

Il chercha la vérité dans mon regard.

— Dreo ?

— Peut-être pas, non, dit-il avec un rire bref.

— C'est simplement que je n'avais pas encore réfléchi aussi loin. Pardonne-moi.

Son visage retrouva toute sa gaieté, et je souris.

— Si ça ne fonctionne pas…

— Impossible ! me coupa-t-il.

Il se pencha, m'épinglant au mur derrière moi, ses mains sur mes hanches, sa bouche près de mon oreille.

— Ça va fonctionner, je le sais, chuchota-t-il. Quand veux-tu que nous emménagions chez toi ?

— La semaine prochaine ?

— Mais d'ici là, nous allons continuer à rester chez toi ? demanda-t-il, se penchant en arrière, ses yeux ancrés sur les miens.

Le regard qu'il m'adressait était plein d'espoir, et j'étais ébahi. D'où provenait tout ce désir ? C'était comme s'il avait éprouvé ces sentiments et réfléchi à ces projets depuis longtemps, et qu'il était désormais prêt à les décharger sur moi, m'en recouvrant, à condition que je le laisse faire.

— J'aimerais bien, oui.

— Tu en es sûr ?

Je hochai la tête.

— Tout cela est nouveau pour moi, dit-il. Je veux juste que tu me laisses une chance.

— Avec plaisir.

Il prit une profonde inspiration.

— Ça ne sera facile. Mes parents viennent juste de me dire qu'ils ne voulaient pas me voir pour Thanksgiving, mais que Michael serait le bienvenu, alors il leur a répondu que…

— Essaie de ne pas t'en faire pour ça, lui conseillai-je.

Je l'avais interrompu dans son élan parce que je n'avais pas besoin d'entendre tout le poison qu'ils avaient déversé alors que je ne m'étais jamais senti aussi bien.

— Toi et Sal allez monter votre propre affaire, tu vas emménager avec moi, et Michael soutient toutes tes décisions. Tes parents peuvent penser ce qu'ils veulent parce que, pour la faire courte, je vais prendre soin de vous deux. J'ai une famille formidable que j'aimerais partager avec vous, si vous m'en laissez l'opportunité.

Il enroula ses bras autour de moi et me tint contre lui, la bouche contre mon cou, m'embrassant avant de sucer ma peau.

— J'ai failli devenir fou en t'entendant dire à quelqu'un que tu l'aimais.

— Pourquoi ?

— Tu sais pourquoi.

Je soupirai profondément.

— C'est très agréable de te l'entendre dire, dis-je.

— Mon plan est que tu finisses par voir qui je suis réellement.

— Je le vois déjà.

Il me serra une dernière fois avant de s'écarter.

— Tu viens de me rendre très heureux.

— C'est aussi vrai pour moi, lui assurai-je.

— Nous devrions partir. J'ai du mal à ne pas te toucher.

— C'est si difficile que ça ? demandai-je avec un grand sourire.

Il grogna et prit ma main dans la sienne. J'appréciai le moment où il la serra un peu plus fort avant de la relâcher pour traverser la salle et aller récupérer Michael. Il en avait terminé ici, je pouvais le voir à sa foulée, à la façon dont il bougeait, à la manière dont il aboya le prénom de son neveu qui se redressa immédiatement, hocha la tête et après avoir dit au revoir à ses grands-parents, commença à traverser la salle pour me rejoindre. Nous étions tous prêts à rentrer à la maison. Lorsque Michael se posta devant moi, il avait le sourire aux lèvres.

— Que t'a dit Dreo ?

— Il a dit : « bouge tes fesses et va retrouver Nate, nous rentrons à la maison ».

Je posai ma main sur sa joue.

— Ce que tu as dit à Mme Romelli était très gentil.

Il haussa les épaules, puis s'avança pour se tenir à côté de moi.

— Ce n'était pas grand-chose, dit-il.

Je hochai la tête.

— Ton oncle m'a dit qu'il n'était plus le bienvenu chez tes grands-parents pour Thanksgiving, mais que toi, tu l'étais toujours.

Il pouffa à cette idée.

— Comme si j'allais me rendre dans une maison où vous n'êtes pas les bienvenus. Jamais de la vie.

— J'espère qu'ils changeront d'avis.

— Je m'en moque. Je ne veux pas aller là-bas de toute façon.

— Ils sont toujours tes grands-parents.

— S'ils finissent par changer d'avis, ils pourront venir nous rendre visite à toi, Dreo et moi.

— Que veux-tu dire par là ?

— Nous allons vivre ensemble, non ?

— Quoi ?

— Tu le désires, je le sais. Je ne suis pas aveugle. Je vois comment tu le regardes, et comment lui te regarde.

— Et comment est-ce que je le regarde ?

— Tu as ce regard abruti sur le visage, et tu es tout souriant et niais, et lui semble incapable de regarder autre chose que tes fesses.

— Michael !

Il ricana.

— Ce matin, il m'a dit qu'il allait te demander d'emménager avec nous, mais je lui ai dit qu'il valait mieux te demander si nous pouvions emménager avec toi, parce que ton appartement est plus grand et plus beau.

— Il te l'a dit ce matin ?

— Oui. Il t'aime beaucoup.

— Moi aussi, je l'aime beaucoup. Si tu rencontres des problèmes au lycée, tu m'en parles immédiatement, d'accord ? Je refuse que quelqu'un s'en prenne à toi.

— Danielle est déjà au courant. Enfin, elle ne sait pas pour Dreo et toi, mais elle sait que tu aimes les hommes, et mes meilleurs amis le savent aussi. Et mon amie, Tatum, elle est lesbienne, et mon pote, Garret, il est gay... Personne ne les persécute ; on n'a pas vraiment ce genre de problèmes dans mon lycée. Dreo paie une petite fortune pour me scolariser dans cet établissement, tu sais ?

— Je veux juste m'assurer que tu ailles bien.

— Ton fils avait bien pris la nouvelle quand tu lui avais expliqué que tu étais homosexuel ?

— Oui. Mais il avait un bon groupe d'amis.

— Tout comme moi, me rassura-t-il, avec un grand sourire.

— Tu devrais leur dire que tu les apprécies.

Il se moqua de moi.

— Oui, c'est ça.

Les garçons…

XI

IL ÉTAIT quinze heures passées lorsque nous arrivâmes à la maison, et cette journée sombre, froide et grise devint encore plus sombre et plus noire, puis le ciel finit par s'ouvrir et déverser des torrents de pluie. J'envoyai Dreo et Michael à leur appartement pour qu'ils se changent. Alors que je préparais des sandwiches pour eux, la porte d'entrée de mon appartement s'ouvrit brusquement et Mélissa entra au pas de charge.

— Je vais te tuer ! rugit-elle.

— Mais je suis en train de préparer des sandwiches, soupirai-je, en faisant la moue.

Elle grogna et traversa la pièce d'un pas lourd, posant brutalement son sac à main sur mon plan de travail, retirant son manteau et le jetant sur mon canapé.

J'essayai de ne pas ricaner trop fort.

— Il est trop jeune !

— Et tu voudrais qu'ils fassent quoi ?

— Nate !

Je haussai les épaules.

— Ma chérie, tout ce que je dis c'est qu'on ne peut rien y faire. J'aurais également préféré qu'ils attendent. Il a vingt-sept ans, mais il ne se conduit pas comme nous nous conduisions à son âge. En même temps, je pense que nous étions tous les deux plus matures à dix-sept et dix-huit ans qu'il ne l'est maintenant... Mais que peux-tu y faire ?

Les bras croisés, la mine renfrognée, elle se tenait debout à l'entrée de la cuisine lorsque la porte de mon appartement s'ouvrit à nouveau et que Ben, Dreo et Michael entrèrent.

— C'est juste que... dit-elle avant de reprendre son souffle. Tu as toujours le bon rôle parce que tu réfléchis avant de parler, et je déteste vraiment ça !

Je lui souris.

— Ma chérie...

194

— Non ! dit-elle sèchement alors que je m'approchais. Lorsque nous étions mariés, je pouvais compter sur toi pour m'empêcher de dire des bêtises !

Doucement, lentement, je posai une main dans ses cheveux blonds et repoussai les mèches de son visage.

— Et maintenant, il me déteste !

— Il ne te déteste pas, lui assurai-je, glissant mon bras autour de ses épaules. Il t'aime. Il est simplement blessé que tu n'aies pas réagi de manière plus joyeuse.

Elle se tourna vers moi.

— J'étais heureuse. C'est juste que je le trouve trop jeune !

— Et il l'est.

Je lui adressai un sourire encore plus grand, et je la pris dans mes bras alors que les vannes s'ouvraient et qu'elle commençait à sangloter.

Elle tremblait entre mes bras, pleurant sur moi (cette femme ne pleurait pas avec l'élégance d'une héroïne de film), lorsque son mari et les deux hommes qui logeaient chez moi nous rejoignirent.

— Ben ! dis-je gaiement par-dessus les pleurs de sa femme. Tu as rencontré Dreo et Michael ?

Il hocha la tête.

— En effet, juste avant d'entrer ici.

Dreo semblait inquiet et Michael, troublé.

— Peut-être que nous devrions l'appeler ? proposai-je à mon ex-femme désemparée.

Son hochement de tête frénétique me fit sourire.

Elle finit par attraper le hoquet, et une fois calmée, elle fut enchantée de rencontrer Dreo et Michael. Même si on aurait dit que quelqu'un venait de la frapper au visage – elle n'était vraiment pas à son avantage – les deux hommes tombèrent sous son charme. Je mis Jared sur haut-parleur lorsque je le rappelai.

— Papa ?

— Dis à ta mère que tu l'aimes parce qu'elle s'en veut déjà.

Il commença à rire.

— Bon sang, maman, tu as fait vite.

Elle prit une inspiration haletante.

— Je pense juste que tu es trop jeune. Je n'ai jamais dit que je ne voulais pas d'un petit-enfant !

— Oh, pour l'amour du ciel, maman, ne pleure pas. Je sais que tu nous aimes, moi, Gill et le bébé. Et il est fort possible que j'aie besoin de ton aide pour acheter l'appartement que papa va nous trouver, alors arrête ça tout de suite.

Il semblait que tous deux, mère et fils, avaient eu une prise de conscience. Elle avait compris que la situation était ce qu'elle était, et lui avait compris que sa mère avait seulement été surprise par la nouvelle et n'avait en aucun cas voulu porter de jugement.

— Tu m'aimes toujours ? murmura Mélissa.

— Papa ! m'appela Jared au secours, voulant que je la fasse arrêter.

C'était notre manière de faire. Elle s'effondrait et il comptait sur moi pour la remettre sur pieds.

J'étais en train de rire, elle était en train de pleurer, et il était en train de jurer parce que, pour l'amour du ciel, il n'avait jamais dit qu'il n'aimait pas sa mère, puis Gillian prit le téléphone et Mélissa commença à parler.

— Je suis tellement désolée, dit-elle à la femme qui portait l'enfant de son fils.

— Oh, Mel, ce n'est pas grave.

— Quand allez-vous vous marier ?

— Oh ! fit Gillian dans un hoquet.

— Oh, bon sang, qu'a-t-elle dit cette fois-ci ? demanda Jared, après avoir récupéré le téléphone.

Je lui demandai à quelle date il prévoyait de faire de sa petite amie une honnête femme.

— Papa !

Je remarquai alors que Dreo souriait.

— Quoi ? demandai-je à mon amant.

— Tu as une belle famille, Nate. Vraiment charmante.

Je haussai les épaules.

— Ils sont tous fous. Attends de voir ma mère.

Mel regarda Dreo et hocha la tête de manière entendue.

— Oh, je n'étais pas du tout désolée de voir cette relation prendre fin. Bonne chance avec elle.

— Maman, serais-tu en train de parler de Nana ? ricana Jared à l'autre bout du fil.

— Quoi ? Non !

— Papa !

Ensuite, Ben parla à Jared. Il lui dit que nous serions tous là pour eux, prêts, disposés, et capables de leur donner un coup de main. Jared en était reconnaissant, il nous dit qu'il nous aimait tous, qu'ils seraient là dans une semaine, et raccrocha. Mélissa m'attrapa de nouveau et je la serrai très fort contre moi.

— Tu vois, ce que nous avons fait là… commençai-je à dire en écartant les mèches de cheveux de son visage, essuyant ses larmes. Ça nous a permis de nous démarquer des parents de Gillian pour toujours. Ils emménagent ici, pas au Connecticut.

Ses yeux s'écarquillèrent.

— Oh, mon Dieu, tu as raison.

Je hochai la tête, souriant d'un air suffisant.

— Nous allons voir grandir notre petit-enfant, dis-je.

Son sourire éclaira son visage.

— Tope là ! m'exclamai-je en souriant.

Elle leva la main pour frapper dans la mienne. Elle avait retrouvé le sourire, et elle m'écouta lorsque je lui ordonnai de se rendre dans la salle de bain pour se laver le visage.

— Je déteste le fait qu'elle n'écoute que toi, grogna Ben, lorgnant mon sandwich.

— Tu en veux un ?

Il me sourit.

— Puisque tu le proposes si gentiment, oui, s'il te plaît.

Nous étions tous en train de manger lorsqu'elle revint, et elle s'assit près de moi, attrapant l'autre moitié de mon sandwich dans mon assiette, sans ma permission.

— Qui êtes-vous ? demanda-t-elle à Dreo.

— Andreo Fiore, et voici mon neveu, Michael. On peut se tutoyer.

Elle sourit, bien qu'elle ait la bouche remplie de mon sandwich.

— Tu habites de l'autre côté du couloir ?

— *Sì*, et votre fils va emménager dans mon appartement.

— Et où vas-tu vivre, alors, Andreo ?

— Dreo.

Elle hocha la tête, soulevant un sourcil interrogateur.

— Dreo.

— Ici, répondit-il. Michael s'installera dans la chambre d'amis ; je dormirai avec ton ex.

Ses lèvres s'incurvèrent alors qu'elle se tournait vers moi, puis elle me mit un coup de coude.

— Tu m'as caché des choses.

— Non, c'est tout frais.

Elle agita ses sourcils.

— Moi aimer cela.

Je gémis, et elle rit, et Ben soupira profondément. Nous nous tournâmes tous vers lui.

— Quoi ? demanda-t-elle à son mari, le son étant étouffé parce qu'elle parlait la bouche pleine.

— Tu es épuisante.

— Et alors ?

Je pris seulement conscience à ce moment qu'elle avait mangé la moitié de mon sandwich et que je mourrais de faim.

Il était clair que Dreo et Michael étaient tous les deux séduits par la personnalité de Mélissa Ortiz. Je pouvais le comprendre : c'était une femme facile à aimer.

— Pourquoi t'es-tu rasé ?

Je me retournai pour la regarder alors qu'elle se redressait, prenait mon verre de bière et en buvait une longue gorgée.

— Je ne sais pas.

Elle plissa les yeux.

— Je sais ce que tu t'es dit : il est si jeune et moi si vieux, mais si je me rase la barbe et que j'ai l'air plus jeune, les gens ne se diront pas que je les prends au berceau.

— Il n'est pas vieux, lui dit Dreo.

— Oh, chéri, tu prêches une convertie, dit-elle en haussant les épaules avant de me regarder à nouveau. C'est agréable de revoir tes jolies fossettes, mais même si tu laisses repousser ta barbe, les gens penseront que toi et ce joli jeune homme êtes faits pour être ensemble.

Quelqu'un se racla la gorge.

Nous nous tournâmes tous vers Dreo.

— Je ne suis pas joli, remarqua-t-il.

Un de ses sourcils parfaitement dorés se releva.

— Il serait grand temps que tu te regardes dans un miroir, Monsieur Fiore.

— Les gens me trouvent plutôt effrayant, vous savez.

— Qui ça ? Mon mari est plus effrayant que toi.

— Qu'est-ce que tu entends par là ? lui demanda Ben.

Elle se contenta de hausser les épaules.

Ben et Michael s'installèrent sur mon canapé pour regarder le résumé de tous les matchs de football universitaire qu'ils avaient manqué durant la journée grâce à l'émission *SportsCenter* sur ESPN. Ils étaient captivés par les résultats et le récapitulatif des meilleures actions. Plus tard, le pauvre Dreo subit un interrogatoire de la femme qu'il avait trouvé si charmante. Il répondit question après question alors qu'ils étaient assis ensemble à la table de la cuisine, en train de boire du thé oolong qu'ils semblaient tous les deux apprécier. On sonna à l'interphone quelques heures plus tard, et lorsque je demandai qui c'était, un grondement familier me répondit.

— Je dois te parler, dit Duncan.

— Je descends tout de suite, répondis-je vivement.

Je raccrochai avant qu'il puisse demander à monter.

J'y allai en jean, sweat à capuche et chaussettes, tenue que j'avais enfilé lorsque j'étais rentré. Ouvrant la porte de sécurité, je le trouvai à l'abri de la pluie, dans le petit hall d'accueil où se trouvaient les boîtes aux lettres.

— Entre.

Je souris, lui tenant la porte le temps qu'il entre à l'intérieur. Lorsque je me retournai, je fus surpris de constater qu'il était très près de moi, et je reculai d'un pas.

— Tu travailles pendant le week-end.

Il me regarda de la tête aux pieds mais ne dit rien.

— En quoi puis-je t'aider, inspecteur ?

— Pouvons-nous monter ? demanda-t-il, faisant un pas vers moi alors même que j'en faisais un autre en arrière.

— Non. J'ai de la compagnie. Tu as des infos à propos de quelque chose, non ?

Il hocha la tête, me contournant pour prendre place sur le canapé qui se trouvait dans le hall.

— Assieds-toi.

Je le rejoignis, m'asseyant sur la chaise en face de lui, non pas à côté de lui, et j'attendis.

— Qu'est-ce qui te prend, Nate ?

Je clignai des yeux.

— Quoi ?

— Tu ne peux même pas supporter de t'asseoir près de moi ?

— Duncan, pourquoi es-tu ici ?

Il prit une profonde inspiration.

— Je ne t'avais jamais vu sans la barbe. Ça te va bien.

— Merci, dis-je, me forçant à sourire. Vous avez de nouvelles informations sur mon tueur à gages ?

— Non. Les spécialistes du crime organisé ne pensent pas que cet homme était là pour Fiore. Ça ne fait aucun sens.

— Mais ce serait insensé qu'il en ait eu après moi !

— Peut-être qu'il n'était là pour aucun de vous deux.

Mais qui d'autre était... Michael. Mes yeux rencontrèrent les siens.

— Vous pensez qu'il était là pour blesser le neveu de Dreo ?

— Nous explorons toutes les possibilités, mais le fait est que ce jeune homme a passé beaucoup de temps avec toi et...

— Comment sais-tu ça ?

— Nous avons interrogé les habitants de l'immeuble.

Je hochai la tête.

— Donc, si quelqu'un voulait blesser Fiore, il pourrait chercher à s'en prendre à son neveu ou...

Je savais ce qu'il cherchait à savoir.

— Bien sûr, acquiesçai-je, au lieu de lui en dire plus que ce qu'il avait besoin de savoir. Donc, Michael est-il en sécurité ou...

— Il est en sécurité, du moment qu'ils n'envoient pas un autre tueur à gages.

— Pourquoi feraient-ils ça ? Dreo ne fait désormais plus partie de ce business, donc je ne vois pas pourquoi ils en engageraient un autre.

— Comment sais-tu ça ?

Je pris une profonde inspiration.

— Parce que lui et son neveu vont emménager chez moi, donc je dois savoir ce qui se passe dans sa vie.

— Pardon, qu'est-ce que tu viens de dire ?

Je me levai, enfouissant mes mains dans la grande poche à l'avant de mon sweat.

— Duncan, je ne veux pas en faire tout un plat. Nous n'avons pas besoin de ça, et nous avons dépassé le stade où une telle nouvelle devrait peiner l'autre depuis longtemps. Tu as ta vie, j'ai la mienne, c'est terminé entre nous.

Il me regarda et après une minute, je me dirigeai vers l'ascenseur.

— Nate !

200

Je m'arrêtai et me retournai, attendant qu'il arrive près de moi.

— Comment peux-tu être prêt à mettre un terme à cette relation ?

— Parce que c'est terminé depuis plus d'un an et demi entre nous, soupirai-je. Que s'est-il passé ?

— Que veux-tu dire ?

— Il s'est passé quelque chose qui t'a fait penser à notre relation passée, c'est la raison pour laquelle tu t'inquiètes d'un seul coup.

— Oh, pour l'amour du ciel, Nate ! Je me suis toujours soucié de toi, dit-il avant de sourire tristement, ses yeux brillants. Je ne voulais pas que les choses changent.

— Duncan, tu n'es pas ouvertement gay. Moi, si. J'ai besoin d'un partenaire dans tous les sens du terme. Tu ne peux pas être cet homme, et j'en suis vraiment désolé, mais lorsque nous avons rompu, j'ai réfléchi à pas mal de choses et j'ai compris ce que je recherchais.

Il fronça les sourcils.

— Tu aurais pu faire en sorte que ça fonctionne.

C'était tellement vrai que, pendant un moment, je restais bouche-bée. Bon Dieu, qui aurait pu croire que Mélissa Ortiz était l'Oracle de Delphes ? N'avait-elle pas prononcé ces mêmes mots ? Elle avait dit que si je mettais mon âme et mon cœur dans quelque chose, je pouvais réussir tout ce que j'entreprenais. Mais il aurait fallu que je m'en donne les moyens, et au lieu de le faire, j'avais renoncé à Duncan Stiel.

— Nate ?

Je relevai brusquement la tête et le regardai.

— Tu ne voulais pas mettre tout en œuvre pour que notre relation fonctionne.

C'était vrai. J'avais été si captivé par Duncan, si transi, si épris, que j'avais laissé ma vie de côté pendant deux ans. Je m'étais laissé porter par la relation et lorsque j'en avais eu assez, fatigué qu'il ne s'agisse que d'une relation facile, confortable, pratique et non pas d'amour, j'y avais mis un terme. C'était la raison pour laquelle cet homme se tenait devant moi, dans le hall de mon immeuble, à me regarder comme s'il y avait encore des chances que notre relation fonctionne. Je lui avais laissé croire qu'il était mon monde, qu'il était tout, et un beau jour, j'avais tout simplement cessé de l'aimer et étais parti. C'était quelque chose que je faisais, que j'avais toujours fait – jouer de mon charme, me présenter comme le partenaire, l'amant et l'ami idéal, me rendre indispensable, irremplaçable, puis dès que je m'ennuyais, me fatiguais ou me lassais, m'en aller au lieu de me battre. C'était parfaitement injuste, et les seules personnes avec qui je ne le faisais pas étaient ma famille. Même mes amis se plaignaient, car soit j'étais avec eux tout le temps, soit je ne donnais aucune nouvelle. La seule raison pour laquelle ma relation avec Ben se passait si bien était parce qu'il était en couple avec Mélissa, et qu'elle était, même si c'était mon ex-femme, toujours ma famille.

— Nate ?

— Seigneur, Duncan, je suis désolé, lui dis-je, posant ma main sur son biceps. Je suis vraiment désolé. Je ne sais pas pourquoi je... Et quand nous étions ensemble, je... J'ai compris que les choses n'allaient pas changer, et je n'ai rien trouvé de mieux à faire que de te donner un ultimatum dont je connaissais déjà l'issue. Quand tu m'as dit que nous en avions terminé, je t'ai simplement laissé partir.

Son regard était fixé sur moi, et je pus y lire toute la douleur que cette relation lui avait causé. Je me sentis encore plus mal.

— C'était ma décision, ma rupture, et je t'ai fait porter le chapeau, dis-je alors qu'il posait ses mains sur mon visage, inclinant ma tête vers le haut tandis qu'il s'approchait de moi. Seigneur, je suis vraiment désolé. Je t'ai laissé croire que ce que nous avions, ce que nous faisions, était assez, puis un jour, j'ai tiré le tapis de sous tes pieds en te disant que ça ne l'était pas. Pardonne-moi, s'il te plaît.

Il prit une vive inspiration et se pencha vers moi ; je me libérai et fis un pas en arrière.

— Nate ?

Je secouai la tête.

— Le fait est que nous sommes à deux stades différents de nos vies. Pour ma part, je suis enfin prêt à faire le grand saut, à ne plus fuir, à ne plus essayer de changer pour devenir quelqu'un que je ne suis pas.

Je n'avais plus besoin de faire des tours de magie, du trapèze aérien, ou des numéros d'acrobatie sans filet de sécurité pour chercher à impressionner et à garder Dreo Fiore. Je pouvais le faire sans me donner en spectacle, en lui donnant seulement ma personne et mon cœur.

— Tu as besoin de trouver un homme qui accepte de vivre avec ce que tu peux lui donner, et ce n'est pas moi.

— Je veux te reconquérir, dit-il doucement en tendant la main.

Je reculai de nouveau, trop loin pour qu'il puisse me toucher.

— Tu ne peux pas m'offrir ce dont j'ai besoin, Duncan. Le temps où nous aurions pu faire en sorte que ça fonctionne est passé. Tu le sais.

Les muscles de sa mâchoire se crispèrent.

— Avant, tu menais une sorte de vie de couple lorsque tu étais avec moi. Aujourd'hui, tu couches avec des inconnus dans des saunas. Je comprends parfaitement que tu regrettes ce que nous avions. Tu en as assez de coucher avec des hommes sans nom et sans visage. Je le comprends, mais ne confonds pas cette période de vie que nous avons partagé avec la romance hollywoodienne que tu pourrais vivre.

Il laissa échapper un petit soupir et soudain, il était souriant.

— Pars, commence une nouvelle vie, loin de Chicago. Rien ne te retient ici. Va et trouve un endroit où tu pourras être flic et rentrer tous les soirs retrouver l'homme de tes rêves. Cet homme, ce n'est pas moi, et tu le sais aussi bien que moi. Le problème, c'est que j'ai été ta relation la plus sérieuse, alors tu as du mal à me laisser partir.

Il poussa un long soupir, puis il me regarda avec ses magnifiques yeux noirs comme du charbon.

— Si je t'avais aimé plus que moi-même, j'aurais été incapable de te laisser partir. Si tu m'avais aimé plus que toi-même, tu ne serais jamais parti, clarifiai-je pour lui.

Ses yeux se rivèrent aux miens pendant un long moment, puis il se détourna. Il sortit de l'immeuble sans se retourner. Avant, lorsqu'il était parti, je m'étais toujours dit que nos chemins se croiseraient à nouveau. Cette fois, la séparation semblait définitive. Nous étions deux personnes très différentes, et notre rupture m'avait fait mal au cœur, m'avait rendu triste, mais nous n'attendions pas la même chose d'une relation et c'est pourquoi aucun de nous n'avait pu céder. Je n'avais pas pu m'épanouir dans son monde ; il n'avait pas pu être lui-même dans le mien.

Lorsque je retournai à mon appartement, je me faufilai par la porte d'entrée et réalisai que personne n'avait remarqué mon absence. Je me rendis dans ma chambre, m'assis sur mon lit et regardai la pluie tomber dehors.

— Hé.

Je tournai la tête vers la porte, et Dreo se tenait là, appuyé contre le chambranle.

— Tu as parlé longtemps avec cet inspecteur.

— Comment le sais-tu ?

Il se redressa et s'avança vers moi.

— Je suis allé voir où tu étais et je vous ai vus en train de discuter. Mélissa m'a expliqué de qui il s'agissait lorsque je suis revenu. Elle a reconnu son SUV sur le parking.

— Oh.

— Alors, de quoi avez-vous discuté ?

— Rien, répondis-je en secouant la tête. Que des banalités.

Il hocha la tête et s'assit près de moi.

— Alors pourquoi est-il venu jusqu'ici ?

— Pour parler du tueur à gages de mon escalier de secours.

— Des nouvelles ?

— Rien. Ils pensent juste qu'il n'était pas là pour toi.

— Ça n'a aucun sens.

Je haussai les épaules.

— Alors pour qui ?

— Peut-être Michael.

— Michael ? répéta-t-il.

— Oui. Ils pensent que le tueur était peut-être là pour s'en prendre à une personne proche de toi.

— En guise d'avertissement ?

— Peut-être.

— Un avertissement pour quoi ?

— Je ne pense pas qu'ils le sachent, ou Duncan me l'aurait dit.

— Donc il est possible que tu aies vraiment été sa cible.

— Mais personne ne savait que tu me trouvais joli, le taquinai-je.

Son regard était brûlant.

— N'importe quelle personne me connaissant bien peut le deviner.

— Ah oui ?

Ses yeux cherchèrent les miens.

— Oui.

— Ça me plaît, murmurai-je.

Il haussa rapidement ses larges épaules.

— Sauf que, de toute évidence, quelqu'un y portait plus d'attention que je le pensais et je ne veux pas que tu sois blessé.

— Comme je l'ai dit à Duncan, il n'y a plus aucune raison de s'en faire à ce sujet.

— À moins que l'objectif de ces personnes soit seulement de me faire du mal en s'en prenant à toi ou Michael.

— Qui voudrait faire ça ? Qu'est-ce que ça leur apporterait ?

— Plus rien, désormais.

— Alors nous n'avons plus rien à craindre.

Puis soudain, une pensée me vint.

— Je me demande si quelqu'un s'en est pris à l'entourage de Sal ?

— Je ne sais pas. En tout cas, il ne m'en a rien dit. Et lorsque j'avais raconté à Sal et Tony ce que tu m'avais dit ce jour-là, au bar, aucun d'entre eux n'avait vu traîner quelqu'un dans les parages.

Je réfléchis à cela pendant un moment.

— C'est étrange, non ? Pourquoi toi et pas Tony ? Pourquoi toi et pas Sal ?

— Et pourquoi le faire après le meurtre de M. Romelli ? Cela aurait été plus logique de nous menacer avant qu'il meure, aussi bien nous que lui.

— Rien de tout cela n'a de sens.

Il sourit.

— À quoi penses-tu ?

— Peut-être qu'une personne ne voulait blesser que toi ?

— Comme qui ?

Je me retournai pour le regarder.

— Je ne sais pas. Peut-être le fils de M. Romelli ?

— Joey ?

— Pourquoi pas ? Il te déteste, il est en colère parce que tu as dit à son père que tu étais gay... Cela serait possible que ce soit lui.

— Nate...

— Il s'est comporté de manière horrible aujourd'hui. Les choses qu'il t'a dites étaient obscènes.

— Oui, mais tu ne trouves pas qu'il y a un énorme fossé entre haïr le fait que je sois gay et envoyer quelqu'un pour te tuer ou tuer Michael ?

— Mettre un contrat sur ta tête, tu veux dire ?

— Oh, regardez-moi ça ! On dirait un vrai petit voyou.

Je lui donnai un coup d'épaule.

— Je suis inquiet. Ça n'a aucun sens, et je déteste que les choses n'aient aucun sens.

Il hocha la tête.

— Alors, c'était ton ex, hein ?

— Oui.

— Et il ne voulait te parler que du tueur à gages ?

Je me retournai pour le regarder.

— Pas seulement, non.

205

— De quoi d'autre, alors ?

— Je te promets que ça n'a aucune importance.

Ses yeux cherchèrent les miens.

— Dis-moi à quoi tu penses, lui demandai-je.

— D'accord, que se passe-t-il avec lui ?

— Il ne se passe rien du tout, répondis-je, souriant à l'homme que je comptais garder à mes côtés. Tout ce que je fais, je le fais avec vous, Monsieur Fiore, et je continuerai à le faire si vous m'en laissez la chance.

Il prit ma main dans la sienne, et comme je regardais nos doigts entrelacés, je remarquai pour la énième fois combien ses mains étaient puissantes. Les veines couraient le long de ses doigts, rejoignaient ses poignets et s'insinuaient dans ses avant-bras – cet homme était fort, cela se voyait à travers chaque partie de son corps, mais il était aussi capable de faire preuve de douceur.

— À quoi penses-tu ?

Je souris avant de relever la tête pour regarder dans les profondeurs de ses yeux brun foncé.

— Je me dis que tu es magnifique de partout.

Il m'adressa un sourire espiègle avant de tendre la main pour la glisser le long de mon cou. C'était tellement agréable de recevoir les caresses de cet homme. Je laissai mes yeux papillonner et se fermer pour savourer la sensation de sa peau contre la mienne.

— Je veux que nous soyons un vrai couple, dit-il. Je veux être là pour toi, et je veux que tu sois totalement investi dans cette relation. Mel m'a dit que si je te voulais vraiment dans ma vie, je devais te le demander franchement.

Mes yeux se rouvrirent.

— Elle a vraiment dit ça ?

— Oui.

— Eh bien, j'envisage parfaitement ma vie à vos côtés, Monsieur Fiore, alors je vais renoncer à tous les tours que j'utilisais pour charmer les gens, et je vais concentrer tous mes efforts sur la construction de cette relation.

Il se rapprocha et m'embrassa doucement, tendrement, suçant juste assez ma lèvre inférieure pour envoyer un éclair de chaleur à travers tout mon corps.

— Ne renonce pas à tous tes tours… *tesoro*… Je prévois de te faire essayer de nombreuses positions.

206

Je me mis à rire, mes yeux se fermant de nouveau lorsque mes lèvres se séparèrent sous son baiser.

— Tu te soumets à moi si joliment, murmura-t-il avant de capturer ma bouche.

Le baiser était euphorisant. Il goûta et explora, léchant, mordillant, mordant, s'assurant de ne rien rater alors qu'il m'allongeait sur le lit.

— Nate, dit-il, haletant, cherchant son souffle alors qu'il se tenait au-dessus de moi, sa bouche effleurant la mienne. Si tu veux me prendre, tu dois me le dire.

Je me mis à rire.

— Crûment dit, Fiore.

— Mais tu as compris, dit-il en souriant à son tour.

Je léchai mes lèvres et le vis déglutir, entendis un doux grondement provenant de sa poitrine, et regardai ses yeux se plisser. Le fait qu'il me désire autant me fit ressentir une excitation presque insupportable.

— Si tu en as envie, je le ferai pour toi. Mais sinon, me soumettre à toi... c'est si bon.

Il me regarda comme s'il avait mal.

— Vraiment ?

— C'est... Nous avons tous nos préférences.

— Oui, en effet, acquiesça-t-il, ses lèvres frôlant les miennes. Je vais t'embrasser avant qu'on retourne là-bas.

— Je t'en prie... murmurai-je.

Et il se pencha et me prit dans ses bras.

XII

Je fus surpris lorsque le jour suivant, en arrivant à l'hôtel Four Seasons, Sanderson parut étonné de me voir.

— Vous pensiez vraiment que je n'allais pas venir ? dis-je en levant les yeux au ciel.

— Oui, pour m'embarrasser. Je ne suis jamais sûr de rien, à cause de toutes vos manigances.

Qui avait du temps à perdre à faire ce genre de choses ?

— Où allons-nous ? demandai-je, clairement agacé.

— Nous devons nous rendre à la réception et faire appeler la responsable du restaurant de l'hôtel. Elle est en ce moment même avec la chef de projet événementiel de Greg Butler.

Je lui fis signe d'ouvrir la marche. Cependant, sur le chemin de la réception, j'entendis qu'on appelait mon nom. Me retournant, je vis Gregory Butler entouré d'une douzaine de personnes s'avancer vers moi.

Il était toujours le même qu'il avait été cinq ans auparavant, lorsqu'il était mon étudiant.

— Quel âge avez-vous maintenant ? Vingt-cinq ans ? lui dis-je.

— Vingt-six, dit-il en souriant, s'arrêtant près de moi pour m'offrir une poignée de main. C'est un plaisir de vous revoir, Docteur Qells.

Mêmes cheveux bruns, mêmes yeux bleus, même joli visage très américain. Même les taches de rousseur sur l'arête de son nez ajoutaient à l'image du parfait jeune homme américain. J'acceptai sa poignée de main et la serrai.

— Dites au Professeur Vaughn, ici présent, que je ne vous ai pas demandé de nous faire un don.

Il me serra fermement la main, ne la lâchant pas lorsqu'il se tourna vers Sanderson.

— J'ai pris la relève de mon père cette année, Professeur, raison pour laquelle je décide aujourd'hui des œuvres caritatives auxquelles nous faisons dons des ressources monétaires détenues par l'entreprise qui ne peuvent être utilisées que dans ce but. Nous allons construire un centre pour les sans-abris qui ouvrira en mars, l'année prochaine, et se trouvera en centre-ville. Nous avons aussi fait beaucoup d'autres dons. Cependant, en haut de ma liste se trouvait mon alma mater, et j'ai eu du mal à l'obtenir.

Je grognai alors qu'il libérait finalement ma main.

Il avait un grand sourire aux lèvres.

— Un jour, le Docteur Qells m'a convoqué à son bureau et m'a dit que si je ne me bougeais pas un peu le cul durant son cours, il allait me faire virer de l'université.

Entendre tout le monde prendre une vive inspiration au même moment était amusant. Je pouffai de rire. Le sourire de Gregory illumina ses yeux.

— Je l'ai dénoncé au doyen, dit-il aux personnes autour de nous ainsi qu'à Sanderson, sans que son regard ne quitte le mien. Et le doyen m'a dit que je devais avoir mal compris, parce que ce n'était pas du tout le genre du Docteur Qells d'agir de cette manière.

Je remuai les sourcils en le regardant.

Il hocha la tête, l'inclinant sur le côté.

— Quand je suis retourné en classe le lendemain, j'ai demandé au Docteur Qells s'il savait qui était mon père. Il m'a répondu que la seule chose qui l'intéressait était de savoir si mon père connaissait mieux Milton que moi, et que si c'était le cas, je devrais peut-être lui demander de me donner des cours particuliers.

Je ris doucement à ce souvenir.

— Bon sang, je vous ai tellement détesté, dit-il en secouant la tête.

— Vous n'étiez pas mon étudiant favori non plus, rétorquai-je. Nous sommes quittes.

Il laissa échapper un profond soupir.

— C'était la première fois que quelqu'un osait me tenir tête, me donner des ordres et me mettre face à un ultimatum. Jusque-là, je n'avais jamais pensé pouvoir être traité comme n'importe qui d'autre.

Je souris.

— Je n'ai jamais travaillé aussi dur de toute ma vie.

— Pour obtenir un très bon C, dis-je.

— J'ai vécu l'horreur pour l'obtenir.

— Mais il était mérité, lui assurai-je. Si vous n'aviez pas été si fainéant en début d'année, vous auriez probablement obtenu un A. Vous compreniez particulièrement bien Chaucer.

Il posa sa main sur mon épaule et la serra.

— Venez avec moi.

209

L'hôtel était magnifique, avec l'atrium, les chandeliers, les sols en marbre, l'escalier – et la grande salle de bal où allait se dérouler la fête était à couper le souffle. Katherine Adams, la fiancée de Greg, nous attendait à cet endroit.

— Oh, Docteur Qells, me salua-t-elle en m'adressant un sourire aussi éblouissant qu'elle-même. C'est un réel plaisir de rencontrer l'homme qui a tellement marqué la vie de Greg.

— Je n'en avais aucune idée, dis-je en lui rendant son sourire.

Après m'avoir serré la main, elle prit mon bras entre ses mains et ne le lâcha pas.

— Et pourtant, c'est bien vrai. Il me dit toujours que vous êtes celui qui a fait de lui l'homme qu'il est aujourd'hui. Son père sera présent le soir de la fête et il aimerait aussi s'entretenir avec vous.

— J'en serai ravi, dis-je en tapotant sa main.

— Il faut que vous compreniez que j'allais soit devenir un riche héritier oisif, soit l'homme que je suis maintenant, dit Greg en me souriant. Tout le monde aime l'homme que je suis devenu, Docteur Qells. Avant vous, je pense que j'étais un éternel insatisfait.

— Vous étiez un fainéant.

— Mais je m'en suis sorti grâce à vous.

Je me mis à rire.

— Qui aurait cru que j'étais un saint ?

— Vous êtes un emmerdeur, répliqua Greg.

— Greg !

— Oh, il l'est vraiment, dit-il à Kate. Et il le sait.

— Je suis un emmerdeur, confirmai-je, en souriant à sa fiancée. Je le sais. Demandez à Sanderson.

— Qui ?

Je désignai l'homme qui se tenait derrière moi, et les présentations commencèrent. Sauf qu'elle s'en fichait totalement. Elle se fichait de savoir qui était Sanderson Vaughn, et même si elle faisait partie de ces femmes incroyablement douces et polies, c'était clair comme de l'eau de roche. Par contre, elle était très curieuse de savoir si quelqu'un allait m'accompagner à la fête.

— Mon petit ami, Dreo, répondis-je.

Je ne pus m'empêcher de sourire, parce que le dire à haute voix – *mon petit ami* – était vraiment agréable.

— Oh, gémit-elle. Je suis vraiment impatiente de le rencontrer.

Et elle était sincère. Greg et elle me présentèrent la chef de projet événementiel. C'était agréable : Kate était assise près de moi, Greg était penché vers moi, et sa main était posée sur mon épaule. Qui aurait pu croire qu'il m'appréciait à ce point ?

Au moment de les quitter, après un déjeuner incroyable avec Greg, Kate, Daniel Kramer, que j'avais rencontré dans le bureau du doyen, et Sophia Petrovich, la chef de projet événementiel, Greg insista pour me serrer dans ses bras. Kate en eut les larmes aux yeux, alors je la pris aussi dans mes bras. Je leur dis à tous que cette année, la fête médiévale serait tellement belle que les personnes de l'Université des Sciences Humaines n'en croiraient pas leurs yeux. Ils furent ravis de l'entendre. Cependant, avant que je ne puisse m'esquiver, Sanderson m'appela.

— Bon Dieu, qu'y a-t-il encore ? grommelai-je, devant paraître aussi énervé que je l'étais réellement.

— Devez-vous toujours vous comportez comme un crétin fini ?

— Oui, je le dois, lui assurai-je. Particulièrement avec vous.

Il grogna.

— Allez-vous envoyer la liste à Mme Petrovitch par e-mail ou...

— J'ai déjà envoyé un e-mail à Gwen. Elle s'en chargera demain matin, à la première heure, répondis-je, me retournant pour partir.

Il me contourna pour se poster devant moi.

Je jetai mes mains en l'air.

— Avez-vous la moindre idée de ce que c'est que de travailler dans le même département que vous ? me demanda-t-il.

Je croisai les bras et attendis.

— Tout le monde vous aime. Les étudiants pensent que vous marchez sur l'eau. Les collègues, en dehors de ceux qui vous connaissent personnellement, respectent vos travaux universitaires. Mais ce qui me dépasse, ce sont les femmes. Je ne comprends pas du tout.

Je soufflai.

— Je ne vois pas du tout où vous voulez en venir.

— Oh, bien entendu, dit-il, d'un ton très ennuyé. Chaque femme que vous rencontrez tombe sous votre charme, mais vous êtes gay, alors à quoi ça sert ?

— Arrêtez de vous intéresser aux femmes de notre université. Vous ne devriez pas chier là où vous mangez, Sanderson.

Il resta bouche-bée devant moi.

— Au revoir, dis-je, le laissant marmonner seul devant l'hôtel.

211

Alors que je marchais vers la station de métro, je pensai à ce qu'il avait dit. S'il savait que chacune de mes relations avec mes collègues était le fruit d'années de travail et d'entretien, il me verrait d'une autre manière. Il pensait que ma vie était facile, mais la plupart de ces amitiés avaient été cimentées au fil des années, avant son arrivée. Son problème, c'était d'être un imbécile. Et pas seulement avec moi. Dans sa course à la titularisation, il s'était révélé être un foutu lèche-cul, et il avait réussi à se mettre plus de la moitié des professeurs à dos en essayant de toujours mieux faire qu'eux. Personne ne voulait cosigner des articles avec lui pour l'aider à être publié dans des revues spécialisées, personne ne voulait participer à des colloques avec lui afin d'y présenter ses articles, et les évaluations qu'il préparait à ses étudiants étaient médiocres. Je savais qu'elles l'étaient parce que les étudiants s'assuraient que je les vois. Même lorsque je refusais, ils se débrouillaient pour me les envoyer par e-mail, ou me les glisser sous la porte de mon bureau, ou encore entre les pages de mes livres. Ils savaient que cela me rendait fou, alors ils cherchaient à me les faire parvenir par tous les moyens. La façon dont ils me harcelaient avec ça était une preuve de leur affection, et j'étais sûr que Sanderson ne bénéficiait pas de ce même traitement. Il était si loin d'obtenir ce qu'il voulait, et il ne s'en rendait même pas compte.

Il surchargeait de travail les quelques étudiants qui avaient fait le choix malheureux de travailler pour lui, et il avait fait des promesses qu'il n'avait pas tenues depuis le premier jour. Il pensait à tort que j'étais adoré de tous ; c'était seulement parce qu'il était détesté par l'ensemble des professeurs et des étudiants que, selon lui, j'étais adulé. Il y avait une petite partie de moi qui se sentait mal pour lui, mais elle s'amenuisait un peu plus chaque jour devant son pessimisme et son orgueil.

Comme je pensais à Sanderson, je ne remarquai pas l'homme sur ma droite au moment où je tournai au coin de la rue pour prendre l'escalier qui menait à la station. J'avais décidé de prendre le métro car j'avais des courses à faire pour le dîner. Mais une main posée sur ma poitrine m'empêcha d'avancer, et un inconnu se tint devant moi, si près de mon visage que nous aurions pu nous embrasser.

Soudain, je n'arrivais plus à reprendre mon souffle, et je ne savais pas pourquoi.

— Docteur Qells, chuchota-t-il alors que mes genoux vacillaient.

Je baissai le regard et vis sa main qui tenait le manche d'un couteau enfoncé dans mon abdomen.

Il l'avait planté à travers mon caban, mon gros pull en mailles et mon tee-shirt, avant de percer ma peau. Je sentis une poussée de chaleur alors qu'il le tordait et le retirait. Je tombais durement sur le trottoir, et le ciel était un énorme nuage gris prêt à éclater au-dessus de moi.

— Dites à Dreo Fiore que Joey Romelli lui passe le bonjour.

Je n'avais plus de voix, et j'entendis à peine ses paroles par-dessus les battements de mon cœur, qui résonnaient soudain si fort à mes oreilles. J'eus l'impression de me noyer avant même qu'il commence à bruiner. J'avais si chaud, je voulais arracher mon caban, mais mon corps tout entier était affaibli.

Il me cracha dessus, sur ma poitrine, puis je le regardai monter en voiture alors que j'étais couché sur le côté. La voiture s'éloigna.

— Seigneur, Nate, que t'est-il arrivé ?

Bien entendu, il fallait que ce soit Sanderson Vaughn qui me trouve ici. C'était vraiment la cerise sur le gâteau.

Il enleva son écharpe, la roula en boule et la pressa contre mon diaphragme, tout en portant son téléphone portable à son oreille. Je le regardai, n'ayant jamais réalisé auparavant qu'il avait une fossette au menton, que son nez était petit et retroussé, et que ses yeux étaient d'un bleu pâle.

— Je ne vais pas... dis-je avec difficulté. Être gentil avec vous.

— Je sais, dit-il en hochant la tête.

Puis il parla dans son téléphone, aboya une adresse, et cria après la personne qui se trouvait à l'autre bout du fil en lui disant de se dépêcher.

— Charmant, dis-je en lui souriant, remarquant que je le voyais de moins en moins nettement. Vous devez apprendre à être plus gentil, plus aimable. Arrêtez de jouer au crétin. Soyez doux... pas amer.

— D'accord, acquiesça-t-il pour me calmer.

Son téléphone frappa ma poitrine en tombant de son oreille, et ses deux mains tenaient maintenant l'écharpe contre mon abdomen.

— Arrêtez d'appuyer, lui ordonnai-je. Ça fait mal.

— Je n'en doute pas.

— Vous avez de jolis yeux.

— Je vous rappellerai que vous avez dit ça.

Il prit une profonde inspiration et se mordit la lèvre inférieure.

Lorsqu'il cria mon nom, je voulais lui dire d'arrêter, mais plus rien ne fonctionnait, pas même mes yeux.

LES MURMURES me réveillèrent. Il me fallut une minute pour faire la mise au point, mais la pièce finit par prendre forme, puis le doux visage qui me regardait devint assez net pour que je sache de qui il s'agissait.

— Nate, haleta-t-elle, et je souris à Mélissa. Oh, merci mon Dieu !

Ses yeux se remplirent rapidement de larmes qui se mirent à couler le long de ses joues quelques secondes plus tard.

— Hé, réussis-je à dire, ma voix n'étant qu'un murmure rauque. Que s'est-il passé ?

Elle tremblait, puis elle serra ma main très fort dans les siennes.

— Mel ?

Elle se racla la gorge.

— Quelqu'un t'a poignardé.

— Oui, je sais.

— Je suis la personne à contacter en cas d'urgence, celle qui est notée au dos de ton permis de conduire, alors ils m'ont appelé.

— Oh, merde, je suis désolé.

— Non ! répliqua-t-elle. Je suis tellement heureuse que tu ne l'aies pas changé, et ne t'avise pas de le faire. Je veux rester la personne la plus importante de ta vie.

— Ce n'est pas du tout légitime, dis-je en riant.

Mon corps se crispa si soudainement que je me figeais, et je dus prendre une grande inspiration.

— Ne fais pas ça, ne ris pas. Reste allongé, d'accord ?

— Ça ne fait pas vraiment mal.

Je regardai mon torse mais j'étais recouvert d'une couverture.

— Peux-tu la soulever pour que je puisse voir ?

— Non, dit-elle en fronçant les sourcils. Il n'y a rien à voir. Ce n'est qu'un bandage sur une plaie recousue. Tu vas avoir une sacrée cicatrice.

— Génial ! dis-je avec un sourire en coin.

— Je vais te frapper lorsque tu iras mieux, dit-elle avant que sa voix ne se brise et qu'elle commence à sangloter, le visage posé sur mon avant-bras.

Oh, merde. Je lui avais fait peur.

— Chérie, la calmai-je, essayant de récupérer ma main pour lui caresser les cheveux.

— Reste allongé ! rugit-elle, se redressant sur sa chaise.

— Oui, Madame, dis-je doucement.

Elle pleura, et je restai immobile et silencieux. Je finis par lui dire que j'avais soif, et elle m'apporta un peu d'eau glacée à siroter.

— Que s'est-il passé ? lui demandai-je.

— Tu sais ce qui s'est passé.

— Je veux dire, après.

Elle renifla, relâchant ma main pour pouvoir se moucher, repousser les cheveux de son visage, et essuyer ses joues pleines de larmes avec un mouchoir. Elle était adorable avec son nez rouge et ses yeux gonflés, sa respiration enfin sous contrôle.

— L'homme qui a fait ça, il t'a abandonné en pleine rue, et je sais que tu détestes ce Sanderson, mais je vais lui envoyer un panier de fruits, des fleurs et tout ce qu'il voudra pendant une semaine. Et s'il veut s'envoyer en l'air, je lui paierai une escorte.

— Beurk, grommelai-je, me tortillant pour m'asseoir.

— Ne bouge pas ou tu vas déchirer tes points de suture !

Je grognai.

— Quand pourrai-je rentrer à la maison ?

— Demain ou après-demain. Ils doivent s'assurer qu'il n'y a pas d'infection, que les antibiotiques fonctionnent, et que tu te portes bien.

— Le gars qui a fait ça, il n'essayait pas de me faire peur. Il essayait d'effrayer Dreo.

— Je sais, dit-elle en hochant la tête. C'est ce que tu disais quand ils t'ont amené ici. Tu parlais de Dreo.

— Où est-il ? Il est ici ?

— Il était là plus tôt, mais il est parti.

— Oh.

J'étais déçu.

— Il est resté jusqu'à ce que nous sachions tous que tu irais bien. Il a promis de revenir plus tard.

Je la regardai fixement.

— Qu'est-ce que tu ne me dis pas ?

Elle soupira profondément.

— Il est parti, et Duncan est parti juste après lui.

— Duncan était là ?

— Oh, oui.

Je n'étais pas à l'aise avec cette idée.

— Mel ?

Elle se leva et commença à arpenter la chambre.

— Seigneur, Nate, c'était le bordel. Quand je suis arrivée ici, la police était là, et apparemment, Dreo et Duncan se sont violemment battus. Dreo saignait, Duncan s'est cassé le poignet en frappant Dreo... Bon sang, est-ce qu'ils savent où ils en sont avec toi ?

— Que veux-tu dire ?

— Est-ce qu'ils savent qui tu aimes ?

Seigneur, quel genre de question était-ce ?

— Je viens de me réveiller après avoir été poignardé ! glapis-je.

— Nathan James Qells ! Qui aimes-tu ?

— Mel...

— Contente-toi de répondre à...

— Je suis blessé et...

— Nate ! Qui aimes-tu ?

— Je... Dreo !

Silence.

Je la regardai.

Elle me dévisagea, les yeux écarquillés.

— Merde.

— Vraiment ? dit-elle, un sourire illuminant son visage.

— Je... Merde.

Elle se mit à rire à gorge déployée, sans se retenir, rayonnante de bonheur.

— Oh, mon Dieu, Nate !

Vous pouviez compter sur elle pour vous arracher la vérité.

— Oh, chéri, enfin ! Tu es enfin tombé amoureux.

Comment cela avait-il pu arriver si vite ? Je n'en avais aucune idée, mais cet homme... m'avait pris de court.

— Je vais l'appeler et lui dire de ramener immédiatement ses fesses ici ! s'exclama-t-elle.

— Oui, dis-lui ça, approuvai-je alors qu'un moniteur commençait à sonner.

— Nate ?

Soudain, je ne la vis plus très bien.

— Appelle l'obstétricien, Mel, et l'agent immobilier. Jare attend qu'on le tienne au courant, ne l'oublie pas, d'accord ? Demain. Tu devras appeler ces gens demain.

— Nate !

Son visage, la façon dont il se tordait, me fit comprendre qu'elle criait, mais je ne l'entendais pas. Et alors, je sombrai dans le néant.

JE TOURNAI la tête, et trouvai une superbe femme assise à mon chevet. Je savais qui elle était, mais cela n'avait aucun sens. Peut-être étais-je en train de rêver.

Elle sourit.

Je décidai de parler à mon hallucination.

— Madame Fiore.

Son sourire était vraiment quelque chose. Il transformait son visage et faisait de la matriarche glaciale une magnifique icône hollywoodienne. Je compris que son fils avait hérité d'elle le pouvoir de changer de visage avec un simple sourire. Ses yeux étaient comme deux puits de chocolat chaud et... oh, mince, j'étais défoncé.

— Salut, dis-je en lui souriant.

— *Buonasera*, me salua-t-elle.

— Oh, j'adore cette chanson, déclarai-je en riant, ne pouvant m'en empêcher.

Ses sourcils se relevèrent.

— Moi aussi.

Je me raclai la gorge.

— Où est tout le monde ?

— Ils sont partis manger. Mon fils, mon petit-fils, sa petite amie Danielle, cette femme – la vôtre – elle est... *bellissima*.

Elle sourit.

— Oui, elle l'est, acquiesçai-je, comprenant que nous parlions de Mélissa.

— Son mari est aussi très beau. Ils forment un couple magnifique.

Je hochai la tête.

— Mais ils doivent manger. Mon mari les a emmenés, il connait un endroit près d'ici.

— Et vous êtes restée avec moi ?

— *Sì*.

— Pourquoi ?

— Parce que, Nathan... Puis-je vous appeler Nathan ?

— Oui, Madame.

Elle se pencha plus près de moi.

217

— Vous savez, Nathan, j'ai déjà perdu une de mes filles. La mère de Michael. Vous êtes au courant.

— Oui.

— Alors je refuse de perdre mon fils.

Je me contentai de la regarder et attendis.

— Mon fils est têtu. Il l'a toujours été. Quand il prend une décision, il agit en conséquence. Je lui ai dit : « Je sais que ta sœur veut que tu sois celui qui élève Michael, mais elle n'a jamais voulu dire que tu devais le faire seul, *ragazzo*. Reviens à la maison. »

Ses cheveux, ses yeux ; très, très belle femme.

— Mais non, au lieu de m'écouter, Dreo décide d'aller voir son ami Sal et accepte de travailler pour le pire genre d'homme qui existe, un homme auquel mon père lui aurait interdit d'adresser la parole.

— Votre père est-il toujours en vie ?

— Non, il est mort peu de temps après que je suis partie de Palerme.

— Je suis désolé.

— C'était il y a longtemps.

Je souris comme elle soulevait un verre d'eau pour moi, glissant la paille entre mes lèvres pour que je puisse boire.

— C'était magnifique là-bas, à Palerme. Ça me manque toujours.

— Quand avez-vous emménagé ici, à Chicago ?

— J'ai rencontré M. Fiore pendant des vacances à Rome. Mon père n'aimait pas Anthony, mais moi, je l'aimais beaucoup.

Elle eut un sourire diabolique, ses yeux brillaient.

— C'était une histoire d'amour.

— *Sì*, confirma-t-elle, avec un profond soupir. Ça l'est toujours, c'est pourquoi je l'ai suivi en Amérique.

Je prenais plaisir à l'écouter parler, même si j'avais besoin de lui poser des questions. Comme la date, pour commencer.

— Cela fait longtemps que je vis à Chicago, et le père de Dreo et moi avons bâti notre famille, et j'ai toujours été très heureuse, mais… Lorsque ma fille est décédée, je l'aurais suivie dans la tombe s'il n'y avait pas eu mes trois autres filles, Dreo, et surtout Michael, son fils.

— C'est un bon gamin.

— *Sì*, mais vous le savez mieux que moi, puisque vous êtes celui que Michael aime. Vous êtes le parent qu'il s'est choisi après le décès de sa mère.

— Dreo est son parent.

— Il considère plus Dreo comme un grand frère que comme un parent. Je peux le voir.

— Qu'est-il arrivé à son père ? dis-je, essayant de changer de sujet.

— Son père appartient à une riche famille. Il a quitté Mona dès qu'il a su qu'elle était enceinte.

— Quel connard ! dis-je sans réfléchir, parce que le filtre entre mes pensées et mes paroles ne fonctionnait plus pour l'instant.

Quel que soit le produit qui coulait dans mes veines et qui était contenu dans mon intraveineuse, c'était fabuleux.

— Je suis d'accord avec vous, dit-elle en riant. Et vous avez le droit de donner votre avis sur le sujet, Nathan, puisque j'ai récemment appris que vous aviez épousé votre ex-femme lorsque vous l'aviez mise enceinte, malgré le fait que vous soyez gay.

Je grognai.

— Vous êtes un homme bon, sinon vous n'auriez pas fait passer vos propres besoins après ceux de votre enfant. On ne peut qu'être admiratif devant un homme comme vous.

— Vous le pensez vraiment ? demandai-je avec un grand sourire.

Sa main glissa sur ma joue alors qu'elle me regardait.

— *Sì.*

— Alors vous... euh... m'aimez bien ?

Son doux rire était encore plus agréable que son sourire.

— Oui, je vous aime bien, et bien que je ne comprenne pas le fait que mon fils aime un homme, il a très bien choisi son partenaire.

Aime ?

Je me mis à tousser, et alors qu'elle tapotait mon genou tout en me donnant un peu d'eau, je l'entendis chanter mais ne compris pas le sens des mots.

— *Caro*, dit-elle d'une voix apaisante. Reposez-vous. Vous aimez mon fils. Je le sais.

— Comment le savez-vous ? demandai-je lorsque je pus respirer, tout en sirotant de l'eau, la respiration encore difficile.

— Parce que vous avez été celui qui a compris que Joey Romelli essayait de blesser Dreo en vous tuant. Cela me paraît logique. Vous ne blessez pas votre ennemi ; vous le faites souffrir en lui enlevant ses raisons de vivre. C'est de cette manière que commence une vengeance. Mais ça ne se serait pas arrêté à votre mort, parce que Dreo aurait tout fait pour que ça ne s'arrête pas là. Et ensuite, que ce serait-il passé ? Joey s'en serait pris à mon Michael ? Non, non, non, c'est une bonne chose que vous soyez si intelligent et que vous ayez tout compris. Dreo a de la chance de vous avoir.

J'étais complètement perdu.

— Rendormez-vous. Vous devez retrouver vos forces.

— Pouvez-vous leur dire à tous que j'étais réveillé ?

— *Sì.*

C'était tellement bizarre. J'aurais dû poser un million de questions, mais j'en étais incapable. Je ne pouvais que fermer à nouveau les yeux.

— Allez-vous inviter Dreo à venir pour Thanksgiving ? demandai-je, même si mes yeux se fermaient.

— Oui, et vous aussi, Nathan Qells.

Seigneur, combien de temps étais-je resté inconscient ?

IL FAISAIT sombre lorsque j'ouvris les yeux, mais il y avait assez de lumière qui traversait le rideau tiré pour que je puisse voir la pièce. Assez pour que je puisse voir Dreo Fiore endormi sur une chaise, apparemment très inconfortable, à côté de mon lit. Il portait un jean et un sweat sous un blouson en cuir noir. Le bonnet sur sa tête était très mignon. La légère barbe recouvrant ses joues et le dessus de sa lèvre était sexy. Quelques boucles ressortaient de sous son bonnet et ses pieds, recouverts d'une paire de chaussettes, étaient posés sur le bord de mon lit. Cet homme incarnait un doux mélange d'épuisement et de beauté masculine. Mon cœur se serra devant ce spectacle.

— Bébé, dis-je au lieu de l'appeler par son prénom.

Je retins ma respiration, priant pour qu'il ne m'ait pas entendu. Je devais le laisser se reposer.

Il faillit tomber de sa chaise.

— Nate ! s'exclama-t-il dans un hoquet de surprise.

Ses pieds glissèrent du lit et il se jeta soudain vers moi en se levant, les yeux écarquillés, papillonnants. Il n'était pas plus éveillé qu'il ne l'avait été quelques secondes plus tôt.

— Salut, dis-je en lui adressant un petit sourire.

— Oh.

Sa voix se brisa, et ses mains étaient sur mon visage lorsqu'il se pencha et m'embrassa.

J'eus l'impression d'être touché par la foudre. Ce baiser simple, incroyable, et torride fit convulser et tressaillir tout mon corps. Il me fit l'amour avec sa bouche, sa langue jouant avec la mienne, me laissant savourer le chocolat, le clou de girofle et sa propre saveur à lui. Je le sentis trembler, et mon membre se redressa sous la couverture. Une vague de désir me traversa et me fit frissonner, le faisant sourire alors qu'il reculait, nos lèvres se séparant lentement, avec difficulté.

— Oh, j'en t'en prie, non... gémis-je, tendant la main vers lui. Embrasse-moi encore.

Il y avait des larmes dans ses yeux, et c'est alors que je me rendis compte que ses yeux étaient contusionnés, tout comme son visage.

— Que s'est-il passé ?

Il secoua la tête, plus bouleversé que je ne l'avais jamais vu, encore plus qu'il ne l'avait été après la mort de M. Romelli.

— Qui t'a frappé ?

— Ça n'a pas d'importance.

Il soupira, se redressant et laissant sa tête retomber en arrière, soulagé. Il se frotta le visage avec ses mains et rit doucement.

Je me rappelai quelque chose que Mel avait dit.

— Oh, Seigneur. C'est Duncan qui t'a frappé ?

— Oui, dit-il sèchement. Et je lui ai rendu la pareille à ce sale bâtard.

Il était tendu, frustré, en colère et... je venais juste de me réveiller. C'était mon excuse pour être si long à la détente.

— Tu t'es battu pour moi.

Je me mis à rire.

— Qu'y a-t-il de si drôle ?

— Eh bien, pour commencer, c'est stupide. Pour l'amour du ciel, à quoi pensais-tu ?

— Nous étions tous les deux furieux.

— Pourquoi ?

— Parce que tu m'as flanqué une frousse terrible.

Il était frustré et tout grognon. Il était adorable.

— Tu étais inquiet pour moi, murmurai-je.

— J'étais plus qu'inquiet, gronda-t-il vers le plafond, refusant de me regarder. Putain !

— Dreo.

Il tourna la tête, ses yeux sombres plongés dans les miens.

— Je vais bien, d'accord ?

Il hocha la tête.

— Alors ?

— Alors, rien du tout.

— Parle-moi.

— Je ne…

— Dreo ! dis-je sèchement.

— Je viens juste de te convaincre ! aboya-t-il. Bon Dieu, Nate ! Je viens de te convaincre de me laisser une chance, et d'un seul coup, soit tu vas mourir, soit tu vas me quitter dès que…

— Une minute, le calmai-je. Tu as pensé que j'allais mourir ?

— Tu as attrapé une sorte d'infection à cause du foutu couteau que ce bâtard a utilisé ! Ils avaient enfin réussi à stopper l'hémorragie, ils t'avaient recousu, puis tout à coup, ton cœur s'est emballé à cause d'une infection et… et puis nous avons appris que tu étais plus mal en point qu'ils l'avaient pensé au départ et…

— Mais je vais bien maintenant.

— Et Michael a paniqué parce qu'il a perdu sa mère, alors il était en colère après moi parce que c'est de ma faute si on t'a poignardé et…

— Mais je vais bien.

— Et ton putain d'ex était là, à me hurler dessus en me disant que tout était de ma faute et que j'allais te tuer parce que…

— Dreo.

— Je n'ai jamais eu aussi peur ! hurla-t-il. Jamais !

Je le regardai.

— Je viens juste de te convaincre, répéta-t-il doucement.

— Je vais bien, lui assurai-je. Où est Michael ?

Il prit une profonde inspiration.

— Il est dehors. Tout le monde est dehors.

— Qui ça, tout le monde ?

— Putain, Nate, tout le monde.

Il était vraiment dans un état lamentable. Il était exténué, et alors qu'il se tenait là, sa main appuyée contre son front, tremblant, je compris que je lui avais vraiment fait une peur bleue.

— Hé.

Aucun mouvement.

— Andreo.

Sa tête se redressa lentement.

— Je ne vais pas te quitter. Je ne vais pas mourir.

Il resta silencieux.

— Et nous n'allons pas rompre. Tu ne peux pas te débarrasser de moi aussi facilement.

Il prit une inspiration tremblante.

— Tu m'as appelé bébé.

Je fis la grimace.

— Oui, je suis…

— Tu as dit à Mel que tu m'aimais.

Mes yeux restèrent fixés sur les siens. J'étais éveillé et prêt.

— Maintenant, dis-le-moi.

Il était temps de faire le grand saut. Qui ne risque rien n'a rien.

— Je t'aime, Dreo.

— Mais, c'est rapide, non ? demanda-t-il, sceptique.

Je savais pourquoi il me posait cette question.

— Quatre ans, c'est rapide ?

Je lui retournai les mots qu'il m'avait dits quelques jours plus tôt. Ou peut-être était-ce des semaines ? Je n'avais aucune idée du temps que j'avais passé à l'hôpital, mais ce n'était pas le moment de m'en soucier. Ce moment était pour Dreo.

Un léger sourire se dessina sur ses lèvres.

— C'était de l'amitié pendant un certain temps, et je suis inquiet que cela ait évolué si rapidement et que je ressente déjà ce genre de sentiments pour toi, mais…

— Que ressens-tu ? demanda-t-il, s'approchant assez près du lit pour que je puisse tendre la main et attraper la sienne si je le désirais.

— L'envie de tout partager avec toi.

Je soupirai et tendis la main. Il s'assit dans la chaise à côté du lit, prit ma main et appuya sa joue contre elle.

— Est-ce que tu le veux aussi ?

— Je souhaite toujours la même chose, Nate. Si j'ai fait tant de changements dans ma vie, c'est pour toi et Michael. Si j'avais été seul, j'aurais pu continuer à faire ce que je faisais pour toujours, monter les échelons et passer ma vie dans ce monde, mais si je voulais vous avoir dans ma vie… je devais être libre. Si je voulais t'avoir à mes côtés, si je voulais que Michael voie quel genre d'homme je souhaitais qu'il devienne, lui servir d'exemple, lui montrer la bonne manière de vivre sa vie, alors je devais quitter ce monde.

Il soupira et posa sa main sur ma joue, glissant ses doigts sur ma barbe de plusieurs jours.

— Tu dois la laisser repousser, d'accord ? J'adore ta barbe et ça te rend carrément sexy.

Je fronçai le nez.

— Je ne veux pas que tu te retrouves à me regarder en te disant que je suis trop vieux pour toi.

— Jamais. Tout ça, c'est dans ta tête.

— D'accord.

— *Mi sei mancato molto*, dit-il, ses yeux soudain noyés de larmes.

— Tu m'as manqué aussi.

— Comment sais-tu toujours ce que je suis en train de dire ?

— Je parle le Dreo.

Se relevant d'un mouvement fluide, il m'embrassa longuement et passionnément, et je gémis encore et encore jusqu'à ce qu'il se mette à rire, ce qui poussa Mel, Michael et Ben à entrer dans la chambre. La pièce devint alors une véritable maison de fous.

Il y eut une foule de gens qui passèrent me voir tout au long de la journée. Des connaissances de tous types : des amis proches, des collègues, des employés de l'université, le doyen, des étudiants, Alla et Jen, Ashton et Levi, Danielle et ses parents, et même Sean Cooper qui regarda mon dossier pour se donner en spectacle. Ashton ne fut pas très impressionné et sa grimace – comme s'il avait mordu dans un citron – rendit son opinion évidente. Mon professeur-assistant trouva par contre que Dreo, mon nouveau petit ami, était délicieux.

Je ne pouvais qu'être d'accord.

XIII

LE MATIN suivant, Jimmy O'Meara vint me rendre visite dans ma chambre et m'expliqua tout à propos d'Oscar Darra, l'homme qui m'avait poignardé dans la rue. Il s'était avéré, après enquête, que Joseph Romelli avait voulu envoyer un message à Dreo : ce n'était pas à lui de prendre des décisions, car les hommes tels que Joey les prenaient à sa place. Le même message avait été envoyé à Tony Strada. Sa petite amie, Geneva Moscone, avait été attrapée et jetée dans une voiture, et tout ceci aurait pu très mal finir pour tout le monde sauf pour elle. À l'aide de ses bottes à talons hauts de dix centimètres, ses longs ongles en acrylique et son attitude combattive, elle avait envoyé la voiture où se trouvait quatre hommes s'encastrer dans le mur d'un bâtiment.

— Cette femme...

Jimmy fit les gros yeux en utilisant le terme.

—... ou plutôt cette force de la nature, devrais-je dire, était en train de donner des coups de pied à l'un des hommes lorsque nous sommes arrivés, jurant en italien et lui crachant dessus. S'ils avaient vraiment voulu enlever cette femme, ils auraient eu besoin d'au moins huit hommes, ou bien de deux hommes très bien entraînés.

— C'est une tigresse, hein ?

— Ça, on peut le dire, m'assura Jimmy. En fait, Joey ne comptait plus qu'un seul professionnel parmi ses employés et il l'a envoyé après toi, Nate. Les hommes qui s'en sont pris à Geneva n'étaient que des rigolos. Ils ont eu de la chance qu'elle ne les ait pas tués.

— Je suis content qu'elle aille bien, dis-je en m'adossant à mon lit, serrant la main de Dreo. Je ne la connais même pas, mais je suis content.

— Oui, nous aussi, parce que ces hommes nous ont raconté beaucoup de choses une fois qu'on les a arrêtés.

— Concernant Joey Romelli, supposa Dreo.

— Oui, confirma Jimmy, plissant les yeux en le regardant. J'ai entendu dire que vous aviez quitté le business.

— En effet.

— Et Sal Polo également.

225

Il hocha la tête.

— C'est bien. Nous savions tous que vous étiez de simples gardes du corps, mais c'est une sage décision d'avoir quitté ce milieu. J'ai cru comprendre qu'il y avait eu une restructuration. Je suppose que vous ne me direz pas qui a été désigné comme successeur, Pearl ou Strada ?

— Je n'en ai aucune idée, Inspecteur, mentit Dreo. J'ai tourné la page.

Il hocha la tête et me regarda.

— Pour ton information, Nate, Joey Romelli a été retrouvé ce matin dans son appartement, tué d'une balle à l'arrière de la tête.

— Oh, mon Dieu, pauvre Mme Romelli… Perdre son fils et son mari en si peu de temps.

— Mais ils avaient choisi cette vie, n'est-ce pas, Monsieur Fiore ?

— Oui, tout à fait.

— Elle et deux de ses filles ont pris un avion pour Milan ce matin. Je suppose que vous n'allez pas me donner votre hypothèse quant à la personne qui a financé ce voyage, n'est-ce pas, Monsieur Fiore ?

Il secoua la tête.

— Je m'en doutais.

— Une fois que vous quittez…

— Oui, j'ai compris, le coupa Jimmy. Mais vous savez bien que des bruits vont courir. Je suis ici, dans la même pièce que vous. Certaines personnes pourraient penser que vous m'avez parlé.

— Seulement si je n'avais pas quitté les affaires avant que Nate soit poignardé, le corrigea Dreo. Mais j'en avais déjà terminé avec ce monde. Maintenant, la seule chose que les gens vont penser, c'est que cet enfoiré de Romelli a essayé de tuer le petit ami de Dreo Fiore par méchanceté, alors même que Dreo lui avait sauvé la vie.

Les yeux de Jimmy s'écarquillèrent.

— Joey Romelli était là, dans ce restaurant, le jour où son père et les autres ont été tués ?

— Oui.

— Personne ne nous l'avait dit.

Dreo haussa les épaules.

— Ça n'avait pas d'importance, et ça n'en a pas plus aujourd'hui.

Jimmy se tourna pour me regarder.

— Tu devrais faire attention, Nate. Ces hommes peuvent toujours revenir pour te donner une correction.

J'ouvris la bouche pour répondre.

226

— Ne vous inquiétez pas, Inspecteur, dit Dreo. Je ne fais peut-être plus partie du business, mais après cet incident, j'ai tout un tas d'anges gardiens qui veillent sur moi, si vous voyez ce que je veux dire.

Jimmy soupira lourdement.

— Très bien, dit-il avant de se lever.

Il s'avança vers moi, se pencha et m'étreignit, me disant de prendre soin de moi.

Dreo lui dit qu'il était là pour prendre soin de moi maintenant.

Il leva les yeux au ciel, se dirigea vers la sortie, mais s'arrêta à la porte.

— Oui, Inspecteur ? demanda Dreo.

— Il y avait des gars qui avaient l'habitude de traîner dans un parc, près de Pearson.

— Et ?

— Et ils nous ont dit que les hommes de Romelli étaient venus les trouver pour leur dire de ne plus mettre un pied dans ce parc. Vous êtes au courant de quelque chose ?

— Non, ça ne me rappelle rien, répondit Dreo.

Jimmy hocha rapidement la tête.

— Vous pouvez passer au poste quand vous voulez pour récupérer vos affaires, Monsieur Fiore.

— Merci, Inspecteur.

Il grogna, me fit un signe de la main, et disparut.

Je me tournai pour regarder Dreo.

— Quelles affaires ?

— Mon arme.

— Oh, dis-je, étudiant son visage.

— *Caro* ?

— Sal et toi vous êtes occupé de ces gars qui m'ont blessé et qui ont attaqué cette femme, n'est-ce pas ?

Il haussa les épaules.

— Tu as fait ça pour moi.

Il fit glisser ses doigts le long de ma mâchoire.

— Je ferais n'importe quoi pour te protéger, *tesoro*. Quiconque cherche à vous faire du mal, à toi ou à Michael, devrait y réfléchir à deux fois.

Oui, je n'en doutais pas. Dreo Fiore n'était pas le genre d'homme auquel il fallait se frotter. Je lui souris.

227

— Tu m'as interrompu plus tôt, lorsque j'allais répondre à Jimmy.

— Parce que tu allais dire à ce gentil inspecteur que la seule personne qui allait te donner une correction, c'était moi.

Je me mis à rire.

— Comment as-tu deviné ?

— Je te connais, *Caro*.

Je levai la tête pour aller à la rencontre de ses lèvres.

— Nate !

Nous regardâmes vers la porte alors que Mélissa arrivait en courant, suivie de Ben, Michael et Danielle.

Dreo recula tandis que mon ex-femme se jetait dans mes bras.

— Aïe ! gémis-je, parce que lorsque je n'étais pas défoncé par les médicaments, ça faisait un peu mal.

— Je t'aime tellement.

— Tu m'as vu hier, lui rappelai-je en la serrant contre moi. Tu sais que je vais bien.

— Ce n'est pas la question.

— Mel…

— Que ferais-je sans toi ?

Et je compris, parce c'était elle et qu'en trente ans – je connaissais Mélissa depuis que j'avais quinze ans – j'avais appris à l'écouter.

Que ferait-elle sans moi ?

Je lui étais nécessaire, mais elle n'était pas la seule.

Pour Dreo, pour mon fils, sa petite amie et leur bébé, pour la femme qui pleurait dans mes bras, pour son mari qui se tenait debout derrière elle et semblait abattu… j'étais indispensable. Pour Michael, qui se mordait la lèvre inférieure alors que Danielle lui tenait la main et me souriait, j'étais crucial. Pour les étudiants que j'avais aidés, comme Greg Baylor, pour ceux qui avaient encore besoin de moi, comme Gwen Barnaby, j'étais vital. Et pour Sanderson Vaughn, avec qui j'avais décidé de faire un effort, même si ce serait sacrément dur, je serais essentiel à sa réussite. Je n'étais pas Dieu, mais pour les personnes faisant partie de ma vie, j'étais irremplaçable. Il était temps que je travaille plus dur à leur montrer qu'ils comptaient tous pour moi.

— Je ne vais nulle part, dis-je à Mélissa, posant mes mains sur son visage et repoussant les mèches de cheveux de ses yeux. Tu es affreuse.

— Parce que j'ai hanté ce putain d'hôpital !

J'éclatai de rire.

— Et Jare ?

— Je m'en suis occupé, répliqua-t-elle. Enfin, Dreo et moi nous en sommes occupé. Nous avons rempli l'acte de cession, nous avons versé la caution, et les déménageurs seront là demain.

Je relevai les yeux vers le nouvel homme de ma vie.

— Que vas-tu faire de tes meubles ?

— C'est ce qui t'inquiète ?

Je hochai la tête.

Il leva les yeux au ciel.

— Je les laisse à Jare parce qu'il a dit qu'il…

— Tu as parlé à Jare ?

— Eh bien, oui. Mel l'a appelé pour lui dire que tu avais été poignardé et il était en colère contre moi de t'avoir mis en danger et…

— Ce n'était pas de ta faute ! Je…

— Il le sait maintenant, mais il était en colère au début. Je l'aurais été aussi. Mais tout s'est arrangé, alors je lui ai demandé s'il avait des meubles, et j'ai pris quelques photos des miens pour les lui envoyer par mail, et il a aimé ce qu'il a vu. Gillian aime beaucoup mes canapés.

Vraiment ?

— Conclusion : je me débarrasse de mon lit, celui de Michael ira dans ta chambre d'amis, et celui de ta chambre d'amis ira dans la chambre du bébé, et le tour est joué. Comme Mel vient de le dire, les déménageurs seront là demain.

— Et l'obstétricien ? demandai-je à mon ex-femme.

— J'en ai une, et ils vont l'adorer. Le rendez-vous a été pris.

— Quand Jare arrive-t-il ?

— Lundi.

Je regardai Dreo.

— Quel jour sommes-nous ?

— Vendredi.

— Donc je suis ici depuis cinq jours ?

Il hocha la tête.

— Et quand pourrais-je rentrer à la maison ?

— Demain. Tu pourras t'installer sur le canapé et regarder travailler les déménageurs.

Michael se racla la gorge.

— Salut, toi, lui dis-je.

Il se força à sourire.

Je levai les bras vers lui.

— Je vais bien, le rassurai-je.

229

Et il se jeta sur moi, encore plus fort que Mélissa l'avait fait, ses bras me serrant fermement contre lui alors qu'il enfouissait son visage dans mon épaule. Je le sentis trembler et resserrai mon étreinte.

— Tout va bien, mon chéri, lui dis-je, penchant ma tête contre la sienne. Je vais bien. Ne t'inquiète pas.

Dreo caressa les cheveux de Michael, puis les miens, et je vis la petite inspiration qu'il prit.

— Qu'y a-t-il ?

— Je regarde ma famille, dit-il avec un sourire. Et c'est formidable.

À l'écoute de ces simples mots, ma gorge se resserra sous le coup de l'émotion et je fus incapable de parler.

— SI VOUS connaissiez mieux mon fils, vous sauriez qu'il vous aime depuis longtemps, Nathan, me disait plus tard Mme Fiore.

Elle et son mari étaient venus me rendre visite, avec une soupe et du pain faits maison.

— Toutes les personnes qu'il laisse entrer dans sa vie sont des personnes qu'il aime.

Les révélations continuaient de pleuvoir.

— Il s'était dit qu'il devrait changer de vie pour Michael, mais pour vous, pour avoir une chance de vous avoir comme partenaire, il devait le faire. Je vous en suis très reconnaissante.

Je la regardai, puis je regardai M. Fiore qui se tenait debout près de la fenêtre.

— J'espère qu'un jour, vous et moi pourrons être amis, Monsieur.

Il grogna, et je compris de qui Dreo tenait sa nature dominante.

— Nous n'avons pas à être amis, nous sommes une famille. À côté de cela, les *amis* sont insignifiants.

Je ne savais pas quoi répondre à ça.

— Dreo dit que votre garçon sera là pour Thanksgiving. Vous l'amènerez à la maison, avec sa femme, ainsi que la mère de votre fils et son mari. Eux pourront devenir mes amis.

Il enchaînait les déclarations, comme s'il était certain de la manière dont les choses allaient se passer, plein d'assurance dans son rôle de patriarche, comptant sur nous tous pour suivre ses directives. Et bien sûr, nous allions tous le faire. Je le sentais. J'avais l'impression que si cet homme nous disait « sautez », tout ce que nous trouverions à dire serait « de quelle hauteur ? ».

230

— Entendu ? aboya-t-il.

— Entendu, Monsieur, acquiesçai-je rapidement.

— *Bene*, dit-il avec un rapide hochement de tête.

Je regardai de nouveau Mme Fiore. Elle tendit la main et la posa sur ma joue.

— Vous allez apprendre. Il faut répondre vite dans notre famille.

Notre.

Incroyable.

— Je sais que vous vouliez une femme pour Dreo, des petits-enfants et...

— J'ai assez de petits-enfants. J'ai trois autres filles que vous devez rencontrer, ainsi que leurs maris et leurs enfants. Vous verrez... dit-elle en souriant. Ma famille est grande.

— Oui, Madame.

— Je refuse de perdre qui que ce soit d'autre, d'accord ?

Je hochai la tête.

— Je ne veux pas perdre mon Michael, et plus important encore, mon Dreo. Je le verrai plus souvent maintenant. Vous, vous allez le faire venir à la maison. D'accord ?

Elle s'attendait à ce que je serve d'intermédiaire entre...

— *Sì* ? aboya de nouveau M. Fiore dans ma direction.

— *Sì*, l'imitai-je rapidement.

— *Bene*, dit-il pour la deuxième fois.

D'après ce que je pouvais voir, il était heureux de commencer mon éducation à la Fiore. Je réalisai alors que j'allais bientôt avoir quelqu'un d'autre dans ma vie qui allait me donner des ordres. Comme si mon propre père ne suffisait pas.

Mme Fiore prit ma main.

— Vous allez aussi faire en sorte que Michael vienne me voir plus souvent ?

— Oui, acquiesçai-je rapidement.

M. Fiore me sourit.

J'avais toujours été bon élève.

Je REGARDAIS Dreo dormir. Il s'était endormi pendant que j'étais au téléphone avec mon fils, et quand j'avais raccroché, j'avais commencé à le regarder.

La longue ligne de son cou si vulnérable, ses mains reposant ensemble sur sa poitrine, et ses pieds recouverts de chaussettes croisés au bout de mon lit... cette vision était suffisante pour me causer un arrêt cardiaque. Il était tellement serein en ma présence, tellement fidèle, et il n'avait aucune intention de me laisser seul à l'hôpital. J'avais dit à Mel que tout allait vraiment trop vite pour moi, et elle m'avait demandé si cela me dérangeait.

— Pas cette fois, avais-je admis.

J'avais alors remarqué qu'elle pleurait.

— Qu'y a-t-il encore ?

— Toi, avait-elle dit en souriant à travers ses larmes. J'étais tellement inquiète que tu ne trouves jamais quelqu'un à aimer de tout ton cœur. Je ne voulais pas que tu vives ta vie sans jamais ressentir le sentiment que j'éprouve lorsque je regarde Ben.

J'avais poussé un profond soupir.

— Je suis tellement heureuse que ça ne soit plus le cas.

Je l'étais aussi.

Et maintenant, alors que j'étais en train de contempler Dreo, je me demandais ce que ma vie allait bientôt être. Lorsque la porte s'ouvrit, je relevai les yeux et fus surpris de trouver Duncan Stiel.

— Salut, dis-je doucement, parce que je ne voulais pas réveiller Dreo.

Il s'avança lentement jusqu'au bout du lit.

— Je voulais juste venir vérifier comment tu allais et discuter une minute.

Je hochai la tête, remarquant le plâtre sur son poignet droit.

— Je suis désolé que vous vous soyez battus.

— J'aurais dû être plus prudent. J'ai l'habitude de me battre avec des gars qui ne savent pas ce qu'ils font, des petits voyous, mais lui...

Il désigna Dreo du menton.

—... sait très bien ce qu'il fait.

— Vous n'auriez même pas dû vous battre l'un contre l'autre. Vous étiez simplement inquiets pour moi.

Il sourit légèrement, puis il prit une grande inspiration.

— Je vais suivre ton conseil et prendre des vacances.

— Je t'ai conseillé de « déménager », dis-je en souriant.

— Eh bien, je ne suis pas encore prêt pour ça, mais un de mes amis vit à Colt, près d'Eureka en Californie. Petite ville. Ce sera agréable de ne rien faire pendant un moment.

— Bien. J'espère que tu en profiteras.

Il soupira profondément.

— J'espère que je ne t'ai jamais blessé.

— Pas plus que je t'ai blessé, dis-je en lui tendant la main.

Nous nous tînmes les mains pendant un moment.

— Je n'arrête pas de te dire au revoir.

— Alors, arrête. Dis-moi simplement « à la prochaine ».

— D'accord. À la prochaine.

Je hochai la tête et il sortit de la chambre.

— Eh bien, dit Dreo avant de se racler la gorge.

Tournant la tête vers la droite afin de pouvoir le voir, je souris.

— Tu es réveillé.

— J'ai le sommeil léger.

— Voulez-vous me demander quelque chose, Monsieur Fiore ? dis-je en souriant pour l'encourager.

— Oui. C'est moi, n'est-ce pas ? Pas lui ?

— C'est toi.

Il ferma les yeux.

— C'est bien ce que je pensais. Je suis plus sexy.

Et il l'était, mais je n'allais pas lui donner la satisfaction de le dire à haute voix. Parce qu'en réalité, ce qui le rendait plus sexy n'était pas tant son aspect extérieur que ce qu'il était à l'intérieur. Il était prêt à dire au monde entier que je lui appartenais. Il était prêt à marcher dans la rue en me tenant la main. Il n'hésiterait pas une seconde à m'accompagner à n'importe quelle soirée, peu importe qui y participerait.

— Seigneur, je t'aime tellement.

— Je sais, dit-il, bâillant et tendant une main vers moi.

Je la pris et la tins fermement.

— J'ai aimé discuter avec tes parents.

Il grogna.

— Je ne savais pas que tu avais trois autres sœurs. Es-tu le cadet ?

— Oui, gémit-il. Je t'en prie, *caro*, repose-toi. Nous pourrons parler du cercle plus tard.

— Du cercle ? dis-je avec un sourire.

— Patience, soupira-t-il, se positionnant plus confortablement dans le fauteuil. Tu comprendras bien assez tôt.

J'étais vraiment impatient d'y être.

XIV

Si je n'avais pas pris de si bonnes résolutions, je l'aurais tué. Assister à l'un des cours de Sanderson était en train de me donner la migraine. Ashton, installé à côté de moi, fronçait les sourcils alors qu'il notait les choses à améliorer sur son ordinateur portable. Il en était maintenant à deux pages d'énumérations.

— Alors ? demanda Sanderson, une fois que son cours fut terminé et que tous les étudiants eurent quitter l'amphithéâtre.

— Vous plaisantez ? demanda Ashton, surpris.

— Quoi ?

— Est-ce que vous cherchez à parler à vos étudiants comme s'ils étaient stupides ou bien est-ce naturel chez vous ?

— Je ne leur parle pas comme s'ils étaient stupides ! répliqua-t-il, sur la défensive.

— Si, vous le faites, lui assurai-je. Allons déjeuner.

— Vous savez, Nate, ce n'est pas parce que je vous ai sauvé la…

— Ne me cherchez pas ou nous ne cosignerons pas ce papier sur *Le Conte de l'écuyer* pour le colloque organisé en mars sur Chaucer.

Il se tut.

— Laissez-moi vous aider, avec l'aide de Ash.

Et pour une fois, il acquiesça au lieu de chercher la confrontation. Lorsque nous arrivâmes en bas de l'escalier et qu'un étudiant nous ouvrit la porte, il le remercia, puis il posa une main sur mon épaule une fois à l'extérieur de l'amphithéâtre.

— Comment vous portez-vous ? me demanda-t-il.

— Très bien, merci.

— Je vous invite à déjeuner tous les deux, nous dit-il.

Je hochai la tête et Ashton le remercia à contrecœur. Ce n'était pas grand-chose, mais c'était un début. Le voir poser sa main dans mon dos pour me guider à l'intérieur du restaurant était aussi agréable.

Il faisait des efforts, et moi aussi.

Pour une fois.

LE SENS de l'organisation de Dreo était effrayant. Nous avions déjà un compte joint sur lequel nous versions de l'argent pour le remboursement du prêt et les dépenses communes. Les factures étaient à nos deux noms. Il avait fait modifier l'adresse sur son permis de conduire et avait signalé son changement d'adresse au bureau de poste, ainsi qu'à l'école de Michael. Quand il disait qu'il allait faire quelque chose, il le faisait, sans qu'un rappel soit nécessaire. Son ancien appartement était prêt à accueillir Jared et Gillian, et même s'ils n'arriveraient finalement qu'une semaine plus tard et manqueraient Thanksgiving, ils emménageraient la semaine suivante et nous serions tous ensemble pour Noël. C'était ce que voulait Gillian. Avoir été reniée par ses parents était dur pour elle. Elle n'attendait que de s'asseoir dans mon salon avec moi, Mélissa, Ben, et était très impatiente de faire la connaissance de Dreo, Michael et Danielle. Je lui avais tout dit sur la « petite amie officielle » de Michael, au grand dam de l'adolescent – même s'il ne pouvait pas s'empêcher de jubiler. J'avais hâte que Jared et elle les rencontrent. C'était fou de se dire que j'avais soudain tout ce dont j'avais toujours rêvé.

— Pourquoi penses-tu que la chance a tourné ? m'avait demandé Mélissa alors que nous flânions ensemble le long de Miracle Mile, un peu plus tôt dans la semaine.

— Parce que je vis comme il se doit, lui avais-je répondu.

— Le simple fait que tu sois vivant me suffit, m'avait-elle assuré, serrant mon bras et soupirant profondément.

Nous étions maintenant vendredi soir, il était dix-neuf heures passées, et je rentrais du travail. Je fus surpris de trouver la télévision allumée et Dreo vautré sur le canapé en train de regarder du football. Il y avait cinq plats à emporter de nourriture chinoise sur la table basse, deux assiettes en papier et deux bières.

— Salut, dis-je.

Il grogna. Manifestement, ce qui se passait sur l'écran était plus intéressant que moi.

— Où est Michael ?

Silence.

— Dreo ?

Un autre grognement.

— Où est Michael ?

— Il passe la nuit chez…

— Dreo ! m'exclamai-je en riant.

— … les Parker, termina-t-il, pas du tout impressionné par mon éclat de voix.

Il ne se retourna même pas.

Je m'en souvenais maintenant. Michael allait rester chez son ami Parker Barnes jusqu'à leur compétition sportive du lendemain. Nous devions le retrouver au terrain de sport, regarder la compétition avec Danielle, puis la ramener avec nous à la maison le temps que Michael puisse prendre une douche et se changer avant que nous partions tous pour dîner chez les Fiore. Les parents de Dreo étaient heureux que leur fils vienne plus souvent les voir maintenant qu'il avait un partenaire. Ils avaient été déçus d'apprendre que Jared et Gillian ne seraient pas là pour Thanksgiving, mais avaient hâte de voir Ben et Mélissa accompagnés de leurs enfants. Je l'étais également.

Le premier dîner dominical auquel j'avais assisté chez les Fiore m'avait surpris par son volume sonore et son chaleureux accueil. Les sœurs de Dreo, Loretta, Felice et Alissa, ainsi que leurs maris et leurs enfants, furent tous heureux de me rencontrer. Le cercle, comme mon petit ami appelait les femmes avec lesquelles il avait grandi, lui avait dit que j'étais beau, gentil et attentionné. J'avais remporté un beau succès. Lorsque je m'étais retrouvé dans la cuisine à faire la vaisselle, Dreo s'était approché de moi pour me murmurer quelque chose.

— Qu'as-tu dit ?

— Que tes yeux étaient magnifiques.

J'avais souri.

— Jusqu'à ce que je puisse m'approcher si près de toi, je n'avais jamais remarqué que leur couleur changeait lorsque tu étais heureux.

— Vraiment ?

Il avait hoché la tête.

— Tes beaux yeux noisette deviennent vert foncé.

— Ça te plaît ?

— *Sì*, avait-il murmuré, se rapprochant pour m'embrasser.

Je sentis une vague de chaleur me traverser à ce souvenir, jusqu'à ce qu'il se mette à crier devant la télévision. Je doutais que cette soirée se transforme en moment romantique.

— Utilise tes neurones, bon sang !

Je pouffai de rire.

— Cette bière est pour moi ? Le chinois aussi ?

— Oui.

— As-tu passé une bonne journée ?

— Oui.

— As-tu découvert le sens de la vie aujourd'hui ?

— Oui.

Je rigolai et partis me changer.

En balayant ma chambre du regard, je ne pus m'empêcher de sourire. Le simple fait de voir la montre, le portefeuille et les pièces de monnaie de mon partenaire sur sa table de chevet était agréable. Il dormait côté porte, et avait caché une batte de baseball sous le lit afin de pouvoir l'attraper facilement s'il entendait un bruit bizarre dans la nuit. L'arme qu'il avait récupérée au poste de police, un SIG Sauer P250, était enfermée dans un coffre-fort installé en hauteur dans le placard. Nous avions débattu à ce sujet. Je voulais qu'elle disparaisse, mais il voulait la garder. Le fait que personne d'autre que lui ne puisse y avoir accès et que, mis à part nous deux, personne ne savait qu'il en possédait une, me rassurait déjà un peu. J'étais inquiet pour le bébé. Il m'avait alors demandé comment un bébé pourrait atteindre le coffre-fort et l'ouvrir. Je savais pourquoi il tenait à la garder. Il était toujours inquiet que son ancienne vie le rattrape. Mais chaque jour qui passait, son degré de méfiance faiblissait, et je prenais plaisir à le voir s'épanouir dans sa nouvelle vie. Il était confiant et heureux.

Je revins dans le salon vêtu d'un vieux jean délavé, d'un tee-shirt à manches longues et de chaussettes, puis je m'installai près de lui. La bière était encore fraîche, ce qui voulait dire qu'il l'avait sorti peu de temps avant que j'arrive, et la nourriture était chaude.

— Tu viens juste de rentrer à la maison ?

J'eus droit à un autre grognement monosyllabique en guise de réponse, ce qui me fit rire.

— Qui est-ce qui joue, bébé ?

— Milan, réussit-il à répondre avant de crier. *Passala !*

C'était plus amusant de le regarder s'énerver que de suivre le match en lui-même.

— *Cazzo, tirala in porta !*

Je mangeai, bus une bière, puis me levai pour aller en chercher une autre. Je réalisai alors que le simple fait d'être avec lui était amusant, même si je savais qu'il était concentré sur le jeu et pas sur moi. Nous passions simplement notre vendredi soir ensemble. C'était vraiment agréable.

Je commençai ma troisième bière, lui en amenant une deuxième, m'étendis auprès de lui, puis sa main se posa sur ma cuisse. C'était d'une tristesse sans pareille : ce seul contact me fit durcir. Depuis que j'étais rentré de l'hôpital, il avait été prudent avec moi. Il m'avait fait des fellations, m'avait caressé, puis il y avait eu quelques séances de frottage incroyables, mais la partie anale avait été laissée de côté. Chaque fois que je lui avais dit que je me sentais bien, que ce dont j'avais vraiment besoin était qu'il me prenne dans notre lit, il m'avait souri d'un air condescendant et m'avait dit d'aller dormir. J'avais tellement envie de lui sauter dessus, mais il était très doué pour se servir de Michael comme excuse et de nos emplois du temps à son avantage.

Alors la main puissante qui agrippait en ce moment même ma cuisse faisait durcir et suinter mon sexe contre la braguette.

— Dreo, gémis-je.

De sa main gauche, il ouvrit le premier bouton de mon jean, abaissa la braguette et glissa sa main dans mon sous-vêtement. Ses doigts s'enroulèrent autour de mon membre, qui perlait constamment, alors que je poussai dans son poing.

— Oh, Seigneur, gémis-je.

J'effectuai un mouvement de va-et-vient dans son poing. J'adorais la rugosité de sa peau, la sensation que me procuraient ses doigts en caressant ma chair surchauffée, et sa possessivité. J'étais à lui, donc il pouvait me toucher quand il le voulait. C'était tellement excitant.

Il se glissa hors du canapé, se mit à genoux entre mes jambes écartées, et tout en tirant mon jean jusque sur mes cuisses, il se pencha et avala mon sexe.

— Dreo !

Il aspira durement, ses joues se creusant comme il suçait et léchait. La succion était si bonne, si parfaite, sa salive coulant jusque dans ma raie. Je voulais baiser sa bouche, mais plus que tout, je le voulais en moi.

— Je vais bien ! hurlai-je.

Il éloigna sa bouche de mon sexe, et c'est alors que je vis ce qu'il tenait dans sa main droite : le tube de lubrifiant.

— Où était-il ?

— Sous le canapé.

Il tira un morceau de papier de la poche de son jean et me le tendit, puis il ouvrit le capuchon. Je le dépliai et me rendis compte que j'avais

238

les résultats de ses tests devant les yeux ; ils étaient négatifs. Mon homme était sain.

— Alors, tu vas…

— Oui, gronda-t-il, et deux doigts furent introduits en moi.

Je pris une vive inspiration, car la brûlure était à la fois douloureuse et exquise. Il était brutal avec moi, et le fait qu'il était extrêmement doux en temps normal – mais qu'il ne pouvait pas l'être à cet instant – m'indiqua la puissance de son désir.

— Les préservatifs, c'est terminé, me dit-il.

Je hochai la tête alors qu'il ajoutait un troisième doigt, m'étirant et me préparant, alors que ce n'était pas nécessaire. Je gémis son nom.

Il passa mes jambes par-dessus ses épaules, me tira vers le bord du canapé, puis ses mains agrippèrent mes fesses pour les écarter.

Je me cambrai sous lui alors qu'il pressait son membre engorgé contre mon entrée.

— Que veux-tu ?

J'eus du mal à formuler une réponse. Je ne fis que balbutier.

Il poussa légèrement contre mon entrée.

— Nate ?

— Toi, Dreo ! C'est toi que je veux !

La pénétration fut brutale et rapide, et je criai son nom lorsque son membre long et épais frotta contre ma prostate. Ma main s'empara de mon propre sexe comme il s'enfonçait plus profondément à chaque coup, ses mains bloquant mes hanches, le rendant encore plus dominant.

— Oh, putain, gémit-il.

J'ouvris les yeux et le vis en train de contempler son sexe qui s'enfouissait en moi, encore et encore. Il n'allait plus tarder à perdre le contrôle, comme sa tête retombait en arrière face aux incroyables sensations qu'il ressentait.

— Je suis si proche, Nate, tu… *ti amo, tu sei tutta la mia vita* !

Ça sonnait bien, mais je m'en préoccupai à peine.

— Je t'aime, Nate. Tu es mon monde.

Seigneur.

Je ne pensais plus qu'à son membre qui me martelait, m'enfonçait dans le canapé, allant et venant en moi. Soudain, le plaisir déferla en moi et mon orgasme éclata, un voile blanc me privant de la vue pendant de longues secondes.

Mon corps se resserra autour du sexe de Dreo, mes muscles se refermant sur lui, convulsant alors qu'il déversait sa semence en moi. Je sentis la chaleur liquide me remplir, déborder, et couler le long de mes cuisses.

— *Sei così bello*....

Les répliques de mon orgasme me firent trembler. Je tendis les bras vers lui pour l'attirer contre moi, même si son tee-shirt était recouvert de mon sperme.

Sa bouche recouvrit la mienne et je m'offris à lui, savourant et suçant sa langue. Le baiser était brûlant, humide, et possessif. Aucun autre homme ne m'avait rendu aussi fou, aussi avide, aucun autre avait cherché à savoir qui j'étais vraiment en arrachant chaque artifice jusqu'à ce qu'il ne reste que moi, vulnérable et fou de désir.

Je m'écartai légèrement et vis ses yeux foncés embués de passion, pleins de chaleur et de séduction.

— Seigneur, Dreo, ta marque restera en moi pendant des heures.

— Oui, rugit-il, sa bouche sur mon cou, léchant, mordillant, suçant alors que son membre pulsant était enfoui en moi. Tu m'appartiens. Tu es magnifique, et tu es à moi.

— Oh, oui, acquiesçai-je, appréciant chacun de ses mots, tremblant face à la manière dont réagissait mon corps quand nous faisions l'amour et à la pure joie que nous ressentions.

— Tu sais, je vais te prendre de plein de manières ce soir : je te veux sur les genoux, dans notre lit, sous la douche... J'ai tellement envie de toi, bordel.

— Pourquoi ?

— Parce que je t'aime... *amore mio*... mon amour...

— Moi aussi, dis-je en souriant à ces yeux magnifiques. Tu es mon amour.

Le sourire que j'obtins traduisait un bonheur total et absolu, alors tout ce que je pus faire fut de l'embrasser, encore et encore.

Plus aucun mot n'était nécessaire.

MARY CALMES vit à Lexington, dans l'État du Kentucky, avec son époux et ses deux enfants.

Elle aime toutes les saisons, sauf l'été. Elle a fait ses études et obtenu sa licence de littérature anglaise à l'Université du Pacifique de Stockton, en Californie. Comme elle y a appris la littérature et non pas la grammaire, ne lui demandez pas de vous décortiquer un texte, elle ne le fera pas. Elle aime écrire, et est complètement absorbée par son travail lorsqu'elle commence un livre. Elle est même capable de décrire l'odeur corporelle de ses personnages. Elle achète de nombreux ouvrages, et apprécie les conventions où elle peut rencontrer ses fans.

CŒUR SAUVAGE
Mary Calmes

Le Clan des Panthères, tome 1

Jin Rayne est un jeune homme – mi-homme mi-panthère de surcroit – qui n'aspire qu'à une vie des plus ordinaires. Il a fui son passé pour prendre un nouveau départ, mais on ne se débarrasse pas si facilement d'aussi lourds secrets. Son arrivée dans une nouvelle ville l'amène à rencontrer le leader d'une tribu d'homme-panthères. Cette rencontre avec Logan Church, bel homme envoûtant, s'avère être un choc pour Jin qui panique à l'idée qu'il puisse s'agir de celui à qui il est destiné, c'est à dire l'amour de sa vie. Jin refuse de vivre selon les rites des hommes-panthères et se donner à son destiné le contraindrait à s'y soumettre.

Jin est pourtant bel et bien le compagnon dont Logan a besoin pour diriger sa tribu et il ne renoncera pas si facilement. Il aura besoin de temps et de se sentir en confiance pour découvrir le bonheur d'appartenir à Logan et apprendre à l'aimer sans borne.

www.dreamspinner-fr.com

Trevan Bean exerce un travail qui flirte avec l'illégalité, a un petit ami qui n'a peut-être pas toute sa tête ainsi qu'un ange gardien qui pourrait effectivement être le mal incarné. Ajoutez à cela la réapparition de la famille de son petit ami, des menaces de mort, un enlèvement et la lutte pour mettre suffisamment d'argent de côté afin de réaliser un rêve… Autant dire que Trevan ne chôme pas. Mais il est du genre à relever les défis : il a promis à Landry une fin comme dans les contes de fées et Landry va l'obtenir, même si cela doit le tuer !

Et c'est bien ce qui pourrait se passer.

Il y a deux ans, Landry Carter était une poupée cassée lorsqu'ils se sont rencontrés. Mais il a grandi pour devenir un partenaire qui peut se tenir fièrement aux côtés de Trevan… enfin, la plupart du temps. Maintenant que la vie de Trevan prend un tournant inquiétant – et que Landry se retrouve kidnappé – il espère que l'amour de Landry restera suffisamment fort pour relever ce nouveau défi, parce que sa fin heureuse n'arrivera jamais si Trevan doit faire cavalier seul.

www.dreamspinner-fr.com

MAUVAIS TIMING

Mary Calmes

Dans les temps, tome 1

Stefan Joss connait une période difficile. Non seulement, il doit se rendre au Texas, en plein été, pour le mariage de sa meilleure amie, Charlotte, dont il est le témoin, mais on le charge en plus de négocier un marché de plusieurs millions de dollars. Pire encore, il se retrouve face à face avec un homme qu'il espérait bien de jamais revoir : Rand Holloway, le frère ainé de Charlotte.

Stefan et Rand se détestent depuis le jour de leur première rencontre, aussi Stefan a-t-il du mal à croire à la trêve que lui propose son ennemi juré. Peu à peu, leur hostilité mutuelle se transforme en passion dévorante. Malgré ses doutes devant une volte-face aussi brutale, Stefan décide de faire confiance à Rand, et de lui donner une chance de prouver sa sincérité.

Leur entente est vite menacée : le marché que Stefan devait négocier tourne mal, et la propriétaire du ranch qu'il devait acquérir au nom de sa boite est assassinée. À sa grande surprise, Stefan est désormais en danger…

www.dreamspinner-fr.com

BON TIMING POUR UN RODÉO

Mary Calmes

Suite de Mauvais timing

Deux ans après s'être installé dans le ranch que possède Rand Holloway, Stefan Joss a réussi à trouver un équilibre dans sa nouvelle vie, il est professeur à l'université locale. Mais le grand amour n'a rien d'un long fleuve tranquille. Rand le voudrait à la maison, au ranch, tandis que Stef tient à garder son autonomie au cas où son cow-boy le flanque à la porte. Réalisant soudain que ses doutes sont injustes, il s'engage totalement, ce qui rend Rand fou de joie.

Le jour où Stef voit sa chance de prouver son dévouement, il n'hésite pas, malgré les risques qu'il court. Et Rand profite de l'occasion pour démontrer que parfois, le meilleur de la vie surgit à l'impromptu.

www.dreamspinner-fr.com

Dans les temps, numéro hors série

Glenn Holloway a vu sa vie basculer le jour où il a avoué son homosexualité à sa famille. Comme si cela ne suffisait pas, il a aggravé son cas en quittant le ranch pour réaliser son rêve : ouvrir un restaurant. Sans aucun soutien de son père, ou de son frère, et trop fier pour demander de l'aide à des étrangers, il a dû partir de zéro. Au fil des années, ses efforts ont été récompensés : son restaurant est un succès, il s'est forgé une nouvelle vie dont il peut être fier.

Malgré tout, il n'a pu oublier les Holloway. La blessure reste béante jusqu'au jour où son pire cauchemar se réalise. Pour rembourser une dette, Glenn est tenu d'endosser sa tenue de cowboy et de passer le weekend avec Rand Holloway et Mac Gentry, un homme qui, hélas, l'attire irrésistiblement. Ce qui pourrait le mener à la catastrophe, le couper définitivement de sa famille et anéantir un amour encore fragile.

www.dreamspinner-fr.com

Par MARY CALMES

L'acrobate
L'ange gardien
De nouveau
La grenouille du prince
Le mien

LE CLAN DES PANTHÈRES
Cœur sauvage
Cœur confiant
Cœur et honneur
Cœur destiné

DANS LES TEMPS
Mauvais timing
Bon timing pour un Rodéo
Question de timing
Timing parfait

LES GARDIENS DES ABYSSES
Son foyer
Bec et ongles
Le cœur sur la main

QUESTION DE TEMPS
Question de temps, tome 1
Question de temps, tome 2

Publié par DREAMSPINNER PRESS
www.dreamspinner-fr.com